GAEA

GAEA

潘神的寶藏

大風颳過——著　Welkin——插畫

潘神的寶藏

目錄

若想得到神的寶藏，必須先成爲龍的新娘。

「我想雇個幫手，幫我打一架。」華麗的宮殿內，黑衣少年打開桌上的包袱，金塊和各色寶石折射出璀璨的光芒。「這些，是酬勞。」

「哦？」站在他對面的精靈浮起聖潔的微笑。「打誰？」

「打，不讓我娶媳婦的人。」少年的眼神冰冷。

精靈興味盎然地望著他：「他們爲什麼不讓你娶媳婦？」

「我未來的岳父不喜歡我。」少年面無表情。

精靈指尖一點，一張椅子飛到少年身後，桌上幻出一杯熱騰騰的茶。

「聽起來這是個很長的故事。不過尊貴的客人，精靈對你帶來的這些沒興趣，我們需要你身上的另一件東西作酬勞。若你仍願意與我們合作，就請坐下來，把原委詳細告訴我。」

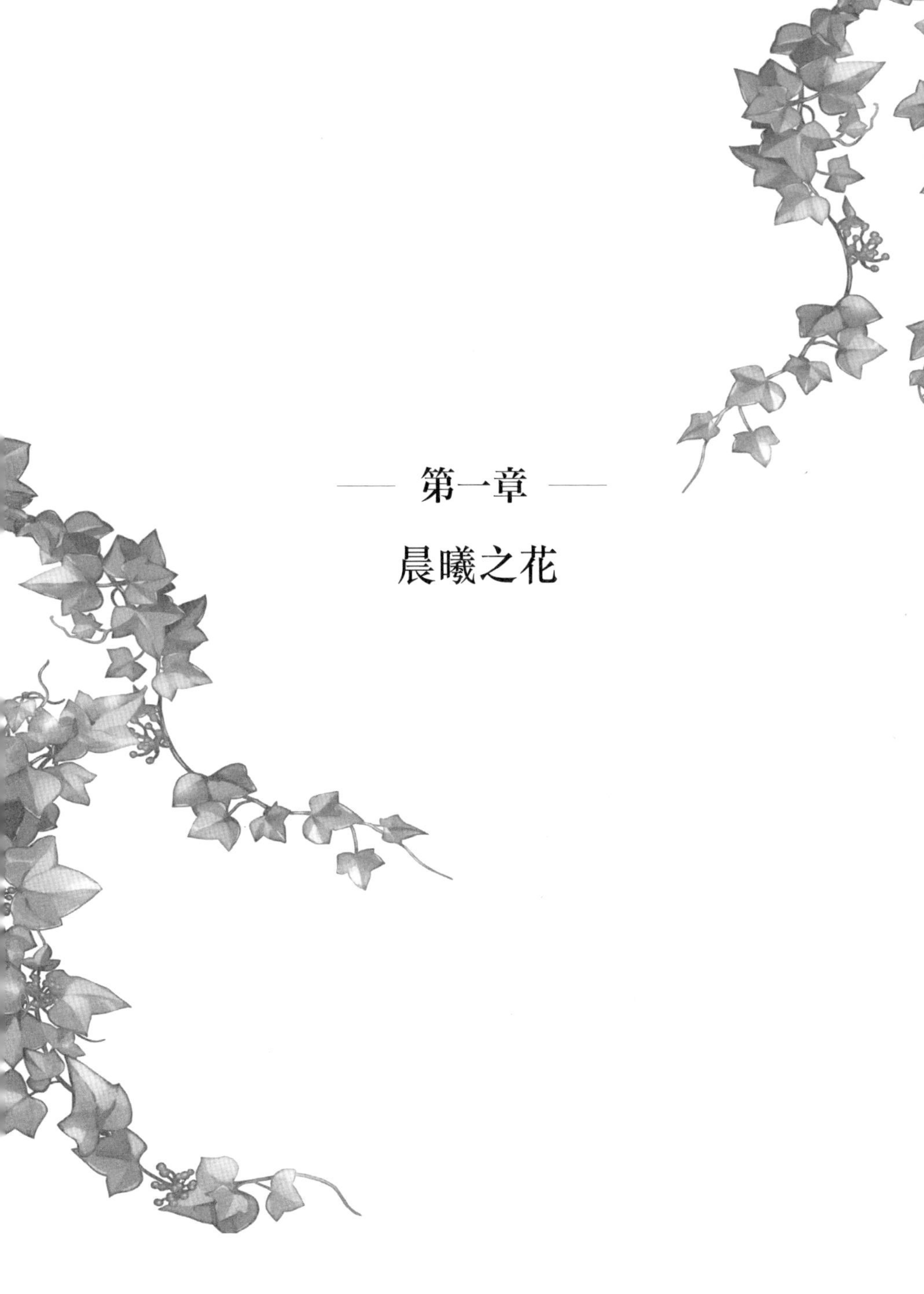

第一章

晨曦之花

母親，春天到了，我可以娶媳婦了。

1 惡龍的詛咒

雷頓王國揹負著一條代代相傳的詛咒。每隔一百年，當五月的第一天來臨，會有一條龍從天而降，帶走一位十六歲以上的公主做新娘。

這個詛咒已經延續了八百年。八百年間，雷頓王室遍尋世界上最優秀的神官和咒術師想要破解，都沒能成功。

一百年前，當時的國王理查五世不信這個詛咒，因爲他有五個兒子，沒有女兒。然而，歷史永遠記下了那慘烈的一幕——五月的第一天清晨，一頭棕色巨龍衝進城堡，抓起王子中最俊美、最溫柔、最博學的四王子林洛，消失在蒼茫的天空中。

所有人都聽到了，巨龍的嘶吼是女子的聲音。這一代的國王沒有女兒，可這一代的巨龍恰巧是母的。

這就是詛咒的力量！

如花似玉的林洛王子成了王室的第七位犧牲品。他的畫像和名字將永遠銘刻在王家悼念冊上，等待著下一位犧牲者……

又是一百年過去。

融化的雪水溫暖著河床，錦繡繁花開遍阿卡丹多大陸。

五月即將到來。

晨曦喚醒棲鳥，翠草抖去薄露，花蕾初綻，亞寧山脈的清晨是精靈的吟遊詩中最清新的篇章。尚未完全退卻的晨霧中，縈繞著細微的嗚咽。

「是你說，會永遠和我在一起，到天涯海角都保護我……」

裹著黑色斗篷的少女坐在草叢中哭泣，金色鬈髮披散在肩上，像一朵盈著露珠的金盞花。

她身側的年輕男子輕嘆：「爲了保護妳，我哪怕死一萬次也在所不惜，這是我的責任，就像妳也有妳的責任一樣。」他微微躬身，斂起眼中的憂傷，肩上王家衛隊的紋章流蘇輕輕擺動。「請和我回去吧。」

少女驟然抬頭：「你要把我帶回去送死？」

「我不會讓妳死！」男子握緊腰間的劍柄。「但妳現在必須回宮，整個王國的安危都在妳的身上。公主殿下！」

那個稱呼從他口中吐出，少女像秋天的落葉般瑟瑟顫抖起來，她咬住嘴唇，死死看著眼前的男子，忽然重重一點頭：「好吧，我和你回去！」

她抬袖擦擦臉上的淚痕，站起身，胡亂地理理頭髮，無視男子恭敬伸來的手臂，挑起一抹譏諷的笑：「反正，即使我不回去，你也會強行把我帶回去的吧。堂堂王家衛隊的唐多隊長怎麼可能爲了我捨棄大好前程？」

男子臉上閃過一絲複雜的神色，轉而又變成恭敬。

少女揚起下巴，向前走了兩步，突然哎呀一聲，滿臉痛苦地蹲下身：「腳好疼！蛇！草叢中有蛇！」

男子立刻拔出腰間佩劍斬向旁邊的草叢，就在他低頭的剎那，一個堅硬物體重重擊上後腦。

男子踉蹌一步，在漫天金星中直挺挺地倒進草叢。

少女拋掉手中的石頭，小心翼翼地踢了踢昏迷的唐多，迅速扒走他懷中的錢袋和腰間水囊，豎起斗篷的風帽罩住頭頂，飛快奔向遠處山林。

她未曾發現，在一塊山石後，一雙漆黑的眼睛一直注視著一切。

少女的身影很快消失在山脊後。晨曦的曠野恢復了寧靜，除了草叢中昏迷著的唐多之外，好像什麼都沒有發生過。

山石後，一個龐然大物騰空而起，展開巨大的雙翼。

母親，妳說過，女孩子的眼淚是最珍貴的寶石；現在，我終於懂了。任何一頭雄性，都不應該讓女孩子流淚。

一塊小石頭從他的右爪中噗地墜下，正好砸上幽幽醒轉的唐多隊長額頭。

唐多悶哼一聲，再度一翻尚未完全睜開的雙眼，沉入濃重的黑暗。

天空上，巨大的陰影追往少女逃跑的方向。

2 小鎮疑雲

金燦燦鎮是亞寧山脈旁最繁華的小鎮，坐落在前往王都的必經之路附近。出了鎮子，還有兩條大路分別通往洛庫庫平原和卡蒙公國。

在金燦燦鎮的高老爹坐騎坊買一匹上好的馬，再配上一副由高老爹親手製作的鞍具，就能像飛鳥一樣快地穿過洛庫庫平原。

廣袤平原的盡頭是海港，那裡的海船能帶著旅人到達一切想像得到和想像不到的地方。

「買別人的馬，根本無法擁有這麼快的腳程，穿過平原至少讓你多花一個月的時間。因爲這世上，矮人最會養馬，而高老爹又是馬養得最好的矮人。」

喇叭酒館的小夥計將一杯青果汁放在穿著黑斗篷的少年面前，如斯介紹。

少年秀美的臉大半隱藏在斗篷風帽的陰影中，輕輕點了點頭，沉聲問：「買一匹馬、一套鞍具，要多少錢？」

酒保摸摸下巴：「以往十個金幣就可以，現在恐怕要二十個。百年詛咒之日馬上就到了，接到騎士召集令到王都的人越來越多，很多人路過這裡都會換一匹高老爹的馬。」

現任雷頓國王愛德華三世只有一個女兒玫蘭妮公主，年方十七歲。傳說，公主的美貌連精靈都讚歎不已，作詩稱頌她爲阿卡丹多最嬌艷的玫瑰。

爲了讓愛女擺脫詛咒，國王向這片大陸的所有男人發布了騎士召集令。

從惡龍爪下救下公主的英勇男子，不僅能得到無數財寶封賞，更有可能迎娶公主。打倒惡龍，成爲玫瑰駙馬，無疑是所有未婚男子的最高榮譽。各國的王子、各地的騎士都蜂擁趕往雷頓王都。

酒保暗暗打量被斗篷裹得嚴嚴實實的少年，沒有多嘴詢問爲什麼在這個時候，這位年輕的客人反而要離開王都。人人都有祕密，身爲喇叭酒館的酒保，只能不動聲色地窺察，絕不可唐突刺探。或許，這小哥兒是一個喜歡故弄玄虛的精靈吧。

酒保回到櫃台繼續調酒。在不引注意的角落，另一個同樣包裹在漆黑斗篷中的身影隱藏在牆壁陰影後，默默注視著少年。

大堂正中的燈下，幾個佩劍青年眉飛色舞、滔滔不絕地討論著百年詛咒的種種。

「……陛下應該解散聖教會，別再白養那些吃閒飯的神官。一天到晚捧著經書唸唸唸，八百年了，連一窩龍都降伏不了。」

「神官本來就是王國的擺設，太平無事的時候揮揮棍子、唱唱歌，讓人開心開心罷了，真到了關鍵時刻，保護王國和公主的，必須是騎士手中的劍！」

「所以神官一輩子只跟棍子在一起，不娶老婆。」

青年們拍桌大笑，旁側幽幽飄來一個聲音：「看來，諸位覺得自己的劍遠遠強過棍子嘍？」

酒館中所有的燈，忽然都左右搖晃起來。

青年們看向聲音傳來處，一個瘦小的老者坐在一張小桌後望著他們，身邊斜倚著一根像用樹杈臨時削成的木杖，半禿的腦殼與灰白色法袍領釦上的星辰新月紋章相映生輝。

幾個青年不禁又大笑起來。

「閣下是教會的人？也準備去王都爭當玫瑰駙馬？」

「哈哈，老當益壯，太讓我等晚輩佩服了！」

「別說，惡龍瞧見您老，可能眞下不了牙！」

與老者同桌的一個穿法袍的短鬚男子怒而起身：「大膽！你們居然看不出這位是多麼尊貴的大人!?」

老者領釦上的新月旁鑲著的星辰共有九顆。

一直沉默喝著青果汁的少年手一顫，將臉更深地隱藏到風帽中。

九顆，聖教會至高無上的大長老才能擁有的星級。

而那位短鬚男子領上也嵌有七星，是可以爲國王加冕的大神官等級。

酒館中一片寂靜，禿頭老者似笑非笑地拿起手邊的木杖，向上一舉。

「那就請幾位小哥兒判斷一下，老夫有沒有資格去王都吧。」

轟！所有人只覺得眼前白光一閃，喇叭酒館在夜色中迸發出一個巨大光圈。夜風溫柔吹起，星光灑在酒館中的每個人身上。

酒館的屋頂，消失了。

短鬚男子一抬手，哐噹，一個裝滿錢幣的錢袋砸到櫃台上。

天上劈里啪啦砸下瓦礫和木塊，那是剛剛飛往神的方向的酒館屋頂，現在正在回歸大地。

那幾個囂張青年跳起身，拔腿就跑。其他人也跟著爭先恐後地逃竄，從天而降的磚瓦自動避開了除那幾個青年之外的所有人，嘩啦啦墜地。

黑斗篷少年被人群夾裹著閃躲，不知被誰絆了個踉蹌，一隻手伸來扶住了他，及時阻止他撲倒在地。少年下意識抬頭想說謝謝，那手已縮回去了，他只望見一張張淡漠的臉。

幫了他的人，衣袖是黑色的，可他身邊這些人，都沒穿黑衣服。

少年突然打了個冷顫，飛快地轉身奔逃。

穿過兩條街道，跑到一個暗巷內，他才停下腳步扶著膝蓋大口喘氣，長長的金色鬈髮從風帽中滑出。

不對，如果是王家衛隊的人，沒道理不立刻抓人……可能只是一個路過的好心人吧？

少年拍拍胸口，平復氣息。後方拐角處，兩個流浪漢淫笑著舉起套索和麻袋，躡手躡腳逼近……

砰！兩人眼前突然金光一閃，隨即陷入深沉的黑暗。

少年察覺到了什麼，回頭看去，暗巷中安安靜靜的，比夜晚王宮的後花園還平和。

沒想到，這個小鎮看起來雜亂，治安卻挺不錯呢。

少年欣慰地笑了笑，大步走出巷子，直奔向高老爹坐騎坊，卻見緊閉的店舖門前掛著一塊木牌——已售完，明天將有新坐騎運到，敬請期待。

少年懊惱地嘆口氣，轉身尋覓旅店。

所有的旅店裡都塞滿了騎士。

「連馬廄裡都睡不下人了。」圈圈旅館的老闆娘同情地看著腿都跑抽筋了的少年。「對不起啊，小哥兒，拐角那邊還有一家旅店，不然你去那裡……」話未說完，街道上突然響起嘈雜的馬蹄聲。

「讓開道路！」

「所有店鋪打開大門，接受檢查！」

少年打了個寒顫，是國王的衛隊！火光下，騎在最前方馬上的，正是唐多！

少年無措地向後退了兩步。突然，又有一隻手抓住他的胳膊，將他一把拉進旅館內。

少年吃了一驚，剛想掙扎，耳邊低低響起一個聲音：「別怕，我，幫你。」

「哎……」老闆娘剛想說話，雙目對上兩道冰冷的視線，大腦中頓時一片恍惚，待清醒過來時，面前什麼人都沒有了。

剛剛是不是發生過什麼？老闆娘揉揉額頭。尚未回神，明亮的火把已進入門內。

「今天店裡有沒有來過奇怪的人？」

老闆娘搖頭：「沒有。」

衛兵掏出兩張畫像：「見過畫裡的人嗎？」

一張畫像上是一位身穿黑色斗篷、頭戴風帽的少年，另一張畫像中則是一位美貌少女，面龐輪廓與第一張畫像中的人一致，長長的金色鬈髮披在肩上。

老闆娘看著第一張畫像，心裡似乎觸動了下，但這種感覺轉瞬即逝，取而代之的是一片茫然。

她迷茫地搖搖頭：「沒有……」

唐多犀利地盯著她，一揮手：「搜！」

3 奇怪的少年

少年被神祕人拉著，一路跑上樓梯。

他忐忑地打量對方，可惜這人同樣全身裹在黑色斗篷中，看不清面目。

兩人在二樓最盡頭的一間房門前停下，神祕人推開門。

屋內的桌邊一個騎士正蹺著腿喝酒，看見他們愣了一下，瞪著眼正要開口罵，雙目卻迎上兩道冰冷的視線，腦中頓時一片空白。

他恍恍惚惚站起身，走到窗邊，推開窗，撲通跳了下去。

窗戶下是被改造成臨時住所的馬廄，騎士掉到棚屋邊竟毫髮無傷，雙腿自動走進屋中。屋內的人都在賭牌喝酒，沒人注意他。他雙眼直勾勾地走到牆角，抱過一束稻草蓋在身上，呼呼地睡了。

房間內，少年努力鎮定地看著神祕人：「你是誰？爲什麼要幫我？你會使用迷魂法，你是教會的人？」

神祕人轉過身：「迷、魂、法？」

他的聲音很年輕，帶著少年特有的清澈，吐字生澀而緩慢，好像這個詞他第一次聽說。

「搜！不要放過任何一間！」

馬靴踩踏地板和敲打房門的聲音響起，少年再度驚慌起來，神祕人一把將他推進牆角的衣櫃。

砰，房門在衣櫃門闔攏的瞬間被踹開，衛兵們擁進屋內，見到披著黑斗篷的身影，不由都眼前一亮。

「隊長，人在這裡！」

少年透過衣櫃的縫隙，看到唐多從衛兵堆中緩緩走出，在神祕人面前站定。

「我們是王室衛隊，奉命追查一名逃犯，請閣下摘下斗篷。」

神祕人如岩石般沉默地矗立著。

唐多冷冷一伸手：「得罪了。」扯開他身上的斗篷，跟著一怔。

暴露在燈光下的，是一個黑漆漆的少年，頭髮和雙眸都是罕見的純黑色，身上的衣服也是漆黑的，只有皮膚異常白皙。年齡至多只有十六、七歲，面孔帶著少年特有的稚氣，異常精緻，又不同於精靈那種宛如幻夢的華美，而是一股冷冰冰的孤傲，如一尊無可挑剔的完美雕像。

濃重的寒意和威壓瞬間充溢於室內，唐多不由得恭敬地彎腰：「抱歉，是我們唐突了，請閣下原諒。」

這個少年來歷不尋常，或許是哪國王子，隱匿身分前去保護玫蘭妮公主。

唐多的心緊縮地刺痛起來，再度恭敬地道歉，黑衣人依然一言不發地一動不動。

唐多的目光從牆角衣櫃處掠過，他垂下眼簾：「告辭。」轉身帶著衛兵們離去。

待喧囂聲漸遠，躲在衣櫃中的少年才謹慎地鑽出來，掀開遮帽，放下一頭長髮。

「謝謝你啊，對不起，一開始我還誤會你別有居心。」

她的聲音恢復了少女的清脆。黑髮少年漆黑的雙眸驀然變得明亮起來，閃動著某種光彩，好像她養的小狗多多想要吃東西時的眼神。

「不用客氣。」黑髮少年吐字依然很生澀。「肯肯。」

「啊？」她有些莫名。

「肯肯。」黑髮少年指著自己。「我，肯肯。」

她怔了片刻：「難道……你叫肯肯？」

黑髮少年的臉上浮起多多得到食物後那種快樂的表情，點頭：「對，叫我肯肯。」

肯肯，這名字……真詭異。

她也指著自己，笑著說：「我叫敏妮。」

肯肯微微側頭：「玫、蘭、妮……」

她嚇了一跳，連忙說：「不是玫蘭妮，是敏妮，敏妮！記住了嗎？敏妮！」

肯肯的神色有些許困惑，而後緩慢地重複：「敏、妮……」

她開心地笑起來：「對啦。」抬手捏了捏肯肯的臉頰。

捏完後，她自己都嚇了一跳。不知道爲什麼，她總感覺這個少年很像多多，情不自禁就做出了這個動作。

她剛要道歉，肯肯卻幸福地笑起來，像被她摸了頭的多多一樣，突然湊到近前，啾地在她臉頰上親了一下。

她愣了片刻，臉轟地燒起來。

可是，不知爲什麼，剛剛的這個吻，給她的感覺，好像多多在舔她的臉頰一樣，並不討厭。

肯肯黑漆漆的眼繼續亮閃閃地看著她，她摸了摸自己滾燙的臉，竟覺得這個少年……很可愛。

母親，我見到媳婦了，我和她相處很愉快。只是，她不讓我喊她玫蘭妮，只讓我喊她敏妮。我期待能喊媳婦眞名的那一天！

4 精靈

雖然王家衛隊已經撤離，但金燦燦鎮仍不宜久留；清晨，敏妮就和肯肯一起離開了。

兩人從高老爹的店中買了兩匹馬，騎馬朝著海港的方向前行。

太陽漸漸上移，小鎮被拋到身後，路過荒野的一條河邊時，肯肯騎的那匹馬口吐白沫，摔倒在地。

敏妮連忙勒住馬，肯肯毫髮無傷地站在馬旁，敏妮甚至沒看到他是什麼時候從馬背上下來的。馬在地上抽搐。其實早在金燦燦鎮時，這匹馬就不太對勁，兩眼無神，四蹄顫抖，牙齒格格地打架。敏妮騎的這匹馬拚命躲開他走，一路行來，她在前，肯肯在後，她的馬一直跑得像被鬼追一樣。

敏妮曾關切地問過肯肯，是不是馬有問題，需不需要回去換一下。

肯肯給了她一個純真的笑容：「沒事的，牠只是不敢馱我，大概是怕生吧。」

敏妮不由自主相信了他的說法。現在看到這匹抽搐的馬，她後悔了：「早知道還是應該和老闆換一下……現在該怎麼辦呢？」

馬邊抽筋邊吐白沫，肯肯從兜裡掏出一把小刀：「妳餓了嗎？我們把牠吃掉吧。」

敏妮嚇了一跳，她手裡牽著的馬嘶吼一聲，猛地掙脫韁繩，向著遠方沒命奔去。

肯肯的雙眼瞇了瞇：「要不，我們先吃這匹逃跑的？」

一股怒火在敏妮心裡燃燒起來，她抬手在肯肯頭上重重一敲：「喂，小鬼，你開玩笑的吧！小年紀學什麼野蠻人？我可沒有吃馬肉的習慣！把刀子收回去！」

她取下水袋，到河邊取水，倒在馬的口中和身上。

肯肯遠遠站在旁邊看她奔波，表情盛滿了做錯事的委屈：「妳不吃肉嗎？」

她惡狠狠地說：「吃，我最喜歡吃火腿和燻肉！但我不會隨隨便便殺掉一隻可憐的動物！」

肯肯將刀收進兜裡，黑眼睛亮亮的：「我知道了。敏妮，妳眞善良。」

他湊近她，她還未反應過來，臉頰就被什麼軟軟的東西觸碰，好像花瓣拂過，有些癢。

「啾。」

敏妮的臉再度燒起來，一把推開他：「小鬼，隨便親人是不禮貌的。」

肯肯幸福地微笑：「我只親敏妮。」

她的臉快要起火了，抬手又敲了他的額頭一下：「不懂就別亂說話，小鬼！我已經有……」

遠遠的草原上，忽然飄來一道優雅男聲，被風送進敏妮的耳朵，迷醉了她全身。

「請問，妳能不能離這可憐的孩子遠一點呢？」

她轉頭，只見一個銀色長髮的男子，牽著那匹受驚逃掉的馬，緩緩向這邊走來。

男子有著讓人讚歎的美麗容顏，雙眸如同寧靜的湖泊，頰邊兩側服貼地立著一對尖耳，渾身散發著悠遠山脈的氣息。

一個精靈。

在阿卡丹多大陸，精靈是最高傲的種族，他們有著最美的容貌和最長的壽命，隱居在山林中，蔑視粗俗的人類和矮人。直到近幾百年才逐漸走出山林，與人族往來。

精靈牽著馬走到他們不遠處，浮起優雅的微笑：「能不能讓我看看這個病了的孩子？」

敏妮向一旁讓了讓。

精靈抬起手：「不，美麗的公主，妳無須移動。」轉目瞥向肯肯。「請你站到那邊去吧，這孩子要被你嚇壞了。」

精靈走到在地上顫抖抽搐的病馬身邊，緩聲唸誦。淡淡白色光芒從他指尖冒出，擴散到整個馬身，馬兒漸漸恢復平靜，在白光中站了起來。

敏妮驚訝地捂住嘴，精靈輕撫馬的脊背：「以神的力量，祝福你不畏懼任何危險，不論是友人還是異族。」

籠罩著馬的白光漸漸收攏，化作一點星芒，沒入馬的額頭。精靈拍了拍馬兒的脖子：「好了，這孩子不會再害怕了。」

敏妮驚歎地看著精靈：「你太厲害了，怎麼做到的？」

精靈謙遜地回答：「這是神的恩賜。」

他注視著敏妮和肯肯，忽然單膝跪在地上，握起敏妮的左手，親吻她的手背。

「美麗的公主，晨曦之花，我是精靈路亞，竟有幸遇見妳。阿卡丹多將因妳而繁盛，戰慄的王座，會重新恢復榮光。」

精靈的歌句，是祝福，也是預言。

她猛地抽回手，後退兩步，在衣服上擦了擦手背。

「不，您弄錯了，我不是什麼公主，只是個平凡的農家女。什麼晨曦之花？跟我沒什麼關係。」

精靈站起身：「火紅的花沐浴著神的光輝盛開，它開放的地方沒有紛爭，沒有恩怨，只有愛。」

肯肯挪動到敏妮身邊：「敏妮不是花，她是我的媳婦。」

敏妮再敲了他一記：「小鬼，亂說話！誰是你媳婦！」

肯肯委屈地捂住額頭：「妳不願意做我的媳婦嗎？」

「你——」敏妮一時氣結。

精靈含笑注視著他們，走到肯肯面前，將手放在他的肩上，閉上雙眼。

「你前面的路很長……你會到很多地方……遇見很多美麗的花朵……有……一直……咦？」精靈忽然睜開雙眼，驚訝的表情一閃而過。

肯肯和敏妮都好奇地盯著他：「怎麼了？」

精靈立刻又優雅地笑起來：「沒什麼，只是我的能力不夠，看不到你的未來。」

他將手按在胸前，微微躬身。

「我要繼續我的旅行，你們也要繼續了。不久的將來，我們會再見面。」

敏妮握住衣襟：「那……我的未來是什麼？」

精靈微笑：「我剛才已經說了，公主。晨曦之花盛放，阿卡丹多因妳而美，公主，千萬不要嘆息，妳的嘆息會讓春天凋謝。」

之後的旅途，敏妮一直很沉默。

兩匹馬都恢復了正常，馱著他們輕快地穿越山林。黃昏時，馬有些疲倦，他們找了一處地方休息。

金紅霞光暈染在翡翠般的山坡上。遠方小鎮躺在山谷的懷抱中，寧靜祥和。敏妮不由得有些走神，她回憶起王都郊外的傍晚，夕陽下的山脈也是這般安詳，天上變幻的雲朵總讓她不由自主地想，是不是天神正在天空中牧羊。

肯肯輕輕碰碰她的肩膀，遞給她一塊穿在樹枝上、冒著熱氣的烤肉。

「公主，千萬不要嘆息，妳的嘆息讓烤肉都冰冷了。」

敏妮無奈地回頭：「小鬼，不要胡亂糟蹋人家美麗的句子！」

肯肯無辜地眨眨眼：「我以爲妳喜歡聽這樣的話。」那個精靈說話時，她那麼大方地讓精靈親她的手背，是不是他說同樣的話，親親敏妮的時候，她就不會生氣了？

敏妮哭笑不得地看著他的臉，最後無奈地嘆了一口氣：「你啊，什麼都不懂。」

肯肯的黑眼睛裡寫著肯定：「我懂的，妳不用害怕那些人，我會保護妳，妳是我的媳婦。」

敏妮又敲了他頭頂一下：「誰是你媳婦，小鬼，你知道媳婦是什麼意思？」

肯肯一手抓著烤肉，一手緊緊握住她的手：「我知道的，妳就是我的媳婦。放心吧，他們打不過我的，由我保護妳。我們永遠幸福地生活在窩裡，好嗎？」

她全身無力，小鬼的表情在烤肉的香煙中無比堅定……她忽然發現了不對勁：「你烤肉的火堆在哪裡？」

肯肯鬆開她的手，後退些許，把左手舉到烤肉下，一簇火焰從他手心中躍出。

敏妮倒抽一口冷氣，看著肯肯將那串烤肉在火上翻來翻去地加熱，肉油滴落在火中，滋滋作響。

「你……你是聖教會的人？」

不對，聖教會的人不吃肉，也不會穿純黑色。

「你的父母是什麼人，你來自哪裡？」

肯肯將手中的火熄滅，再把肉串遞給她，遙遙指了指某個方向：「我從那裡來。我的父母……都在很遠的地方。」

敏妮小聲說：「對不起。」

肯肯抓住她的衣袖：「沒關係的，我有敏妮，我們永遠在一起。」他在她的肩膀上蹭了蹭，好像多多在蹭腦袋一樣。

敏妮深深地無奈：「你喜歡我什麼？」

肯肯笑眯眯地說：「妳是我的媳婦，我當然喜歡妳。」

敏妮勉強抑制住抽搐的嘴角：「那你爲什麼要選我當你的媳婦？」

「因爲妳就是我的媳婦。」

敏妮長嘆一口氣，拍拍他的手背：「所以，你根本不明白喜歡是什麼。眞的喜歡一個人時，你見到他就會心跳，看不見他就會思念，不管他是什麼人，你都想和他在一起。」

肯肯一臉茫然。敏妮捏捏他的臉：「你啊，還太幼稚了，小鬼！」

母親，媳婦說我不是眞的喜歡她，還說我太幼稚，我很傷心。我的牙齒都換完了，我是成年龍了，我不幼稚。我保護她，烤肉給她吃，這還不叫喜歡嗎？

5 陰謀

天黑時，肯肯和敏妮抵達了另一個小鎮。肯肯之前明明吞了一大塊烤肉，卻依然對著冒出香味的飯館大門露出垂涎的表情，敏妮只好陪他到小飯館中吃晚餐。

小鎮中同樣塞滿了趕往王都的青年，他們好不容易才輪到空位。肯肯抱著麥片粥碗呼嚕嚕地喝，引來眾人側目。

鄰桌的一個青年嗤笑：「這個時候，真是什麼野蠻人都能見到。」

肯肯放下粥碗：「是不是我的吃相不好，惹人討厭了？」

敏妮拍拍他的手背，把自己吃不完的麵包遞給他：「待人禮儀最基本的一條，就是懂得尊重別人，其他的都可以慢慢學習。」她的聲音不高不低，恰好能讓隔壁桌聽到。

那青年有些訕訕的，他身邊的一個人起身走到他們桌前，行了個禮：「兩位，抱歉打擾你們用餐的興致，如果不介意的話，這頓飯由我們作東吧。」

他穿著絲質的法袍，作神官打扮，奇怪的是，領口的釦章上卻沒有紋飾。

肯肯咬著麵包滿臉開心，敏妮搶在他點頭前快速地回答：「不用了，這點飯錢我們自己付就好。」

穿法袍的青年笑得很客氣：「既然兩位不肯給這個機會，那就算了。我叫安德里・莫特。美麗的小姐，你們也是去王都嗎？」

敏妮謹慎地回答：「不，我們是從王都那邊出來的。我弟弟這個年紀考慮結婚有點早，所以救公主的事情，還是留給閣下這樣的英雄吧。」

肯肯含糊地插嘴：「我成年了，可以娶媳婦。」被敏妮狠狠一巴掌拍在前爪上。

安德里含笑掃視他們：「兩人竟然是姐弟？長得一點也不像。」

敏妮也只笑了笑。

安德里又問：「兩位既然從王都過來，能不能告訴我們一些王都現在的情況？」

他一面說，一面在桌邊坐下。剛才出言譏諷肯肯的青年和另一個人也跟著端著食盤湊過來。

安德里笑吟吟地對侍者說：「再加五杯紫草酒、五份燻肉、五份烤燻腸、五份海鮮濃湯和五份梅子派。」

另外兩人簡單地介紹了自己，譏諷肯肯的青年名叫亞諾，另一人是個蒼白瘦小的男子，年紀大約三十歲左右，叫伊萬東。

油汪汪的烤燻腸端上桌，肯肯的目光立刻牢牢黏在上面。安德里友好地微笑：「請吧。」

肯肯看看敏妮，敏妮在心裡恥辱地嘆了口氣，勉強點了點頭。肯肯兩眼放光地一頭扎進盤子。

這三人中，顯然安德里是頭領，他依然用那種親切隨和的態度說：「敏妮小姐可能已經看出來了，我們是去王都剿滅惡龍的。因爲單打獨鬥比較危險，所以我們三人組成搭檔。我懂一點法術，亞諾是劍士，伊萬東很擅長陷阱和突襲。」

這個組合看起來很不錯，不過……敏妮脫口問：「假如你們贏了，公主要怎麼分？」

安德里呵地笑出聲：「並不是每個人都是爲了娶公主才打惡龍的。比如伊萬東已經有妻子，他是爲了誘人的酬金。我則是希望國王能夠恢復我的身分，讓我回到神學院，而神職人員不能娶妻；所以我們之間，只有亞諾對公主比較感興趣。」

敏妮恍然，怪不得這人穿著法袍，卻沒有聖教會的紋章。

「冒昧問一句，你爲什麼離開了教會？」

安德里的灰色眼睛一閃莫名光彩：「因爲我誤闖了神學院的禁地。好了，敏妮小姐，我們已經坦誠地說明了身分，能不能也請妳爲我們提供資料？」

他掏出一張王都的地圖。

「請問都城哪些地方會開放給外來的騎士們，可以自由進駐守衛？」

敏妮搖頭：「抱歉，我知道的不多。不過，城南這邊的街道是貴族們的住宅區，他們有私人護衛，外來騎士只有被邀請才能進入。城西這裡是平民區，應該是可以自由進出的。至於王宮，更是要經過檢查和許可才行吧。」

安德里露出一抹欣然的表情：「謝謝妳，敏妮小姐。另外，對於騎士攜帶的武器和人數之類，有限制嗎？」

敏妮茫然：「這我就不清楚了，應該不會有限制吧，不是爲了保護公主嗎？人越多越好吧。」

安德里收起圖紙，道了聲謝。一直沉默的伊萬東忽然幽幽地說：「其實，國王還是對進入王都的騎士仔細盤查比較好。」

他一直縮在燈光的陰影中，如一隻畏光的鼴鼠，語調也帶著一股剛從土裡鑽出來的濕冷。

「如果……有別國想對雷頓王國不利的話，這可是一個混入人手的好機會。假如趁著惡龍作亂的時機對王宮發難……」

敏妮皺眉：「這樣也太卑鄙了吧。」

伊萬東陰森森地笑起來：「小姐，妳太天眞了，世上沒有什麼是完全正義的，只有污穢的泥土中才長得出絢爛的花朵。譬如，延續八百年的惡龍詛咒，表面上看，雷頓王室是受害者，可這件事的起因，難道不是因爲王室的背叛？」

敏妮詫異地睜大眼。

伊萬東對她的反應感到很得意，咔咔笑了兩聲：「看來雷頓王室將這個祕密封鎖得很嚴。」

敏妮聳聳肩：「人人都知道王室的詛咒啊，閣下這麼說是什麼意思？」

當年有條惡龍愛上了一位公主，求婚不成，惱羞成怒，又被王家的衛隊射傷了翅膀；數年後，惡龍前來復仇，將公主搶走，並且每隔百年，都會有惡龍來抓走公主。

這段歷史她從記事起便能倒背。

肯肯從燻腸盤中抬起頭，若有所思地看著她。

伊萬東搖頭，瘦骨嶙峋的手指輕敲桌面：「妳知道的並不是事實，小姐。眞正的詛咒始於背叛。妳想一想，八百年前，阿卡丹多大陸發生了什麼事？」

敏妮脫口而出：「暮色戰爭。」

暮色戰爭是大陸上每個人都刻骨銘心的歷史。

八百年前，因幾個盜墓者的貪婪，竟然放出了封印在地底的暗夜始祖，魔族企圖侵吞這塊大陸。當時有一位神祕的騎士穿著暮色鎧甲出現，與精靈和矮人結成了同盟，最終剿滅了魔族，讓大陸重歸和平。

伊萬東雙目中跳動著詭異的光芒：「小姐，妳知道嗎？暮色騎士其實是個女人，她是雷頓王國的公主，她的名字，和現在的公主一樣，都叫玫蘭妮。精靈族還送給她一個綽號——晨曦之花。」

她手中的餐刀哐啷掉在桌上。

亞諾刨刨頭髮：「不錯，這是千眞萬確的事。安德里就是因爲在神學院無意中看到了記錄這些祕史的禁書，才被驅逐。」

安德里嘶聲低語：「這個故事最精彩的部分在於，暮色騎士之所以戰無不勝，是因爲她得到了龍王的幫助。那一代的龍王名叫炙炎。」

一股不可抗拒的寒意向她襲來，化成繩索將她緊緊縛住。

她聽到了，關於那段歷史的，與史冊記載完全相反的敘述——

龍王深深地愛著玫蘭妮公主，傾盡龍族之力幫她打敗了魔族，使整片大陸重歸和平。可玫蘭妮公主卻背棄了龍王，愛上了一名英俊的人族王子。龍王在最後的戰鬥中受了重傷，得知這個消息後，憤恨身亡。他的弟弟黑龍王爲了替哥哥報仇，強行搶走了公主。從那之後，每一百年，當新一代龍王成年，都要從雷頓王室搶奪一名公主來完成自己的成年禮。

她不敢置信地搖頭，一個聲音與她同時說：「這不是眞的。」

她轉過頭，看見燈光下肯肯神色鄭重嚴肅，一瞬間，這個總讓她覺得沒長大的少年充滿了冰冷的威懾力。

他一字字地說：「這是謠言。」

安德里三人一時竟被他的氣勢震懾住，片刻後，安德里才又率先慢慢笑起來：「這只是我在圖書館裡看到的而已，也許記載有錯誤，你們如果不相信的話，就把它當作一個用餐時的小故事吧。」他抬手喊侍者結帳，又親切地問。「兩位訂上旅館了沒有？我們訂了三間，如果你們找不到空房間，我們可以出讓一間。」

「不用，我們有地方住。」肯肯抓住敏妮的手，拉著她站起身。

敏妮還沒來得及向安德里道謝，就被肯肯拉著徑直走出門外。

他們牽著馬，沿著燈火燦爛的街道尋找旅店，敏妮一直沉默，肯肯忽然說：「敏妮，不要相信。」

她嗯了一聲。

「不要不開心，我會保護妳，我不會強迫敏妮做不開心的事。」

肯肯的聲音很認真，讓她感覺無比安心和可靠，她的思緒不由漸漸飛遠。

曾經，也有一個人用這樣的語氣和她說過：「我會保護妳，讓妳永遠開心。」

那時，她眞的天眞以爲，那雙眼眸只會深情地凝視著她，那個懷抱是她永遠的依靠。

眞是太愚蠢了。

也許那個伊萬東說的對，這個世界所有絢爛花朵的根都紮在污穢的泥土中。事實永遠不可能像精靈的吟遊詩那樣夢幻，而是與惡龍詛咒的眞相一樣，充滿了背叛。

所以，她管不了別人了。

她只是一棵卑微的小草，王國的興衰與她有什麼關係？她只要保護好自己就行了，只要從此之後做個自由自在、不受任何束縛的人就行了。

她緊了緊身上的斗篷，與肯肯一起走向燈光溫暖的旅店。

他們很幸運，訂到了最後一個空房間。

半夜，敏妮躺在床上輾轉難眠。肯肯抱著一條毯子蜷縮在牆角，呼吸綿長。

這種聲音，莫名讓她覺得心安。

眞是個奇怪的孩子，看起來應該是貴族出身，卻一點也不挑剔，他到底是誰呢？

她情不自禁微笑起來，在慢慢平靜的心緒中沉入夢鄉。

母親，我爲媳婦想了一個美麗的稱呼——「肯肯之花」，妳覺得好聽嗎？

6 突然之變

清晨，敏妮和肯肯被嘈雜聲吵醒。

窗外的街道上滿是扛著大包小包的人。有人輕敲了兩下房門，一個矮人女孩端著大大的托盤站在門外，行了個屈膝禮：「兩位好，這是小店贈送的早餐。」

敏妮問：「樓下爲什麼這麼吵？」

女孩踮起腳把托盤放在桌上：「好多人在搬家。鎮上許多年輕男子都在王都做侍衛，如果沒能保護好公主，國王陛下會處罰他們，家人也會受到牽連，所以他們的家人先到偏遠的地方或者鄰國避難。」

敏妮愣了愣。

女孩接著說：「還有，或許騎士徵集令會招來別有用心的人，利用惡龍搶公主的詛咒攻打王宮。這裡離王都太近，太不安全。聽說王都附近的很多農莊也在搬家，過幾天人會更少的。」

敏妮皺眉：「可現在正是栽種農作物最重要的季節，假如荒廢了田地，牛羊也無人照料，會出現可怕的飢荒。」

「現在哪還管得了這麼多呢。」女孩低下頭。「現在生意好，我們不會離開，但等騎士報到日期截止後，大概也會到別處避一下吧。矮人是喜歡和平的種族，不想牽扯進人族和龍的鬥爭。」

女孩再行了個禮，退出了房間。

整個早餐，敏妮都很沉默。肯肯在沉默中替她解決掉了所有麵包。

兩人騎馬走出小鎮，通往海港的路在山谷間蜿蜒伸展。

敏妮忽然勒住馬：「我……我想回王都去。」

肯肯愣了愣，立刻笑著說：「好啊。」

看他燦爛的笑臉，敏妮忍不住問：「你不問我爲什麼回去？」

肯肯的黑眼睛亮亮地回望她：「我只想和敏妮在一起，妳去哪裡，我就去哪裡。」

敏妮沉默了一下，艱難地吐出一句話：「你不能和我一起回去。」

肯肯立刻變了臉色：「爲什麼？妳不願意和我在一起嗎？」

她咬了咬嘴唇：「對不起，我一直在欺騙你，我沒有告訴你我是誰……回到王都去是我的責任。你應該也有你的責任，不能太任性。」

雖然她只是一個平凡的女孩子，既不是玫瑰，也不是什麼晨曦之花，她曾想過自私自利地逃開，可是終究，她無法逃避應盡的責任。

她抬手摸摸肯肯的頭髮，蓬鬆的黑髮滑在指間，讓她想起王都郊外那些悠閒的綿羊。

藍色的天、綠寶石一樣的草地、雲朵一樣的羊群，永遠那麼祥和悠然。

那是她永遠無法捨棄的地方。

肯肯定定看了她片刻，點點頭：「我明白了。既然妳不喜歡我跟著妳，那我會到王都找妳。」

敏妮不禁失笑。

僅僅一、兩天的相處，她竟對這個奇怪的少年有了一種微妙的感情，類似於親人，或者說是一個可愛的弟弟。她用長輩的語氣認眞地說：「聽話，回家去吧。我猜，你是瞞著家裡的長輩偷偷出來玩的吧？」

她話剛說完，身體忽然一傾，肯肯抓住了她的手臂，兩匹馬貼近在一起。

「我會去王都找妳，我會讓妳成爲我的媳婦。等著我。」

呢喃般的低語在耳邊，額頭上有溫潤的觸感，她慌忙撤開身體，馬跟著退了兩步，那雙黑色的眼眸清亮清亮的，讓她心慌意亂。

「我……我看我們是見不到了，就此再見吧。」她慌張地丟下這句話，調轉馬頭，向著王都的方向奔馳而去。

背後並沒有少年追上來的聲音。但她總感覺，肯肯執著的視線一直牢牢黏在她的脊背上。

待少女的身影自視線中消失，肯肯跳下馬，鬆開韁繩，馬立刻歡嘶一聲，飛快奔向蒼茫樹林。

漆黑的雙翼，在少年身後展開，黑龍騰空而起。

母親，媳婦不願意和我私奔，她說到責任，我懂了。打敗那些人，光明正大地娶她，這就是我的責任。

媳婦，等我！

黑龍張開巨大的雙翼，向遠方飛去。

敏妮騎著馬回到小鎭，遠遠就看見小鎭外聚集的士兵，王家衛隊的制服在陽光下格外刺眼。

幾個侍衛揪著兩個人出來，是昨天她下榻旅店的店主夫婦。唐多面容冷漠地端坐在一匹白馬上，衛隊長制服包裹下的脊背板得筆直。一瞬間，敏妮覺得那個自己再熟悉不過的側影無比陌生。

昨天曾與她和肯肯同桌吃飯的三人對唐多低聲說了些什麼。唐多冷冷地抬手：「將這兩人帶回王都，嚴加審訊！」

敏妮策馬上前：「放開他們，我在這裡！」

四周瞬間變得無比安靜，她挺直了脊背：「唐多長官，爲難平民百姓，你不覺得可恥嗎？」她轉而俯視著人群中的安德里三人，浮起嘲諷的笑。「看來，幾位的目的都能達到了。」

安德里將手按在胸前，彎了彎腰：「尊貴的殿下，我認爲您在外面太危險，還是回家比較好。」

她冷冷地問：「你是怎麼發現的？」

安德里含著濕冷的微笑抬頭：「能夠清楚地認出王都的地圖，連貴族們的住宅都一清二楚，卻不知道國王陛下頒發的王都最新禁令的人，還能有誰呢？」

她挪開目光，不屑再看這三人。侍衛們簇擁著她下了馬，登上一輛馬車，向王都的方向行去。

7 格蘭蒂納

五月越來越近，王都的居民越來越少，騎士越來越多。

街頭兜售的小報和坊間巷里的傳言中最受關注的，除了惡龍之外，是聖教會的大長老——烏代代大人。

據說烏代代大人已經一百三十歲了。一百年前，他沒能阻止那頭凶猛的母龍，眼睜睜看著林洛王子被惡龍搶走。他忍著屈辱與羞慚回到聖教會，把自己關進一間小黑屋。

一百年後，他走出小黑屋，來到王都，代表聖教會向國王立誓，定會滅掉惡龍，保護公主，結束延續八百年的詛咒。

爲了證明誓言可靠，烏代代大人向國王小小展示了一下他的百年修煉成果。他來到郊外，拔出法杖，向天上一舉，一座房子大小的石頭碎成了粉末。

一片倒吸冷氣聲中，烏代代身邊的大神官淡然補充：「大長老只用了十分之一的法力。」

圍觀的眾人騷動不已，那頭龍絕不可能有這塊石頭的十倍大，怎麼樣也死定了。

在場的騎士們紛紛慷慨地拔出佩劍。

「龍只有一頭，我們卻有這麼多人，就算踩也能把他踩死！」

「不錯，誓與惡龍決一死戰！」

「決一死戰！保衛公主！」

雷鳴般的吶喊聲中，一個裹著黑斗篷的身影默默走出了圍觀人群，他走到河邊，拔下一朵野花，憂鬱地凝視。

媳婦，妳還好嗎，有沒有想我？

那個大長老很厲害，還有這麼多人，我可能打不過，怎麼辦？

不管怎樣，我一定要娶到媳婦！

母親，現在，我只能用妳教導的，最祕密的一招——不擇手段了！

他揹著小包袱，堅定地走向城中。

城西的暮色廣場是王都最繁華也最混亂的所在，酒館中進行著無數祕密交易，廣場上的告示牌貼滿了各種生意信息。

無論是遊蕩在各處的賞金獵人，還是獨來獨往的遊俠都不會錯過這裡。

「打天下公會，最優秀的賞金獵人公會！專業！高效！傭金八折！」

「旅行在外，怎能沒有一把好刀防身！精工坊的刀，是最好的刀！矮人出品，必是精品！」

「精通各種機關、擅長陷阱、身手敏捷、人品踏實！保護公主幹什麼，留給騎士去吧！古老的陵墓，更值得熱愛。朋友，你懂的！」

……

肯肯趴在告示牌前，聚精會神地瀏覽。告示牌前昏暗的燈光將他的影子投射在地，微微搖曳。

忽然有個溫婉的女聲問：「你想要什麼樣的生意呢？」

一襲黑色長裙的嫵媚女子笑吟吟地將手搭上他肩膀，酒紅色的長髮曖昧地摩擦他的手臂。

肯肯回頭的瞬間，她驚訝地挑起眉：「哎呀，還是個小孩子。」

肯肯不悅地擰眉，身爲一頭成年龍，還被人看成幼崽是一件很可恥的事情。

女人嬌笑著捏捏他的臉頰：「別皺眉嘛，你這張小臉眞讓姐姐喜歡。」

肯肯後退一步：「我的臉只有我的媳婦能捏。」

女人噗哧一笑：「好吧，姐姐不和你開玩笑了。看你這個樣子，一定不是出來拉活的。那你想要怎樣的點子？」她嫵媚地眨了眨眼。「點子是行話，意思就是，你想雇什麼樣的人？」

肯肯簡短地回答：「厲害點的。」

女子嫣然：「這可有點寬泛了。你有足夠的錢嗎？」

他肯定地說：「有。」

女子拍拍他肩膀：「和我來吧。」

肯肯跟著女子穿過廣場，走進一間酒吧。大廳後的暗室中，一個滿臉鬍鬚的矮人正坐在板凳上抽菸斗。

女子敲一敲牆壁：「山姆，這裡有位客人，接得起大點子，我要帶他去盤口。」

矮人在呑吐的煙霧中鄙視地瞟了一眼肯肯：「就這個小鬼？羅斯瑪麗，妳確定他拿得出錢？」

女子笑著說：「哪有這樣對待客人的。放心，我給他作保，假如他搖不了點子，數目我來出。」

「好吧。」矮人將菸斗從嘴裡拔出來，抓起一個銅鈴噹噹搖了兩下，牆上立刻開出一道門。

門外是一個很大的院子，正對著門的空曠處停著一輛烏漆漆的車，拉車的竟是兩隻碩大蝙蝠。

羅斯瑪麗招呼肯肯一起上了車。車門闔攏，飛向夜空，蝙蝠血紅的眼睛放出紅光，照亮前行的道路。

羅斯瑪麗拍拍肯肯的手：「害怕嗎？這種車每晚都會從王都出發，可那些愚昧的人族一次也沒發現過它。」

肯肯緊閉著嘴，在心裡說，飛得太慢了。

大約一小時後，蝙蝠車降落在一個奇怪的所在，冰冷的街道上沒有燈光，漆黑的建築如同一隻隻盤踞的獸，又像沉默的墳墓。

羅斯瑪麗引著肯肯正要走進其中一棟建築，他們身邊忽然出現了一團柔和的光，光束中行出一個熟悉的身影，是肯肯和敏妮曾經遇見的那位精靈。

精靈從容地向羅斯瑪麗和肯肯行了個禮：「羅斯瑪麗小姐，請問，妳要把這位客人介紹給魅王陛下嗎？」

「原來是路亞大人。」羅斯瑪麗嫣然一笑。「不錯，他是我的客人，我正要帶他進府邸。」

精靈冰藍的眼睛掃視了下肯肯：「恕我直言，羅斯瑪麗小姐，他好像不是魅王陛下喜歡的那類客人。」

羅斯瑪麗聳聳肩：「可我覺得這個孩子很有趣，就帶他過來試試，不行的話，我會把他推薦給別的公館。」

路亞綻開一個恬淡的微笑：「羅斯瑪麗小姐介不介意把這位客人讓給我們？」

羅斯瑪麗故作驚訝：「看來我的眼光真不錯啊，路亞大人竟會對他有興趣。」

路亞含笑：「我曾在王都郊外和這位客人見過面，當時他與一位可愛的小姐在一起，我們算是有緣吧。如果羅斯瑪麗小姐願意把他讓給我們，不管生意成不成，傭金我都會照付。」

羅斯瑪麗彎起雙眼：「路亞大人太客氣了，我就喜歡和你們精靈打交道，誠懇，從不會欺詐。嗯，想來我家陛下也不會接他生意，就把他讓給你吧。」

路亞彬彬有禮地道了謝，笑瞇瞇地向肯肯說：「請跟我來。」

肯肯猶豫了一下，謹慎地問：「你們眞能提供我想要的人手？」

「放心，不管你想要什麼，我們都能做到。」

路亞從懷中取出一片綠葉，拋進他方才走出的光束中，葉子化成了一扇門。

路亞推開那扇門，向肯肯做了個邀請的手勢：「尊貴的客人，請進入精靈之地。」

肯肯跨進門，但見明月高懸，錦繡繁花吞吐芬芳，一棟古樸的白色城堡矗立在碎鑽般的繁星下，包裹著銀亮的光。

肯肯隨路亞踏上台階，走進城堡。裡面沒有燈，卻和白晝一般明亮，穿著輕薄紗衣的精靈們來來去去，四周擺設極盡優雅，彷彿是在天神的殿堂。

一個與路亞模樣相似的精靈迎上來，路亞與他親密地擁抱，向肯肯介紹：「這是我的兄長哈里，他負責接待你。」

肯肯點點頭，跟著哈里去會客廳。

路亞目送他們走遠，一直掛在臉上的微笑驀地一收，抓過一個精靈，急匆匆地詢問：「殿下在嗎？我有急事向他稟告。年輕的黑龍王到了，羅斯瑪麗這個近視眼加散光的夜魅，竟然沒看出黑龍王的身分。還好，搶在他踏進魅府時把他截了下來，如果被魅王發現，煮熟的鴨子可就飛了！」

羅斯瑪麗在層疊的幔帳前單膝跪下：「陛下，爲什麼要把小龍王讓給精靈？」

「先讓精靈族去費勁尋找，不是很節省我們的時間？」幔帳後的影子低沉地笑起來。「羅斯瑪麗，悄悄地跟著他們吧。」

哈里將肯肯讓進會客廳，請他耐心等待。

肯肯打量身周——這屋子到處都很閃亮，桌上擺設著綠葉形狀的水晶果盤，銀質的杯子上鑲嵌著奢華的紅榴石，水晶掛簾輕輕搖曳，發出清脆好聽的聲音。他有點擔心小包袱裡的東西是不是帶少了。

一個穿著樸素麻色長袍的精靈走進會客廳，月光般的長髮流瀉到他的腰部。這個精靈渾身暈著明月般的光華，肯肯莫名覺得他挺晃眼的，不像其他精靈那麼柔和。

哈里看見這個精靈，立刻欠身離開。

精靈用純正的綠眼睛注視著肯肯：「客人，你有什麼要求？」

「我想雇一個幫手，幫我打一架。」肯肯打開包袱，金塊和各色寶石折射出璀璨的光芒。「這些，是酬勞。」

「哦？」精靈微笑。「打誰？」

「打，不讓我娶媳婦的人。」肯肯的眼神冰冷。

精靈興味盎然地望著他：「他們爲什麼不讓你娶媳婦？」

「我未來的岳父不喜歡我。」

精靈指尖一點，一把椅子飛到肯肯身後，桌上幻出一杯熱騰騰的茶。

「聽起來這是個很長的故事。不過尊貴的客人，精靈對你帶來的這些沒興趣，我們需要你身上的另一件東西作酬勞。若你仍願意與我們合作，就請坐下來，把原委詳細告訴我。」

肯肯的視線落在精靈的麻色長袍上，這個精靈穿得很簡樸，可能是個末等打雜的。

「你是這裡的小弟嗎？你說的話算數？」

精靈微微一笑：「放心吧，精靈是最誠實的種族，我既然能和你談，肯定說了算。」

肯肯想起羅斯瑪麗評價精靈的話，又謹慎地問：「你們想要什麼東西？」

一團光芒飛到肯肯胸前，光中浮現出一枚鑰匙的輪廓。

「你的這條項鍊不錯，如果用它作酬勞，我們就接下這筆生意。」

肯肯抓住項鍊，堅定地說：「不行，這個只能送給我媳婦。」

母親將項鍊掛在他脖子上的時候告訴他，這條項鍊只能在媳婦心甘情願嫁給他的時候交給媳婦，其他任何人都不能碰。

精靈遺憾地攤手：「那這事就沒商量餘地了。恕我直言，如果你打架輸了，拿什麼娶媳婦？」

肯肯沉默了一下：「我未必會輸。」

精靈溫和地說：「就是說有可能會輸。」他彈了下手指，半空中飛來一本銀色冊子。「這是精靈族所有高手的名單，他們的畫像、擅長技能都有詳細記錄，只要你拿出項鍊，他們隨你挑選。」

肯肯望著那本冊子，怦然心動，思考了片刻後，他再問：「我只須要讓一群人不能動就行，他們都會這種法術嗎？」

精靈勾出一抹薄笑：「定身術或者昏睡術？當然會，對精靈來說這是很基本的法術。」

肯肯盯著他綠色的雙眸：「你也會？如果我雇你的話，是不是能便宜一點？」

媳婦說過，買東西要懂得討價還價。他不需要很貴的高手，只要能定住烏代代長老和那些騎士就可以。

精靈愣了一下，雙眉微皺，再一瞬又舒展開：「不錯，如果是我的話，你不用把項鍊給我，抵押就行。」

肯肯不解：「什麼是抵押？」

精靈解釋：「就是你暫時將項鍊放在我這裡，抵押期結束後，我會把項鍊還給你。項鍊還是你的，可以把它送給你媳婦。」

肯肯抓抓頭：「那抵押的時間一過，你不是等於什麼都沒有嗎？」

精靈嘆了口氣：「誰讓我是個便宜的打雜的呢。」

肯肯抓起一把寶石：「這些另外送給你吧，不用抵押的。」

精靈擺手：「不用了，我有職業道德，不會額外收費。」

肯肯更感動了。精靈抬了抬手，一張金燦燦的帛紙輕飄飄浮現，自動鋪到桌上。

「請在這裡簽下你的名字。」

肯肯接過精靈遞來的鵝毛筆，歪歪扭扭簽上名字，金帛上立刻浮現出一段文字：

茲有立約人肯肯，將紅龍之鍊抵押給精靈族，契約自簽訂時起生效，直到暮色變成晨曦，沉眠的寶藏重現人間。

精靈這些詩意的句子，肯肯有些看不懂。他簽完字，毫不生疑地把筆和金帛還給精靈。

精靈在金帛上簽上自己的名字——

格蘭蒂納·阿法迪

金帛放射出耀眼的光芒，飛到半空，化成兩只金色手環，其中一只飛向肯肯，咔地扣在他的左腕上。

金環上密密刻著契約的銘文，還有精靈的名字——格蘭蒂納·阿法迪。

另一只手環則套在精靈的左腕上，與肯肯的一模一樣，只有名字那裡變成了肯肯。

精靈掛著滿意的表情站起身：「好了，契約已經成立。我們是先詳細聊聊你娶親一事的前因後果，擬定一下戰術，還是現在就出發？」

肯肯帶著格蘭蒂納離開了精靈城堡，可能因爲格蘭蒂納只是個精靈小弟，精靈族反應十分冷淡，沒人送他們出城堡不說，連輛蝙蝠車都沒配給他們。肯肯只好變成原形，馱著格蘭蒂納回到王都。

在格蘭蒂納面前露出原形時，肯肯有些擔心會不會嚇到他。但，格蘭蒂納雖只是個打雜的，卻很有見過世面的風範，淡定地坐到肯肯背上，指點他飛向王都。

肯肯降落在王都外的僻靜郊野處，格蘭蒂納遠眺巍峨的城牆：「我們暫時住在哪裡？」

肯肯思索了一下，其實他一直是變小了之後隨便找個草地睡的，可格蘭蒂納接下這筆生意已經很委屈了，不能還讓他跟著自己睡草叢。於是，他帶著化成普通人模樣的格蘭蒂納進了城，找了間不起眼的小旅館住下。

進到房間後，格蘭蒂納招出一隻綠油油的毛毛蟲將房間上上下下全部淨化一遍。

看著贈送這麼多額外服務的格蘭蒂納，肯肯覺得這筆生意自己佔了很大便宜。爲了消滅心中的愧疚，他把柔軟的床鋪讓給格蘭蒂納，自己睡牆角，還到市集上買了一件花花的袍子，送給格蘭蒂納作禮物。

格蘭蒂納收下那件袍子的時候，嘴角抽了抽。第二天，肯肯很期待格蘭蒂納穿上那件花袍子，他覺得格蘭蒂納其實比任何精靈都閃亮，如果再穿得花一點，一定特別迷人。

結果，格蘭蒂納穿了另外一件麻色的長袍。肯肯很失落：「你爲什麼不穿那件新衣服？」

格蘭蒂納的綠眸中漾著柔和的微波：「它太美了，我捨不得穿。」

肯肯心中暖暖的，驀地湧起一陣衝動，沒頭沒腦地對格蘭蒂納說：「我，我永遠把你當朋友。」

格蘭蒂納浮起精靈標誌性的聖潔微笑：「我也一樣。」

母親，我雇了一個精靈，他很好看，但是他每天都要洗三次澡，這樣眞的不會把男子漢的味道都洗掉嗎？

8 王宮驚魂

暮色降臨，她站在窗前，看著皎潔月亮從山脈後升起，王宮籠罩在大戰即將到來的平靜之中。

侍女輕輕敲了敲房門：「殿下，唐多侍衛長前來巡察了。」

她嗯了一聲，陣陣靴聲響起，唐多帶著侍衛們走進房間。

唐多將手按在胸前，躬身道：「殿下，例行檢查。」

侍衛中，她竟然看到了安德里、亞諾和伊萬東。安德里含笑向她行禮：「因爲王宮人手不夠，國王陛下特許把一些忠誠的騎士臨時編入衛隊。我們三人有幸入選。」

她厭惡地別過頭，沒有回話。

侍衛搜查了一圈兒，確定沒有異常，告辭離去。她突然看向唐多：「侍衛長，我想單獨和你談談，可以嗎？」

唐多的臉上閃過一絲猶豫，點了點頭。

侍衛和侍女們都退出了房間，房門闔上。她和唐多在空蕩蕩的房間中面對面站著，唐多避開她的視線，走到窗邊，闔攏窗扇：「殿下，現在是非常時刻，最好不要隨便開窗。」

她冷笑了一聲：「惡龍眞來了，一扇窗戶也擋不住他，就算我被抓了也沒什麼，反正我也無關緊要。」

唐多的臉色變了：「不，妳很重要。」

她面無表情地盯著他的雙眼：「唐多，我只拜託你一件事，如果這次我有什麼萬一……請你照顧好我的家人。」

唐多抓住她的手臂：「相信我，我會保護妳。」

她幾乎有種大笑的衝動，甩開他的手：「這話從你嘴裡說出來真滑稽！我們沒其他話可以談了，請你出去吧。」

她背轉身，許久後，聽見唐多輕輕地說：「我愛妳。」

唐多的腳步聲遠去，冰涼的液體順著她的眼角滑下，她抬手擦去，突然聽到窗玻璃上有輕輕的叩擊聲。

她詫異地看去，只見一團小小黑黑的東西撲搧著雙翼，一下下撞著玻璃，用小爪子拚命撓著窗子沒關好的縫隙，努力鑽了進來。

「敏妮不要哭。」那東西嗖地撞到她面前，突然吐出一句話。她嚇了一跳，那東西用腦袋蹭蹭她的臉，涼涼的光滑觸感讓她覺得有點癢。

「敏妮，不要哭。」他渾身黑光一閃，竟然變成全身黑衣的少年，漆黑的雙眸亮亮地望著她。「精靈的法術有限，我只能待一下就走。明天，我一定會贏過那些騎士，讓全世界都承認妳是我的媳婦。」

少年俯下身，在她唇上印下一個吻，再次化成那個小小的黑團，撲搧著翅膀，鑽出窗戶，飛向夜空。

她半張著嘴，石像一樣呆了許久，這才回過神。剛才，那是肯肯！

他……他變成的那團黑東西，雖然小，但但但、但形狀，好像是一隻……龍！

她倒吸一口冷氣，捂住嘴巴，踉踉蹌蹌倒退幾步，扶住椅子坐下，捂住額頭。

不可能的，那個傻孩子居然就是惡龍！！！

「妳是我的媳婦。」

「我要妳做我的媳婦。」

「我會讓全世界都承認妳是我的媳婦。」

……

天哪，她眞蠢！爲什麼沒早點看出來？

如果他眞的是龍……

少年純眞的笑臉從她眼前閃過，她無力地癱在椅子中。

這件事情，要怎麼解決才好？

黑黑的小龍臉上掛著幸福的紅暈飛出了王宮，躲開了神官們的神識搜捕，飛到城西的旅館外，鑽進二樓的窗子。

坐在桌邊看書的格蘭蒂納淡然地看著他：「回來了？」

小龍變回黑衣少年，羞澀地點點頭，全身都好像在冒著光。

「我……我按照你告訴我的，吻了……媳婦的嘴唇……」

格蘭蒂納揚起嘴角：「感覺如何？」

肯肯的臉更紅了：「很好。」

格蘭蒂納露出聖潔笑容：「這樣她就不會再當你是小孩子了，明天，證明你的實力給她看吧。」

9 大戰

午夜鐘響，五月的第一天終於到來。

所有騎士按照統一指令埋伏在王都各處和城牆外，王宮更是水洩不通。

當第一抹晨光劃破天空，王都上空突然出現一個碩大的黑影。

這個黑影貌似是在一家小旅店的屋頂上現身的，他就這麼「咻」地一下蹲在了房頂上，張開巨大的雙翼，升到半空。

旋轉的氣流嗚嗚作響，埋伏在小旅店附近的騎士們揉著被沙塵迷到的眼睛愣了一時，才反應過來。

「是龍！」

「惡龍！惡龍真的出現了！」

「惡龍來搶公主了！」

……

無數羽箭飛射向巨龍，又紛紛落下。

劍斷，馬驚，盾牌粉碎。

騎士們眼睜睜看著巨龍輕快地飛向王宮。

王都中心廣場上的眾神官喃喃唸誦咒語，天空出現一道道雷電，交織成一張巨網，罩向巨龍。

爲首的神官舉起鑲嵌著寶石的法杖，巨龍的頭頂頓時出現一個巨大火圈，碩大的火球雨點般密密砸下。

巨龍咆哮一聲，周身冒出黑光，形成一個光罩，火球一觸到那光罩，立刻反彈在雷電巨網上，巨網滋滋震顫，破開一個大洞，巨龍一頭撞出網，繼續飛向王宮。

她焦急地在房間中踱步，只聽到外面喧囂大作。

「巨龍來了！」

「嚴守崗位，誓死防守！」

「弓弩手準備！」

……

怎麼辦？該怎麼辦!?如果龍眞的是肯肯，難道眼睜睜看他跳進圈套!?

可是，如果通知他，又會帶來怎樣的後果？

房門突然被粗暴地推開，安德里、亞諾和伊萬東走了進來。

「尊敬的公主殿下，早上好。」

她警惕地後退一步：「你們來做什麼？」

本應守滿侍女和侍衛的門外毫無動靜。

伊萬東拔出腰間的匕首架上她頸項：「我們無意冒犯殿下，只想知道，暮色騎士的項鍊在哪。」

她挺直脊背：「什麼項鍊？」

安德里含笑搖頭：「公主，不要裝糊塗，當年，紅龍王曾經送給暮色騎士一條項鍊，鍊墜是花朵的模樣，是你們王室代代相傳的寶物。」

她輕蔑地掃了安德里一眼：「我不知道。」

安德里依然笑咪咪的：「那麼就只有麻煩公主跟我們走一趟，好讓失去記憶的人，想起那些重要的事情。」

哐！肯肯一頭撞破了另一道雷元素的電牆，王宮就在眼前！他雙翅拍出巨大氣流，颳落密密射來的箭雨。

向前向前！

媳婦，我來了！

騎士們終於明白了自己的狂妄，他們信誓旦旦要大卸八塊的惡龍就在眼前，但是看著面前的龐然大物，他們的手心竟微微滲出了冷汗。

烏代代大長老站在王宮的塔樓平台上，將樹杈形狀的法杖高舉過頭：「萬能的神，請聽我的祈禱，風火雷電，響應我的召喚，自然的奧數，暫將操控交付予我，流動吧，風——」

天地間，響徹著唸誦的回音。風，吹了起來，很輕很輕，滲透進了在場每個人的骨骼，令人不寒而慄。

四大元素咒文歌，所有修習法術的人，都只能根據自身的條件從四大元素衍生的四大法系中挑選一系修煉。可烏代代長老竟然同時精通了四系，並將四大元素合爲一用。

高台之上，烏代代長老半禿的腦殼後，似乎亮起了一個明亮的光圈。

她在安德里三人的挾持下走出房間，跨過地上橫七豎八的侍從們的身體。

冷冷的風透過迴廊的窗，安德里喉嚨中響起滿意的咯咯聲：「時間卡得剛好，烏代代大人在巨龍到來的時候一定會唸誦元素咒。」

而風，是四大元素中，速度最快的。

安德里從口袋掏出了一樣東西，丟到地上：「風元素，吸！」

那東西越漲越大，變成了一個氣球的模樣，下面吊著一個提籃。她在被推進提籃、匕首離頸的那一瞬間，狠狠地一腳踹向伊萬東，高聲喊：「來人，快來人！」

亞諾撲上來，一把揪住她的頭髮，隨即，她的臉頰吃了一記耳光，安德里狠狠掐住她的脖子，將她按在提籃壁上。

「公主，請老實一點，雖然我需要活著的妳來換項鍊，但不用妳手腳俱全。」

冰冷的匕首重新架在她的脖子上，她閉上嘴，露出冷笑。

可憐的小賊，你們的算盤必定會落空。

微微的風中，烏代代長老輕輕揮了揮法杖，烏雲密集，千萬道雷電朝黑色的巨龍砸下！

雷電中，卻亮起一道淺淺的柔和綠光，包裹了巨龍，強橫的雷電消弭於無形，連烏雲似乎也畏懼綠光的威勢，漸轉淡薄。

天空上浮現出一個身穿麻色長袍的身影，足踏一片綠葉，晨光在他身後鋪展，如神祇降臨。

烏代代長老瞇眼：「龍的幫手，請報上你的名字。」

那人沒說話，朝陽的光束落入他手中，化成一根流金的法杖，暈出柔和的光芒，騎士們的眼皮開始沉重，一個接一個軟趴趴倒下。

烏代代長老的目光驀地犀利：「你是精靈？」

那人依然沒有回答，巨龍拍打翅膀，俯衝向王宮。

烏代代長老舉高手中的法杖，一顆巨大的火球裹著雷電砸向巨龍，綠色柔光立刻包裹火球，火球瞬間煙消雲散。

巨龍眼看就要撲上王宮的屋頂，哐噹！某個物體先一步撞破了城堡的玻璃，躥到半空。竟是一個碩大的氣球，氣球下方掛著的提籃中，一名長髮凌亂的少女被三個男子挾持著，胳膊上已經有了些傷痕。

「媳婦！」巨龍失聲大喊，伊萬東扭著少女猙獰地笑：「別過來，否則我就立刻送公主去天國！」

格蘭蒂納淡淡低喃：「不自量力。」法杖輕輕一揮，陽光化作幾道光箭，與烏代代長老發出的鋒芒一起扎向鼓脹的氣球。氣球上暈出一團暗紅光芒，光箭和鋒芒頓時被吞噬。

烏代代長老神色微變，肯肯急躁地撲動著翅膀：「格蘭蒂納！怎麼辦？」

格蘭蒂納搖了搖頭：「這幾個人類不值一提，但附近可能有高人插手，暫時不能輕舉妄動。」

提籃裡的安德里高喊：「其他人統統退下！請國王過來！」

愛德華國王在衛兵的簇擁中匆匆趕到露台上：「挾持公主乃重罪，你們現在立刻放開她，我可以既往不咎。」

安德里大聲道：「我們無意冒犯公主，但我們崇拜偉大的暮色騎士，想要得到一件她的物品，請陛下將暮色騎士的項鍊交給我們，我們保證公主平安無事！」

愛德華國王面露疑惑：「什麼項鍊？」

伊萬東拿匕首的手動了動，一絲血從少女的皮膚中滲出：「陛下，如果你拒絕，我失望之下，匕首會打滑，或者腦筋混亂把公主丟給巨龍。」

國王向肯肯的方向望了一眼，沉默了片刻，顫聲說：「好、好吧。」

嘭，巨龍突然渾身冒起一團黑煙。

安德里幾人和國王及衛兵們頓時戒備地向巨龍看去，黑煙消散，巨龍沉默地蹲到了附近一座高塔之上。格蘭蒂納溫和地說：「各位不用擔心，龍殿下覺得，讓人類先解決完自己的問題，再迎娶公主不遲。」

烏代代長老甕聲說：「陛下，我可以保證巨龍暫時不會妄動。」

國王這才稍微放心，帶著衛兵匆匆離開，大約一個鐘頭左右，才托著一個紅色的盒子重新回到露台。盒蓋打開，裡面赫然是一枚薔薇吊墜。

安德里點頭：「讓一名侍衛脫下盔甲，拋掉武器，拿著項鍊靠到露台邊。」

唐多立刻動手解開身上的盔甲。

安德里忙道：「侍衛長可不行，請找一個不相干的騎士。」

騎士們大都還昏睡在地，唐多正爲難，忽有一名渾身包裹鎧甲的佩劍騎士從長廊拐角處轉出。

「讓我來。」

他取下頭盔，露出十六、七歲少年略帶稚氣的臉，漆黑的頭髮如濃重的暗夜。

唐多愣了愣，他認得這個少年，但獲准守衛王宮的騎士中，似乎沒有他……

亞諾大笑：「原來是這個只會吃的傻小子。你是公主身邊的侍衛吧？怎麼還化妝成騎士？好吧，就是你了，過來吧。」

少年脫去鎧甲，丟掉佩劍，接過盒子，一步步走到露台邊緣。

安德里高聲指示：「把盒子丟過來。」

少年一揚手，盒子在空中劃了個完美的弧度，卻沒有落進提籃，而是向著地上墜落。伊萬東握著匕首的手腕忽地一麻，匕首跌落，跟著眼前一花，剛剛還在露台上的少年，不知什麼時候已站到了他的面前。

三人大駭，想要撲向少年，卻發現全身無法動彈，視線好像被黏住了一樣，注視著少年漆黑的雙瞳。

少年精緻的面孔毫無表情：「我不會欺負軟弱的人類，但要給你們一點小小的懲戒，算作欺負我媳婦的代價。」他微微側首，對少女說。「抱住我的脖子。」

她怔了怔，向後退了一步，少年一把抓住她的手，將她扯到自己肩上。

氣球裂成碎片，黑衣少年化爲巨大的黑龍，安德里三人飛速墜落，眼看就要跌到地上粉身碎骨，格蘭蒂納手中的法杖一動，巨大的冰塊從地上冒出，將他們吸入冰中。

蹲在格蘭蒂納身邊的巨龍此時已變成了一片樹葉，烏代代長老哼道：「不錯的障眼法。」

她坐在巨龍的背上，金色的鬈髮和綢緞的裙裾在風中飛揚，碧藍天空彷彿伸手便可觸及，雲朵在她的身邊飄。

母親，我終於帶著媳婦在天上飛了，好幸福，她的身上好香，我眞想就這麼一輩子飛下去。

他輕聲問她：「妳願意就這樣和我離開嗎？」

一瞬間，她的心微微觸動，可她只能假裝害怕地拚命敲打巨龍的後背：「放開我！我要回去！放下我！」

巨龍沉默了片刻，黯然地說：「我尊重妳的選擇。」

肯肯在天空盤旋了一圈，落向王宮的院子，他忽然感到一陣頭暈，眼前的景色有些模糊。

他不由自主地在空中打圈，他背上的少女忽然扭頭朝格蘭蒂納的方向大喊：「那個懂法術的，救我一下！」隨即躍向地面。

耳邊，響起呼嘯的風聲，原來從高處往下掉落的感覺與飛翔類似，要是那個懂法術的人不救她，她會不會就這樣死掉？

剛剛那些白雲眞的好像羊毛一樣，可惜沒有伸手摸一摸。

她苦笑著閉上雙眼，一雙手臂輕巧地接住了她下墜的身體。

她睜開眼，發現自己正躺在一個陌生的懷抱中，抱著她的人毫無瑕疵的面孔兩側是一對尖尖的耳朵。

精靈！

精靈抱著她輕盈落地。

烏代代長老從高塔上跳下，重重冷笑了一聲：「精靈族竟然幫助惡龍搶奪公主？」

巨龍落到地面，變成黑衣少年，踉踉蹌蹌走了幾步，扶住一棵樹勉強站定。大批衛兵蜂擁而出，弓弩與刀劍的鋒芒統統指向他。

肯肯扶著樹，直直看著少女，清亮的眼睛裡沒有怨恨，只有不解的委屈。

她低下頭，輕聲說：「抱歉。」

格蘭蒂納走到肯肯身邊，向他身上丟了一個治癒術：「這件事，似乎是人類一方比較卑鄙，我們精靈一向只站在正義的一邊。年輕的龍是中了毒吧，這種專門針對龍的毒，是下在這位小姐身上，對不對？」

她朗聲承認：「不錯，我身上被下毒香，這種毒只對龍有效。」

肯肯重重摳住樹幹，不敢置信地睜大眼。

格蘭蒂納溫和地望向她：「妳很善良，爲了讓他少中一些毒，竟從龍背上跳下來。」

她避開肯肯的視線：「我逃走的時候，他救了我，我知道他很單純，不該被這樣對待。」

肯肯的目光一點點溫暖起來。

國王身邊的執政官厲起神色：「放肆！妳以爲妳是誰，竟敢擅自做這種決定！來人，把她和龍都拿下！」

唐多越眾而出，單膝跪地：「陛下，請饒恕她，她只是什麼也不懂的小姑娘，中了龍的迷惑而已。」

她立刻說：「我沒有受任何迷惑，我自己做的事情，願意自己承擔！」

士兵們作勢要擁上，三個聲音幾乎同時響起——

「且慢！」「且慢！」「且慢！」

其中兩個聲音，分別屬於烏代代長老和唐多，而另一個聲音，則來自遙遠的天上。

眾人抬起頭，見天空中，一位精靈騎著一隻純白的獨角獸踏雲而來。

精靈穿著華麗的長袍，額頭上的晶石掛飾七彩流光，他降落在空地上，向著愛德華國王優雅地行禮：「人類的國王，我是精靈族的祭司路亞。你們與龍的恩怨延續了八百年，我們願從中調停，尋找一個雙方都能接受的和平方式。」

烏代代長老慢吞吞甕聲說：「陛下……如果精靈插手，我們沒有勝算。而且，若爭鬥起來，王宮必遭毀損。我建議，不妨聽聽精靈的說法。」

愛德華國王思索片刻，緩緩點頭：「請講。」

路亞浮起純善的微笑：「既然爭端是因爲婚約而起，首先應該聽一下，訂立婚約雙方當事人的意見。」

他話音剛落，肯肯便急切地說：「我一定要娶到媳婦！」

國王等人的臉色都不大好看。

路亞走到少女面前，親切地問：「公主，請問妳願意嫁給年輕的龍王嗎？」

肯肯烏黑的眼睛帶著無限的期盼熱烈地看著她。她抱歉地垂下眼簾，堅定地說：「不願意。」

肯肯失聲問：「爲什麼？」

她坦然地抬眼：「肯肯，我很喜歡你，你單純又……可愛，好像一個弟弟。可是喜歡不是愛情，我曾愛過一個人，明白其中的差別。」

肯肯受傷地看著她：「媳婦，我是眞的喜歡妳！我會一直對妳好！」

格蘭蒂納忍不住揚起嘴角。

她無奈地嘆了口氣，轉身望向愛德華國王：「陛下，精靈閣下的問題，不應該由我回答吧？」

愛德華國王臉色微變。

格蘭蒂納淡淡地開口：「我一直在等著，你們有哪位肯說出實話，這位小姐秉持著高貴的品德沒把眞相說出來，可你們卻還在無恥地隱瞞。」

愛德華國王目光閃爍，路亞疑惑地看向少女：「妳……」

格蘭蒂納緩聲道：「路亞，你的眼色還是不怎麼樣，國王怎麼捨得把毒下在自己的親生女兒身上？」

四周陷入了死一般的沉寂。

她終於可以坦然地說：「對，我不是玫蘭妮公主。我叫敏妮，是一個普通的牧羊女。我喜歡的人在王宮做事，我爲了能經常看到他，就參加了王宮侍女的甄選，成了公主的侍女。」

她還記得被選中成爲侍女時那激動的心情，她終於可以每天都見到他了——她從小最喜歡的唐多哥哥，在她受欺負時保護她，在她開心和傷心時陪伴她，她最愛的人。哪怕只是擦洗地板或整理花園時的匆匆一瞥，對她來說也是莫大的喜悅。

她每天都幸福地生活，等待著十七歲生日那一天，唐多遵守諾言娶她做新娘。

可是，在離十七歲生日還有幾個月的時候，國王交給她一項任務，對她說，完成任務後，她將是王國的英雄，被永遠記載在史冊中。她沒有辦法，也沒有權利拒絕。

惡龍來搶奪公主，國王為了保護女兒，需要一個替身。只有她擁有與公主相同的髮色和瞳色，並熟悉王宮的禮儀。

她強忍著眼淚，露出微笑：「其實今天，是我的生日，我愛的人曾經告訴我，他會在今天讓我做他的新娘。」

可是現在，她卻作為公主的替身站在這裡，渾身塗滿毒液，成為殺龍的誘餌。她不想成為什麼英雄，不想拯救亂世，她只是一個平凡的少女，只想和自己喜歡的人永遠幸福地生活在一起。

她逃跑了，但在旅途中，她明白了自己不能隨心所欲，如果她真的離開，國王肯定不會放過她的家人。她的心中沒有拯救天下的宏圖大願，但她想守住她那個小小的家。

她擦乾眼淚，望著肯肯：「所以，你其實並不愛我，因為我不是你的媳婦。」

肯肯茫然地看著敏妮，他很混亂，媳婦突然不是媳婦了，這到底是怎麼回事？那麼，他真正的媳婦在哪裡？

路亞和緩地問：「年輕的龍王，你還想見見你真正的婚約者嗎？」

肯肯愣愣地站了片刻，搖了搖頭。他心中有些疼痛，有些酸澀，他什麼都不想了。

愛德華國王和在場的其他人都露出釋然的表情。

路亞接著說：「那麼我們就來追尋這個恩怨的關鍵吧，瞭解龍和雷頓王室的婚約究竟因何而起。」他從袖中取出一顆光球。「這是我們精靈族測驗謊言的寶物，請龍王與愛德華國王各自說出自己所知。」

光球先飄到肯肯面前。

肯肯捂住額頭：「母親，告訴我，成年後，要來娶媳婦。八百年前，國王與我們主動定下的。」

除了愛德華國王和烏代代長老之外，在場的人類皆滿臉震驚。

執政官駁斥：「無恥！明明是龍族一直在強搶公主！」

格蘭蒂納悠閒地插話：「爲什麼別的王國的公主不搶，只搶你們的，大概國王能給出答案。」

光球飄到國王面前。

愛德華國王抬起袖子擦了擦汗，勉強地說：「第一代……的確，不是強迫，但後幾代就……」

國王的話讓執政官都變了臉色：「陛下，這……」

烏代代長老嘆了口氣：「陛下，也許暮色騎士的靈魂在天上尚未安息，我們不能爲了遮掩王室的恥辱再將事實隱瞞下去了。」

愛德華國王沉默良久，終於閉眼長嘆：「好吧，就當這是神的安排。八百年前，我的祖先做了一些錯事，導致後輩世代不得安寧。這件事情，由暮色騎士而起。」

路亞平和地說：「我們精靈族曾與暮色騎士一起戰鬥，知道暮色騎士其實是一名女子，而且是當時的公主玫蘭妮。不知道爲什麼，雷頓王國一直沒有公布這件事，我們也就一直保守這祕密。」

在場的其餘人都更加詫異地騷動起來，神祕的暮色騎士竟然是個女人，還是公主！

愛德華國王艱難地顫聲說：「我們一直沒有將此事向外公布，是因爲八百年前，將玫蘭妮公主指認成暮色騎士一事，是謊言。我的祖先們也明白這個謊言很無恥，於是將暮色騎士的身分永遠地掩蓋了。」

10 暮色騎士

八百多年前，暗夜始祖侵襲，魔族肆虐阿卡丹多大陸，雷頓王國即將淪陷。

當時的國王體弱多病，幾位王子在與魔族的戰爭中都受了重傷。公主玫蘭妮身邊的一名侍女漢娜是落魄騎士的女兒，她大膽向王室建議，聯合龍族和精靈族對抗魔族。但龍族的首領紅龍王一直保持中立的態度，不干涉人類和魔族之間的恩怨。

想要請動紅龍王，必須由王室成員前往，但是國王和王子當時都無法前去，公主又懼怕龍王，漢娜便假扮成公主求見紅龍王，請他援助人類。

紅龍王起初對她有些蔑視，說道：「國王派一個公主來見我，是因爲人類的男人腿都嚇軟了？」

漢娜回答——不，由我來見陛下，正是爲了證明即使人類的男人戰到流乾最後一滴血，人類的女人們也會拿起劍，繼續和魔族對抗下去。

紅龍王欽佩她的勇氣，同意援助人類，還贈送她一副龍族的戰甲。漢娜剪短了頭髮，穿上戰甲，以暮色騎士的身分參加戰爭，最終成爲了領袖。

紅龍王愛上了漢娜，他們並肩作戰。暮色騎士是個女人的事情除了雷頓王室之外，只有紅龍王、精靈族和矮人族的首領知道。漢娜擔心自己卑微的身分會令同盟解散，便一直使用玫蘭妮公主的身分。龍王也一直以爲他愛著的是玫蘭妮公主。

在與暗夜始祖的最後一戰中，紅龍王和漢娜都受了重傷。紅龍王雙目失明，漢娜在不久後重傷不治而死。

戰爭結束，紅龍王立刻向雷頓王室求婚。真正的玫蘭妮公主也愛上了英俊的紅龍王，她覺得漢娜是用了自己的身分才有了這一切，這些本該是她的，紅龍王的失明讓她竊喜，慾望令她起了冒充漢娜的念頭。

她答應了紅龍王的婚約，謊稱自己失去了聲音。命令當時的聖教會編纂書籍，記錄自己就是暮色騎士，將關於漢娜的一切全部抹煞。

可是在舉行婚禮的時候，紅龍王拉起新娘的雙手，發現她不是漢娜。他終於知道漢娜早已死去，在悲傷中舊傷發作身亡。

發狂的玫蘭妮公主又迅速與一位鄰國的貴族結婚，她的性格變得十分極端，整日以虐待僕役為樂。有一天，她失足跌入水塘，僕人們故意不去救她，任由公主在水塘中死去。

雷頓王室為了保全面子，索性隱瞞所有與暮色騎士相關的信息，讓暮色騎士成為一個謎一樣的英雄，他神祕地出現，又神祕地消失。

紅龍王的弟弟黑龍王得知兄長的死訊後來找雷頓王室理論，玫蘭妮公主的哥哥繼位為王，想要平息此事，就把自己的女兒送給黑龍王作為和親新娘，並且定下婚約，每隔一百年，王室就獻出一名公主與龍族聯姻。

他之後的一百年，另一位龍王來迎娶新娘時，當時的國王不想承認這個婚約，不願嫁出女兒，龍族覺得王室背信棄義，便釀成了每隔一百年，惡龍就來搶親的悲劇。

眞相被隱瞞，而暮色戰爭及惡龍搶公主的詛咒卻生出了很多版本的謠言，越傳越離譜。

烏代代長老慢吞吞補充：「這件事的確不算光彩，聖教會也銷毀了公主當年編纂的全部僞書，只留下一本作爲資料文獻藏在神學院圖書館的密室中。」

卻不想被安德里等人發現。

聽完這段故事，在場所有人都沉默了。

國王懇切地望著肯肯和精靈們：「我們會公開澄清這件事。但，這個婚約，也請解除吧。」

路亞轉頭看向肯肯：「年輕的龍王，現在決定權在你手上，你的想法是什麼？」

肯肯定定望著敏妮：「我很喜歡妳，可妳並不是我的媳婦，我暫時對別人也沒有興趣。」

敏妮走到他面前，踮腳摸了摸他的頭髮：「你是龍，而我只是個平凡的女孩子，即使沒有這些，我們也不相配。你會碰到一個眞正喜歡的人，你們將永遠在一起。」

肯肯黯然地低下頭。

愛德華國王試探著問：「那麼，龍殿下，你到底要不要與我們王室解除婚約？」

肯肯尚未開口，突然有個清脆的聲音平空響起：「要不要解除婚約，也得先問問我的意見吧！」

露台方向一陣嘈雜，在侍女的驚呼、侍衛的追趕聲中，一個少女出現在露台上，三步併兩步地奔下旋梯，衝向被圍住的肯肯。

她長長的金色鬈髮在風中亂七八糟地飛舞，滿月一樣滾圓的臉因奔跑而紅撲撲的，粉紅色的絲綢長裙緊緊地繃在身體上，胳膊和腹部的肥肉如風中的玫瑰般顫抖。

她像一顆頂著金髮的粉紅皮球般筆直地滾向肯肯，肯肯迅速朝旁邊一閃，皮球撲了個空，轉了個彎停下，捧住在微笑中亂顫的下巴。

「我才是眞正的公主！小子，我願意爲了國家犧牲自己，你搶我走吧！只要你讓我經常跟你的這個尖耳朵的跟班待在一起就行！」

執政官和侍女們一起驚叫。

「公主殿下，請妳三思！」

「公主，妳要冷靜！」

肯肯定定看了她五秒鐘，轉頭問：「這是什麼？」

愛德華國王咳嗽一聲：「這是小女。」

肯肯迅速而乾脆地說：「我願意解除婚約！」

玫蘭妮公主愣怔了片刻，立刻調轉頭，箭一般衝向在一旁袖手看熱鬧的格蘭蒂納，臉上浮起羞澀的紅暈。

「你是那小子的跟班吧！爲了幫他，你搶我吧！」

她一頭扎向格蘭蒂納的胸口，被撲上來的侍女們拖住。

格蘭蒂納露出溫柔的聖光普照式微笑：「美麗的公主，我不敢妄自將任何一朵嬌艷的花據爲己有，請您爲了世人繼續盛開在王宮中吧。」

玫蘭妮公主滿臉通紅，暈暈呆呆地看著他，被侍女們和侍衛們趁機拖遠。

格蘭蒂納喃喃：「那首阿卡丹多玫瑰的詩是我們族裡哪個傢伙寫的？」

路亞小聲回答：「殿下，是哈里。兩年前他被魅族打劫，快要餓死了，幸虧雷頓王室的執政官把他帶到王宮內款待，他說在飢餓中看到公主時，覺得她美極了。」

八百年的惡龍詛咒圓滿解決，敏妮必須離開了，肯肯忽又抓住她的手臂。

「敏妮，我覺得我還是很喜歡妳。」

她踮起腳，在少年臉上輕輕親了一下：「我也喜歡肯肯，能認識你這個朋友我很開心。你離開之後，我一定會常常思念你。」

肯肯的表情很困惑：「我，和敏妮，是朋友？」

她點頭：「對的，是朋友。」

年輕的黑龍終於開始明白感情的含義，其實愛有很多種。

他問敏妮：「那妳會和唐多在一起嗎？」初次保護敏妮、在旅店躲藏時，他就看出，唐多應該發現了敏妮，可沒有說出來。

敏妮笑起來：「你變聰明了啊，這件事，我也不知道。」

她打算辭去王宮中的工作，回家牧羊，經歷了許多，她依然是那個平凡的農家女，也許很多年後，她會告訴她的兒孫，一個關於龍的故事。這個故事中，她還是主角呢。

至於其他事情，來日方長。

她問肯肯：「那你呢？」

肯肯抓抓頭：「我也不知道。」

他沒娶到媳婦，還是要回家去吧。

國王客氣了幾句，正準備和衛隊離開，路亞忽然說：「請等一下，婚約解除好像還差最後一道程序。」

國王不解：「難道要簽一個合約？」

路亞微笑：「那倒不必。只是，八百年前，紅龍王曾贈給暮色騎士一條薔薇項鍊作定情信物，這條項鍊後來落入了玫蘭妮公主手中。剛剛刺客向陛下索取此物，陛下拿了一條仿製品，既然婚約已經解除，眞正的項鍊應該歸還給現任的龍王吧。」

愛德華國王神色沉重：「這條項鍊不在我們這裡。」

檢測話語眞假的光球在他眼前飄浮，證實他的確沒有說謊。

路亞追問：「那麼它在哪裡？」

愛德華國王猶豫了片刻：「之前的玫蘭妮公主嫁給了卡蒙公國的斯坦大公，帶走了她全部的珠寶作陪嫁，你們說的那條項鍊應該也在其中。」

敏妮打量路亞和格蘭蒂納，低聲問肯肯：「這兩個精靈和你是什麼關係？」

肯肯如實回答：「我怕我打不過烏代代長老和這麼多騎士，就雇了格蘭蒂納。他很好的，只要我的一條項鍊作抵押，不要別的酬勞。」

敏妮皺眉：「我總覺得……那兩個精靈另有目的，你當心點。」

尤其是肯肯口中的格蘭蒂納，雖然聖潔的氣息讓人不敢逼視，但她直覺這個精靈非常不簡單。

格蘭蒂納和肯肯一起回到旅店，肯肯默默收拾自己的小包袱。

格蘭蒂納溫聲問他：「接下來有什麼打算？」

肯肯簡短地答道：「回窩。」

格蘭蒂納凝視著他：「你難道不想嘗試一下，尋找一段新的感情？」

肯肯沉默，一想起敏妮，他心就很痛。

格蘭蒂納微笑如清醇的泉水，衝擊著他的傷口：「你現在的情況，叫作失戀，需要一段新的戀情來補救。」

肯肯悶聲說：「可是我已經沒有媳婦了。」婚約解除了。

格蘭蒂納淡淡地笑起來：「這個世界上有很多美麗的公主。而且，你的婚約其實是因一條項鍊而起，項鍊現在在卡蒙公國，找到它，說不定就能找到眞正屬於你的新娘。」

肯肯的心微微動了一下。

格蘭蒂納的聲音像撥動心弦的仙樂：「我會繼續幫助你，我們精靈是誠信的，我收了你的傭金，就會一直陪伴你到你娶回新娘爲止。」

格蘭蒂納眞是太好了，肯肯心中翻湧著感動。他剛要點頭，窗外不知是誰噗哧一笑，一抹黑影穿過窗子輕盈地跳進室內。

「王子殿下，你可眞會哄小孩子呀。」

肯肯迷惑地看了看黑影：「羅斯瑪麗？」

羅斯瑪麗嫵媚地笑著：「小龍王，謝謝你還記得我。那天精靈族把你從我這裡不懷好意地騙走，所以我必須在你再次上當前提醒你，千萬不要繼續中他們的圈套。你知道這位是誰嗎？」

肯肯認眞地說：「知道，他是格蘭蒂納，精靈族打雜的。」

羅斯瑪麗捂住嘴，笑得花枝亂顫：「哈哈，太有趣了！沒想到殿下這麼委屈自己，眞是爲了寶藏不擇手段啊！」

格蘭蒂納神色從容：「妳是爲寶藏而來？」

羅斯瑪麗擦擦眼角笑出的淚：「當然啊，和殿下你一樣。我們可不像某些僞君子，貪圖寶藏還要藏著掖著，你們都能拿到的消息，豈能瞞得了我們魅王陛下？莫莫卡昏睡了八百年，所有人都在等著他吐露當年的祕密。他醒來的事，以及醒來後說出的話，若不能第一個知曉，我們一族哪還有臉混下去。」

格蘭蒂納勾出一抹淡笑：「那三個企圖挾持公主的人類，是你們的安排？」

羅斯瑪麗大方地搖頭：「他們想過搖我們的點，不過這麼蠢的傢伙，怎麼可能進盤。」

肯肯聽得有點頭暈。羅斯瑪麗斜睇他：「小龍王，我就簡單點說吧。八百年前，你的祖先紅龍王知道一筆巨大寶藏的埋藏地，他把寶藏鑰匙分成了兩份，一份贈送給暮色騎士，另一份留在自己身邊。」

兩只鍊墜合在一起，才能拿到藏寶圖，打開寶藏的大門。

知道這個祕密的只有紅龍王、暮色騎士和當時的精靈王及矮人族的首領。

精靈王戰死，紅龍王和暮色騎士也相繼死去，矮人族首領莫莫卡重傷昏迷，他躺在冰中由精靈族治療了八百年，終於在數月前醒來，說出了寶藏鑰匙的去向。

「現在，你知道精靈與你簽訂契約的目的了，他們其實是騙了你的那把鑰匙。小龍王，你眞的太稚嫩了，如果你有一點常識，就應該知道，阿法迪是精靈王族的姓氏。格蘭蒂納・阿法迪是精靈族王子，下一任的精靈王。」

精靈王子和精靈族打雜的對肯肯來說倒沒有太大分別，他緊緊盯住格蘭蒂納：「你，眞的是爲了項鍊和寶藏？」

龍最講誠信，最鄙視謊言。

格蘭蒂納神色很平靜：「無論我是誰，想借用你的項鍊做什麼，都沒違反我們之間的契約。」

精靈的美麗優雅與聖潔原來全是裝的！肯肯厭惡地皺眉。

狡辯！

格蘭蒂納舉起手腕，金色的手環流光浮動：「契約已簽訂，並且尚未結束，要不要遵守，隨你選擇。」

羅斯瑪麗嘖嘖兩聲：「好無恥呀好無恥。小龍王，趕緊砸了這兩個圈圈。靠欺詐訂下的合約，原本就不能算數！我們魅族才是適合你的夥伴。」

肯肯看向她：「寶藏，這麼重要？」

羅斯瑪麗嫣然問：「你覺得娶媳婦重要嗎？」

肯肯緊皺眉頭，沉默了許久，揹起包袱，對格蘭蒂納說：「走吧。」

羅斯瑪麗一呆，格蘭蒂納也微微一怔。

肯肯冷冷地看著他：「你，我，一起去卡蒙公國，找寶藏，和媳婦。」

契約沒解除，那就繼續下去吧。

無論對方多無恥，龍，都要誠信！

羅斯瑪麗神色複雜：「小龍王，你真奇怪。」

格蘭蒂納舉起右手：「我格蘭蒂納·阿法迪，願以精靈王族的名義許下承諾，與龍族結盟，尋找寶藏，共享財寶。」

肯肯緊了緊肩上的小包袱：「我對財寶沒興趣，也不跟你許什麼承諾。真的不論有沒有承諾都是真的，假的再怎麼發誓還是假的。」

母親，我想再看看人類的世界，或者我能找到真正屬於我的媳婦。

格蘭蒂納放下手，初次認真地看著他：「我尊重龍王的意見。」

肯肯悶聲說：「不要叫我龍王，龍王是我的母親，我是肯肯。」

敏妮提著包袱，步履輕快地走出王宮。國王說她解除了詛咒，值得嘉獎，她卻只有一個請求，那就是離開王宮，恢復自由。

前方的街道上，站著一個熟悉的身影。

她的腳步頓了頓，繼續向前行，那人迎面走來，接過她手中的包袱。

他的身上已沒有王家衛隊的制服，而是換上了平民的服裝，棕色的頭髮微微有些凌亂，不像之前那樣一絲不苟。

「敏妮，我辭去衛隊的職務了。」

她愕然：「啊？」爲王國服務一直是唐多最大的夢想，任何時候，他都說會爲了保護王宮奉獻一切。

唐多表情輕鬆：「我突然改變了想法，世界很大，其實應該到處看看，我更想用我的劍保護我最愛的人。」他低頭深深凝視她的眼眸。「敏妮，妳願意給犯錯的人彌補的機會嗎？妳還願意繼續做他的新娘嗎？即使他會變成一個普通的農夫，或者劍術老師，或者遊歷各處的賞金獵人？」

金紅色的夕陽掛在屋角，她十七歲生日的這天尚未結束。

她在暮色中仰望著那刻骨銘心的面容，輕輕點了點頭。

不遠處，默默望著他們的黑衣少年跳下屋頂，和等待著的精靈一起向著城門的方向大步走去。

穿過喧囂的暮色廣場，暮色騎士的塑像矗立在絢爛的霞光下。

她全身包裹在鎧甲中，戴著頭盔，拄著長劍，凝視東方。

雕塑的底座刻著幾行銘文——

暮色騎士，他穿著暮色的鎧甲，卻帶來晨曦的希望。

阿卡丹多大陸會永遠記得他的勇敢，他的榮光。

即使不知他眞正的姓名，

即使不知他眞實的模樣。

格蘭蒂納指著銘文最後一行文字，對肯肯說：「這是啓明文，精靈族在祭祀中才會用到的文字，據說是神的語言，意思是晨曦之花。很有趣的是，在啓明文中，晨曦與龍同音，花朵也可翻譯成愛戀。於是這句話還有一種翻譯，就是——龍的摯愛。」

第二章

幽禁城堡

母親，我決定再去找個媳婦。這一次，我再也不會愛上別人的媳婦了。

0 楔子

我親愛的朋友：

你永遠也想像不到，我在都城遇到了什麼。那個奇妙的雨夜，將是我一生最美的夜晚。

她是魔女，也是女神。

我知道我的死期就要到了，我心平氣和地迎接它的來臨。因我曾飲甘泉，所以我未有遺憾……

——《貝隆子爵書信集殘卷》（暮色曆二〇年三月十九日）

「您眞是太有眼光了，這本《貝隆子爵書信集殘卷》是幾百年前的禁書。」書店老闆將破舊的書冊遞給面前的青年，壓低聲音。「對所有熱愛祕史的人來說，它是無價的珍寶。」

青年接過書冊，掏出錢袋：「好吧，我願意出兩個銀幣。」

1 夢魘

每一個清晨，都是黑暗的果實；每一抹暮色，皆為夢魘的溫床。

——《幽禁城堡》序章，鹿琴 著

夜晚，在夢中，她又走進了那座石塔。

蠟燭火光搖曳，只能在黑暗中照出一團昏昧。她沿著盤旋的樓梯一階階向上，赤裸雙足下的地毯柔軟又冰冷。眼前盡是混沌，她卻十分明白周圍的一切應該是怎樣。

再上兩個台階，牆上會有一幅壁畫。樓梯頂端的牆邊，放著來自東方的花瓶。

走到第二層，向右轉，風從窗中漏進來，薄紗窗簾搖曳，彷彿有人細細低吟——

妳回來了。

她在心裡不由自主地回應著這句話。

對的，我回來了。

手中的蠟燭驟然熄滅，黑暗將她周身包裹，風如冰涼的手輕撫她的臉頰。她惶恐地站著，有種說不清、道不明的熟悉感，彷彿她真的遠離已久，今又回歸，那低吟纏繞在她耳邊。

妳回來了。妳是屬於這裡的，不管在何處，妳都會回來，不再離開。

她在剎那間慌亂起來，努力想甩開這些纏繞。

不，不是的，我不想留在這裡，我不認識這裡！

壁爐中騰地冒出熊熊火光，黑色的影子在牆壁上變成一根根黑色藤蔓，纏繞向她的身體，她轉身想逃，已被緊緊捆住。

凌亂的陰影聚化成一個女子，慢慢向她走來。

金棕色長髮嫵媚地散著，雙瞳是鮮血的顏色，胸前紅色的薔薇鍊墜流轉著魅惑的光暈。

妳回來了，這次，妳將永遠不會離開……

她掙扎著，歇斯底里地喊起來，放開我！我不認識這裡！妳是誰？

女子微笑起來，是啊，我是誰？

她茫然地愣住，心臟突然如被捏住般緊縮，她不敢置信地伸出手。

手指觸摸到冰冷的鏡面。

她面前，是一面鏡子，對面的那個女人，就是她自己。

黑暗的塔內突然大放光明，鋪天蓋地的紅色向她襲來！

她猛地睜開眼，從床上翻身坐起。

侍女驚慌地入內，點亮床邊的燈：「大公妃殿下，出什麼事了？」

她擦了擦頭上的冷汗，長長吐出一口氣，勉強鎮定地說：「沒什麼，作了個噩夢而已。給我倒杯水。」

手指觸到了什麼，她心中驟然一驚。

項鍊，那條項鍊不知何時掛在了她頸上。她顫抖著一把抓起胸前的鍊墜，寶石雕成的薔薇濃艷如血。

這條項鍊，她從沒佩戴過，它明明應該在她的首飾匣中！

她渾身冰涼，枕邊的書跌落在地。

她下意識側首，地上，打開的書頁上用血色的線勾出了這樣一句話——

總有一天，她會和這條項鍊一起，重回人間。

□

暮色曆一百年五月十五日，陰。占星師卜算，今日大凶，諸事不宜。

御醫所的醫官們在帷帳外誠惶誠恐地問：「陛下的病情已不容拖延，大公妃請早做決斷，到底是保守治療，還是冒險一試？」

她有點想笑，只有在這個時候，他們才尊稱她爲大公妃。那個從來不屑於看她一眼的男人的命，現在居然由她掌控。

假如他的病好了，她將變成棄婦。

假如他病死了，她會變成寡婦。

到底是選擇做棄婦，永遠住進幽禁城堡中；還是選擇做寡婦，而後成爲卡蒙公國的第一位女大公兼最後一任大公？

優劣似乎顯而易見。

她輕輕敲了敲手中的羽毛扇：「一群無用的蠢材，你們暫且保守治療。立刻發下榜文，徵召能夠治療大公陛下的人。各地增派軍隊，多加五千士兵守護都城，防止變亂，如果軍隊不夠，我會讓帝國派人來。」

醫官與在場官員們喏喏答應。她站起身，浮起一抹有些惡意的微笑：「另外，去請茉琳伯爵小姐來看看陛下吧，就說是我叫她來的。想必她和陛下都在思念彼此，我也不是那麼不近人情。」

一片靜默中，她轉身走出了金碧輝煌的大廳。絲綢裙裾沙沙作響，緞鞋的薄底踩踏在厚厚的毛毯上，感受微微凹陷的柔軟。

女官們一言不發地恭敬跟在她身後，她在長長的走廊中放緩腳步。

牆壁上，歷代大公妃的肖像逐次排列。這些肖像都出自那個年代最好的畫匠之手，栩栩如生，鑲嵌在花紋繁複的金框中，下方純金的銘牌鐫刻著她們的名字和生卒年月。她們都穿著厚重的禮服，擺著相似的姿勢，面帶微笑，俯視著她們的繼任者。

總有一天，她的畫像也會懸掛在這裡，亦會有一塊銘牌記錄著：白絲綺・斯坦大公妃，生於某年某月某日，卒於某年某月某日。如果到那時，這個小小的公國、這個宮殿還存在的話。

她向這些前輩們回以一笑，對身後的女官說：「不少畫框都黯淡了，讓工匠來保養一下吧。」

女官們躬身應下，她繼續向前走，書房中已經堆積了一大堆等待處理的文件。

她能夠想像那些大臣們看她走進書房的表情。

「公國必定會亡在這個女人手裡。」

無所謂了，反正從她嫁過來的那天起，他們就這麼說。

在這些人眼中，她就是居心不良想毀掉公國。他們千方百計想將她送進幽禁城堡，沒有絲毫良心不安，所以，此刻她也沒必要顧忌什麼。

「這件事到底會怎樣結束呢？」她也不知道。

朝陽透過落地的大窗，紅色薔薇的鍊墜在她胸前閃閃發亮。在走廊的盡頭，她向右轉，拖曳的長長影子拂過懸掛在牆壁上的第一幅畫像。

畫像上的女子有著濃密金褐色長髮和碧藍色眼睛，華貴長裙包裹著她的身軀，一條紅色薔薇項鍊掛在她天鵝般優雅的頸項上，她臉上的表情有些奇特，唇邊的笑容似乎帶著一絲嘲諷、一絲期待。

畫像下的銘牌，沒有她的生卒年分，只刻著她的名字——玫蘭妮·斯坦大公妃。

2 禁忌的書冊

他得到了那樣東西，那時，他不知道，它將帶來什麼。

——《幽禁城堡》第一幕第一節

「兩位眞是太有眼光了，這本《貝隆子爵書信集殘卷》可是一份十分珍稀的手卷，除了我這裡，別的地方一定買不到。如果你們有興趣，我算你們九折。」

妙妙書坊的老闆賠著殷勤的笑臉如斯介紹。

此時，小小的書坊中只有兩個客人，一位是身穿麻色長袍的美貌青年，有一雙罕見的綠色眼睛；另一個小哥兒則渾身上下黑漆漆的，只有臉挺白。他一言不發酷酷地站在那個綠眼睛青年的身邊，目光在一堆畫冊上打轉。

麻色長袍青年闔上手中那本陳舊的書冊，文雅地笑了笑：「抱歉，這本書講的是三代大公時的事情，我只對一代大公時期比較感興趣。」

青年將書冊放回櫃台上，老闆有些遺憾地搓搓手：「要是放過這本書，就會錯過好東西啊。一看客人你就是一個做學問的人，你應該聽說過鹿琴吧？」

青年立刻說：「我雖孤陋寡聞，也不可能不知道阿卡丹多最傑出的劇作家。聽說他出生於卡蒙公國，但現在被禁止入境，他的作品也禁止出演和出版。給他惹來災禍的那個劇本，好像就是最著名的《幽禁城堡》？」

老闆小心翼翼地左右看看，壓低聲音：「告訴你一個祕密，鹿琴的那部《幽禁城堡》就是根據這本《貝隆子爵書信集殘卷》寫的，明白了吧……」

青年的表情一下子變得興趣十足，他重新拿起那本舊書。

老闆瞇起眼：「如果你不相信，可以對比一下，今晚有個巡迴劇團，正好要上演《幽禁城堡》。這是邊境自由區，進了國界線內可就看不到了。」

青年爽快地付了兩枚銀幣買下那本書。那名黑漆漆的少年忽然開口問：「大公是什麼？」

老闆愣了愣，呵呵笑起來：「小哥兒不會連這個都不知道吧？卡蒙只是公國，我們的君主沒有稱爲王的權利，只能稱爲大公。」

卡蒙公國始建於八百多年前，這塊土地原本隸屬於丹丁王國。暮色戰爭時，整個阿卡丹多大陸飽受魔族侵害，丹丁王國的不少貴族都投靠了魔族。小國王年幼，他的叔父斯坦公爵堅定地保衛著國家；於是，等戰爭結束後，軍隊和大部分平民都更加擁戴斯坦公爵而非國王。甚至有人提議讓斯坦公爵做國王，此舉引來了已長大的年輕國王的不滿，國王與公爵關係日益惡劣，形勢一度尷尬。最終，在聖教會和其他幾個國家的協調之下，斯坦公爵劃了卡蒙一帶，成立卡蒙公國，名義上斯坦公爵仍稱爲大公，而非國君，但實際上卡蒙已經是一個獨立的國家。

丹丁王國在一百多年前被奧修帝國吞併，丹丁王國最後一位公主嫁給了奧修帝國的皇帝，他們的兒子，後來的奧修皇帝因此聲稱擁有卡蒙公國的血脈繼承權。

奧修帝國雖垂涎卡蒙公國許久，但一直都沒出兵。可能是因爲卡蒙公國太小了，奧修皇帝懶得動手，更想不費一兵一卒輕易取得這塊土地。

近一年前，老大公病逝，他的獨生子西羅・斯坦繼任爲新大公，爲了穩定局面，被迫娶奧修皇帝的妹妹白絲綺公主。

「假如大公沒有後代就去世，這位帝國公主會代替他成爲女大公。假如公主爲大公生下了繼承人，孩子身上有奧修皇室的血液，奧修皇室更加擁有公國的血脈繼承權。總之，這裡早晚會變成奧修帝國的疆土吧。」

老闆嘆息著搖頭。

「聽說一代大公妃玫蘭妮詛咒了每個嫁到斯坦家的女人，我倒是希望她能成功咒這位白絲綺公主。」老闆嘀咕完，又趕緊呵呵一笑。「開玩笑的，開玩笑的，兩位可別向帝國告發我啊。」

他有十個膽子也不敢說，想暫時解決公國被吞併的危機，就只有一個方法——讓白絲綺公主沒有子嗣地死在大公之前。

那位文雅的青年微笑道：「請放心，我們只是普通的旅人。」

他身邊的黑衣少年卻突然掃去滿臉迷離，冷冷問：「爲什麼想詛咒那位公主？」

任何一頭雄性都不該這麼卑鄙地詛咒公主！

老闆怔了怔，文雅青年立刻說：「對不起，我這位同伴比較有騎士精神，喜歡呵護美麗的少女。對了，你們的大公有姐妹或女兒嗎？我們有永保青春的祕方，想獻給未婚的公主。」

老闆這才又僵硬地扯扯嘴角，含糊地打了個哈哈。

「大公沒有姐妹，現在更沒有女兒，他唯一的姑母伊莎貝拉公主前年就過世了，所以，小哥兒你想見公主，只能到別國去了。」

黑衣少年渾身散發著寒意，看向那位文雅的青年。

青年無辜地笑了：「白絲綺大公妃是貨眞價實的公主，不過已經結婚了。」

黑衣少年繃著臉，一字字說：「母親說過，絕不能做第三者，把爪子伸向別人的妻……」

文雅青年一把捂住他的嘴，將他拖向屋外。

老闆呆呆地站著。

蒼天啊，大地啊，他聽到了什麼！

有人要對……喔，他要記下這一切！說不定就能變成第二個貝隆子爵，不，呸呸，這太不吉利了，應該是第二個鹿琴……

老闆正要從櫃台中翻出紙筆，剛剛那位文雅的青年突然又出現在他的面前，緩緩露出一絲聖潔的笑容，抬起左手：「抱歉，你必須忘記今天的一切。」

眼前一晃，他的腦中一片迷茫。

肯肯冷冷地站在荒野中，眺望前方。

熙熙攘攘的市集近在咫尺，過了這個集市，就正式進入卡蒙公國境內了。

一路上，格蘭蒂納甜言蜜語地和他說，卡蒙公國有很多很多美麗的公主——果然是假的。

格蘭蒂納爲了那條能夠開啓寶藏大門的項鍊才到這裡來，但肯肯對寶藏沒有興趣，他只想快點找到媳婦，帶她回窩，從此幸福地生活在一起。

找個媳婦，竟這麼難嗎？他憂鬱地站著，格蘭蒂納走到他身邊，肯肯沉默地背過身，他現在不想理會這個騙子精靈，只想靜靜品味一下寂寞。

格蘭蒂納柔和的聲音鑽進他的耳朵：「你大概會認爲我是騙子，可我覺得，你有些狹隘了。難道只有那些出身於王室的，有著世俗頭銜的女子，你才承認她們是公主？」

肯肯皺眉，動了動。他沒太明白這句有點繞的話，但他知道不能被這個精靈繞進去。他選擇繼續沉默。

格蘭蒂納接著說：「比如，敏妮是不是公主？她不是國王的女兒，你就認爲她是假的了嗎？」

肯肯立刻說：「敏妮她是公主，她是特別的。」提起敏妮，他的胸口又隱隱作痛。

「並不只是敏妮，這世界上，每一朵花都是獨一無二的。每一個少女，都是公主。」格蘭蒂納的指尖暈出光暈，地上含苞的野花在光暈中徐徐綻放，瞬時鋪滿山崗。

「只要你懂得欣賞，懂得珍愛，總會找到屬於你的公主。」

肯肯的視線不由自主被那雙綠色眼眸吸引，彷彿有股清澈的泉水在沖刷他的心，也灌進了他的頭殼，讓他迷茫。

格蘭蒂納溫和地微笑：「這樣吧，如果你一時想不明白，我們先去市集看戲，我請客。我一直覺得，戲劇是人類美的精華的體現。」

市集中，不算很大的劇院門前已經擠滿了人。

來自鄰國的著名劇團將演出在卡蒙公國屬於禁忌的名劇——《幽禁城堡》。

3 幽禁城堡

夜晚來臨，他走在黝黑的街道上，對即將到達的地方充滿期待。那裡，命運正等著他。

——《幽禁城堡》第一幕第二節

她握著戲票，排在長長的隊伍中。

這裡是卡蒙都城的一個祕密劇院，今晚將上演的劇名叫《騎士、女巫和小屋》。在此排隊的所有人都知道，這是爲了逃避檢查所用的化名，這部戲劇的眞正名字是——《幽禁城堡》。

這部戲劇她看過無數次，但，現在站在這裡，她有種嶄新的、違背禁忌的快樂。

劇院的舞台不大，椅子很陳舊。演員都沒有名氣，演得也遠不如她曾看過的好，可，看著男主角用冷靜的聲音說出那悲傷的台詞時，她的眼淚再一次不爭氣地湧出眼眶。她用力拍手，即使他一點都不帥，一點都不符合她的想像。

散場了，她依依不捨地起身，跟著人流走出劇院。

出了暗巷，觀眾低調地匆匆散向四面八方，她沿著幽靜的小街向前走，身後有個年輕的男聲從出了劇院起，就在喋喋不休地對劇情評頭論足。

「……我還是覺得第二幕最後那一小節有些不合理。男主角知道自己要被殺死了，在不清楚原委的情況下，不是選擇逃生，而是選擇跳河自殺，並且他還是個游泳高手，這不是有點滑稽嗎？」

她實在忍無可忍，猛回過身：「喂，看不懂就別胡亂評論！你能明白他那時候的心情嗎？最愛的人要殺死自己，他在萬念俱灰的情況下選擇主動放棄生命，這有什麼不對!?」

說話的人和他的同伴吃了一驚，一時都愣住了。

一直在發表評論的年輕男子哈了一聲：「哎呀，好像碰到了一個狂熱戲迷。」

他身邊的男子低聲說：「馬休，別和小姑娘嗆聲。」跟著對她禮貌地躬了躬身。「晚上好，美麗的小姐。我的同伴對這部劇發表了一點評論，可能與您的觀點不同，請不要介意。夜已經深了，您還是趕緊回家去吧。」

她冷冷說：「發表評論可以，但若把無知當機智，揚揚得意地亂說一通，那就有點丟人了。」

馬休挑了挑眉：「哦？看來小姐對我的評論十分不滿。我承認這是一部難得的好劇，但是那個地方的安排不合理。當然，這一段很能煽動女觀眾的情緒，畢竟她們太感性，缺少理性。」

她冷笑兩聲：「這位理性的看客，能不能再詳細說一說？」

另一個男子一直在假裝咳嗽，暗扯馬休的衣袖，馬休撥開他的手，聳聳肩：「小姐，如妳剛才所說，男主角發現最愛的人要殺死自己，萬念俱灰選擇自殺，非常合理。但他在手裡有劍的情況下，不選擇抹脖子，反而要砍翻兩個侍衛奔到窗邊爬窗、開窗、喊完一大堆讓太太小姐淚流滿面的台詞之後再跳河，是不是有點多餘？況且他游泳游得這麼棒，我不能不懷疑他自殺的誠意，其實他還是想逃命吧。」

「你……」她噎住。

馬休滿意地欣賞她的表情：「再來，他站在窗台上，喊那段足有五分鐘的獨白時，一堆刺客居然全部一動不動。要是我，立刻發幾個冷箭過去，絕對讓他變成一隻死刺蝟。」

「你！」她憤怒地跳起來。

馬休好整以暇地吊著嘴角看她：「怎麼？妳覺得他另有不得不跳河的理由，比如他不想弄髒別人的地毯？」

她撇嘴：「我不和強詞奪理的人辯論！」

馬休點頭：「嗯，無話可說的人一般都用這句話掩飾自己。」

她漲紅了臉，就在這時，大鐘樓十點的鐘聲響徹全城，她跺了跺腳，不再理會這兩人，轉身向著小街的盡頭奔去。

一條手絹在她轉身時從她袖中飄落，馬休撿起手絹，露出一絲驚訝。

「粉色的絲綢，這是宮廷的女人才能擁有的東西。」

他將手絹湊到鼻尖。

「奧修的睡蓮花香料，看來這位小姐是從宮裡跑出來的。她年紀這麼小，是大公妃的侍女吧。」

馬休握著手絹，朝身邊男子笑了笑：「竟然連奧修公主的侍女都是你的劇迷，我真嫉妒你啊，鹿琴。」

□

格蘭蒂納買了兩張戲票，帶著肯肯進了劇院。購票的人很多，格蘭蒂納對著賣票的小姑娘笑了笑，小姑娘立刻眼冒桃心地送上兩張前排中間位子的票。

肯肯嚴肅地對格蘭蒂納說：「你這樣做，不對。」

格蘭蒂納反問：「這只是友誼的力量而已，有什麼不對？」

肯肯不知道人類有個詞語叫以色騙財，他在心裡嘀咕，這就是不對。

格蘭蒂納拽著他跟隨人流進了劇場內，找到位子坐下。

肯肯第一次看戲劇，對眼前的情形十分好奇。許多人坐在一排一排的椅子上，都盯著前方高台上的紅色帷幕。

肯肯又發現，他們在進場時周圍坐的有男也有女，現在卻不知道爲什麼，全部變成了女士。好多道視線在瞥著他和格蘭蒂納，但當他看過去時，那些視線的主人立刻偏過頭，或用扇子、手絹遮擋住臉，像根本沒注意他們一樣。

肯肯有些不明所以的侷促，在椅子上挪了挪，把兩只前爪端正地放在膝蓋上，僵硬地盯住前方的帷幕。

那些視線立刻又悄悄掃過來，伴隨竊竊私語聲。

「呵呵，害羞了呢，眞可愛！」

「我還是比較喜歡綠眼睛的那個……」

「這個小的也不錯啊，好想捏捏他的臉。」

……

肯肯更侷促了，耳朵也有點熱。幸好在此時，侍者熄滅了場內兩側的燈火，觀眾席中立刻起了一陣微妙的騷動。

格蘭蒂納那條會打掃衛生的毛毛蟲也爬出皮囊，趴在格蘭蒂納膝上探頭聚精會神地看向舞台。

紅色帷幕緩緩拉開，明亮的光束將高台照得金碧輝煌。

一個年輕的佩劍男子走上舞台，他是貴族青年安東尼・林頓子爵，初次來到某個陌生公國的都城，期待著冒險和奇遇。

在一個祕密的舞會上，他邂逅了一名神祕女子，她用面具遮住了臉，有著天使般的氣質，跳起舞來卻如魔鬼般誘惑。

安東尼愛上了這個神祕的女子，女郎告訴安東尼，她叫米卡，但不肯透露身分和住址。

「假如神在保護你，那你不會再見到我，假如神放棄了你，你我將再見面。」

女子離開時，留下一條紅色的薔薇項鍊。

安東尼失魂落魄地回到旅館，旅館的老闆很關心地勸告他，夜晚不要出門，最近，年輕的男子出門很不安全。

安東尼當然沒聽這個勸告，他到處尋找那個神祕女子，幾天後的夜晚，她再次猝不及防地出現在他面前，從他手中接過紅薔薇項鍊。

「看來神沒有眷顧你，安東尼。」

安東尼著魔地親吻她的手：「爲了妳，哪怕背叛神，哪怕去地獄，我也願意。」

女子面具下的唇邊綻開罌粟般的笑容：「那你就跟我到地獄中來吧。」

肯肯噌地站起身：「不能去！那個女人是騙子！」

場中炸開喧譁笑聲，肯肯感到衣角被拉了拉，格蘭蒂納低低說：「坐下，這是演戲。」

四周的少女們捂住嘴，渾身打顫，格蘭蒂納優雅地欠了欠身：「抱歉，我的同伴剛從鄉下過來，第一次看戲。」

肯肯訕訕地被他拉著坐下，舞台上的女演員在面具下眨了眨眼：「抱歉哦，少年，這個男人我必須帶走，還有，說女人是騙子很失禮呢。」

男演員隨即躬身行禮：「我的靈魂，不管別人說什麼，我都會和妳走。」

台下爆發出雷鳴般的掌聲，舞台上，故事繼續。

女子蒙住了安東尼的眼，在黑暗中把他帶到一個神祕的城堡，城堡窗外是澎湃的蒙卡河。女子拿出一把匕首、一個酒杯：「你說你愛我，放棄自己的命都可以，那麼就用匕首剖開你的胸膛，取出你的心來給我看吧。」

安東尼驚訝地發現，她的雙眼變成了暗紅色。

他再看向窗外，發現外面竟然是蒙卡河，不遠處就是大鐘樓。

「這應該是王宮的位置，我爲什麼會在這裡！妳究竟是誰？」

回答他的，是一枝擦過臉頰釘在牆上的冷箭。

大批黑衣刺客出現在屋內。

女子慢悠悠地笑了：「看來，我的丈夫發現了什麼。你是要死在這些人手裡，還是把你的心交給我？」

她取下了臉上的面具，安東尼踉蹌一步，砍翻兩個刺客，奔向十幾步遠的窗戶，推開窗子，爬上窗台。

「謝謝妳在最後讓我看到妳眞實的模樣。我不後悔對妳的愛，即使一開始知道是這個結果，我也會選擇走同樣的路……」

大約五分鐘的長長表白，肯肯周圍的少女們已泣不成聲，肯肯不解：「那些穿黑衣服的，爲什麼不去砍他？」

數道憤怒的目光箭一般地向他射來。

格蘭蒂納淡淡說：「因爲刺客被感動了。」

肯肯哦了一聲，閉上嘴。感人表白的最後，安東尼閉上了眼：「既然妳要我的命，那我就給妳吧。」他浮起一絲溫柔的微笑，向窗外跳去。

坐在肯肯旁邊的少女啊地叫出來，劇場中嗚咽聲一片。

肯肯撓撓後腦：「那女人不是想吃他的心嗎？他如果眞要滿足她的願望，不該往外跳吧……」

跳出去那個女人就吃不到了。

更多憤怒的目光再度扎來。

格蘭蒂納輕聲說：「不想死得比安東尼還慘，就別說話了。」

肯肯鬱悶地再撓撓頭。

等到這部劇散場，格蘭蒂納抓著肯肯，用了瞬移術，直接閃到郊外，這才長長鬆了一口氣。

「跟你一起看戲眞危險。」

肯肯仍沉浸在後面的劇情中，有些愣怔。

「喜歡誰，會想殺死他，有這種事嗎？」

格蘭蒂納說：「那是比較激進的感情，我們精靈不贊同這種感情，但確實存在。」

肯肯迷離地嗯了一聲，蹲在草地上，下意識用爪子撥拉野花。

晚上，他們投宿到旅店中，格蘭蒂納一直捧著那本買來的舊書看，偶爾浮起滿意的微笑。

「果然是根據這本書寫的，但那條項鍊……」

他若有所思地用手指輕輕叩著書頁。紅龍王的鑰匙，不該有這種功效。

毛毛蟲在盥洗室內洗衣服，他先把自己當成搗衣棒和攪拌器，把衣服洗乾淨，再用蒸騰術烘乾，最後把衣服鋪平在床上，躺在上面滾來滾去，將皺摺碾平。

肯肯坐在牆角發呆，毛毛蟲和他搭訕：「小龍王，要小的幫您洗衣服嗎？」

肯肯謝絕他的好意：「不用。」衣服是他用法術變出來的，他洗澡的時候就等於洗衣服，他才三天沒洗澡，一點也不髒。

毛毛蟲繼續說：「今天的戲眞好看，是吧。」

肯肯嗯了一聲。毛毛蟲扭了扭身體：「雖然我是一隻毛毛蟲，但我也嚮往轟轟烈烈的愛情，我將來會變成蝴蝶喔。」

肯肯看了看他：「你爲什麼要替格蘭蒂納掃屋子、洗衣服？」

毛毛蟲頭頂的觸鬚抖動一下，向格蘭蒂納那裡瞟了一眼，飛快地說：「當然是因爲小的仰慕格蘭蒂納殿下，我會一輩子追隨他。」

他還想說點什麼，格蘭蒂納彈出一道光將他收回了袋子裡。

夜半，格蘭蒂納在睡夢中聽見肯肯睡著的角落裡發出咔啦咔啦聲，像是爪子抓撓牆壁的聲音。

他假裝沒有聽到，翻個身繼續睡了。

□

她再度被夢魘驚醒，冷汗濕透了睡袍。

總是會在最後看到非常刺眼的光和大片紅色，這代表了什麼？

她摸摸脖子，紅色薔薇的項鍊仍然掛在頸間。從第一次作那個噩夢的夜晚起，這條項鍊就再也取不下來了。

她沒讓任何人知道這件事。

難道詛咒眞的存在？

她取出枕邊的書冊，翻到安東尼發現眞相的那裡。那天晚上，出現在文字下方的神祕紅線已經不見了，書頁上乾乾淨淨的，什麼都沒有。

難道眞的和傳說中的一樣，鹿琴寫出了這個公國的祕密，所以才會被禁？可是這條項鍊怎麼會成爲奧修皇室的寶物呢？

姐姐將這條項鍊送給她的時候說：這是奧修國代代相傳的寶貝，能給人帶來幸運，保護它的主人不受到傷害。

到底應該相信誰？

□

第二天清晨，格蘭蒂納起床時，發現肯肯揹著行李，站在窗前眺望遠方。聽見格蘭蒂納醒來的聲音，他回過身，簡短地說：「我不想去卡蒙。」

母親，我仔細地思考過，假如我在卡蒙找到了一個媳婦，她要挖我的心，我該怎麼辦呢？我還是不要去那裡找媳婦比較好。

「卡蒙的女孩子，不適合我，我要去別的地方看看。」

格蘭蒂納和緩地說：「你沒到過那裡，怎麼知道不適合？我們已經在卡蒙境內了，去都城看看用不了多長時間。」

肯肯堅定地不被他誘惑：「你是爲了項鍊吧？我對寶藏沒興趣，我只想要媳婦。」

格蘭蒂納凝視著他：「我做過承諾，會和你一起分享寶藏。」

肯肯警惕地盯著他：「你還想讓我做什麼？」這個騙子精靈說的每句話都別有目的。

格蘭蒂納嘆了口氣：「既然你這樣以爲，那我就不再多說什麼了。我的確是爲了寶藏，這樣吧，你我就此分道揚鑣，你的項鍊暫時放在我這裡，如果找到了另一把鑰匙，我會立刻通知你。」

肯肯立刻說：「不用了，你拿到寶藏之後把項鍊還給我就行。」

格蘭蒂納一向帶著笑意的臉驟然變得嚴肅：「要的，精靈不會違背自己的承諾。」

他的神情中帶著一絲冷淡的傲然，好像之前那些謊言和騙局統統與他無關。

肯肯理解不了精靈，他試探著問：「你爲什麼那麼想要寶藏？」

格蘭蒂納淡淡說：「因爲我需要錢。」

肯肯獨自折回邊境線外的曠野中，他變回原形，在半空中盤旋許久，猶豫不定。

不去卡蒙公國，要到哪裡？

這一路上，他聽人說起過奧修帝國是這塊大陸最大的國家，那裡應該有美麗又溫柔的公主吧。

一條寬闊的河從曠野中緩緩流過，他收起翅膀落到河邊，扎進水中。

涼爽的河水泡得渾身非常舒服，他用翅膀愜意地拍打著水花。他還是比較喜歡在河裡洗澡，旅館裡的浴缸對他來說太小了，但是格蘭蒂納喜歡，他能在熱水裡一泡就是一個鐘頭。

眞奇怪。

格蘭蒂納爲什麼說他缺錢呢？肯肯回憶起精靈族奢華的宮殿、那些水晶的掛簾、鑲嵌著寶石的器皿，還有精靈們好看的衣服。

他摸摸套在前爪上的金環，它能根據他的體積變大變小，在陽光下金燦燦的，他用指尖摳摳格蘭蒂納的名字那裡。

精靈眞是難以理解。

肯肯從河中爬出來，在草地上曬乾皮膚，張開雙翅向著奧修帝國的方向飛去。

卡蒙公國的土地快要看不見時，他又停下了，在半空猶豫地盤旋。

如果把項鍊留在格蘭蒂納那裡，自己走掉了，母親會不會生氣？那是要送給媳婦的項鍊，絕不能離開身邊。

卡蒙很小，不會耽誤多長時間。

卡蒙的女孩子，也不是每個都喜歡挖心吧……

他調轉頭。

現在回去的話，會不會顯得龍很出爾反爾？

不能被精靈看不起。

他又猶豫地打了個圈兒，終於下定決心搧動雙翅。

母親，我想先去卡蒙的都城查探一下，到底這裡的女孩會不會挖心。

希望能找到一個和敏妮一樣的女孩做媳婦，我會把她當成公主，母親，妳贊同我這樣做嗎？

4 相遇

「我不想把這次相遇歸為命運，可它就是命運。」

——《幽禁城堡》第一幕第五節

她踮起腳尖，將榜文貼上街道的牆壁。

一旁的衛兵把手中厚厚一疊紙遞給她：「瑪德琳小姐，這些就由您親自貼吧，反正大公妃殿下也不相信我們的辦事能力，與其監督，還不如讓她信任的人親自來做，這也可以節省時間。」

她呵斥：「大膽，你們不怕我把這件事告訴大公妃嗎？」

衛兵無所謂地聳聳肩：「大公妃現在仁慈得連茉琳小姐都准入宮了，一定也會寬恕我們的。」

她氣恨恨地跺跺腳，笨拙地抱著紙，彎腰去拎糨糊桶，嘩啦一聲，一大堆紙掉到地上，散到四周。她手忙腳亂地收拾，眼前忽然出現了兩雙腳。

「狂熱劇迷小姐，是妳啊。」

戲謔的聲音鑽進耳朵，她猛地抬頭，看見兩張熟悉的臉，一個斯斯文文地笑著，另一個吊著嘴角，興致盎然地瞅著她。

她站起身，抖了抖衣裙，馬休打量她身上白色與粉色相間的長裙：「嘖嘖，原來妳是宮中的侍女？」

她傲然揚起下巴：「我是大公妃的侍女瑪德琳。」

馬休假意抬手：「啊，真是失敬失敬。」他驟然湊近，吐出的氣輕輕地呵在她耳邊。「不過，如果妳偷偷去看那部戲的事情被宮廷發現，會怎麼樣呢？大、公、妃、的、侍、女？」

她的臉噌地一下變得滾燙，向後跳了一步。

旁邊忽然有個冰冷的聲音道：「放開這位公主！」

馬休和她都吃了一驚，轉過頭，發現他們不遠處站著一個渾身漆黑的少年。

他的膚色蒼白，頭髮與眼珠是罕見的純黑色，馬休被他的視線盯住，竟然感到一股莫名的寒意和壓迫感。

她的手不由自主放到了胸前。就在剛剛，少年現身的一瞬間，她貼身掛著的紅薔薇鍊墜忽然滾燙起來，一股異樣的暖流侵襲了她全身。

少年一步步走近，面無表情地望著馬休：「這位公主不喜歡你靠近，請你離她遠一點。」

馬休愣了兩秒鐘，呵地笑出聲：「看來，我們這裡出現了一位騎士。」

少年緊抿著唇，臉繃得緊緊的。

馬休的同伴無奈地上前一步，友好地道：「閣下，這件事可能有些誤會，我的朋友只是在和這位小姐開玩笑。不信的話，你可以親自求證。」

少年亮亮的雙眸看向瑪德琳，表情立刻柔和起來：「公主，妳不要害怕，我會保護妳。」

她有些手足無措：「呃……這兩位先生的確是在和我開玩笑。還有，我不是公主，我是宮廷的侍女。」

馬休吹了聲口哨：「謝謝公主幫我澄清冤屈。」

少年凝視著她，黑色的眼眸中閃爍著光芒：「每個女孩子都是公主。」

她有些意外地睜大眼，胸口微微溫暖。這個少年，很奇怪。

馬休露出牙疼的表情。少年的目光移向他，臉頓時從春天轉到嚴冬，硬邦邦地吐出三個字：「對不起。」

少年俯身收拾地上的紙張。馬休的同伴彎了彎腰，打破再度陷入僵硬的氣氛：「我是約伯寧·凡倫丁，這位是我的朋友馬休·利恩。」

馬休哼道：「沒關係。」

少年抱著收拾好的紙堆，依然很生硬地說：「我叫肯肯。」

約伯寧的目光落在少年揹著的那個小包袱上，溫和地笑笑：「閣下是來卡蒙遊玩的？」

肯肯嗯了一聲。

她卻將疑惑的目光從肯肯身上轉向馬休和約伯寧。

這兩個人的名字……她好像在哪裡見到過。她眼前一亮，激動地看向約伯寧：「啊，你的名字和鹿琴的本名一樣！」

約伯寧渾身驟然僵硬，尷尬地咳嗽兩聲：「因為這個名字太常見了吧……能和那麼有名的人同名我很榮幸……」

她燦爛地笑了笑：「我知道你不可能是鹿琴啦。他不會是你這種斯文型的人，我想他應該既有貴族的優雅，又帶著冒險和野性的氣質，還會有一點憂鬱，就像《幽禁城堡》裡的安東尼那樣！唉，有朝一日，我能見到他就好了，聽說他從不與讀者見面。」

約伯寧謹慎地控制著面部神情，將頭扭向一邊。

肯肯插話：「《幽禁城堡》，我看過的。」安東尼，就是那個愛上挖心女人的男人。

她立刻精神一振：「你喜歡哪個角色？」

肯肯沉默。

哪個角色他都不喜歡，他不明白安東尼爲什麼會愛上那個吃人心的女人。

馬休撇了撇嘴：「鹿琴是被禁止入境的作家，這麼光明正大地討論不太妥當吧？大公妃的侍女小姐。」

她無所謂地聳聳肩：「那又怎麼樣，只是卡蒙禁了他而已，在奧修他很紅的，皇家劇院的兩位演員爲了搶安東尼這個角色還決鬥過。」

她願意到卡蒙來，有一部分原因就是想見見鹿琴，看看他是否和自己想像的一樣。但是，就在她到卡蒙之前，鹿琴被禁了！

所有劇作禁演、書籍禁止銷售、本人驅逐出境。

缺德的西羅·斯坦！她恨恨地磨了磨牙。不過現在的鹿琴，應該已經收到了奧修皇帝親筆寫的邀請信，請他加入奧修國籍，並賜予伯爵頭銜、奧修文學院院士身分和帝國大勳章。

卡蒙不懂得珍惜的絕世天才，就由我們奧修好好愛護吧！嘿嘿嘿——

馬休抬手在她眼前晃了晃：「妳還好吧，侍女小姐。那兩個爲了搶安東尼角色決鬥的男演員，最後結果如何？」

「他們都不能演安東尼。」她哼了一聲。「安東尼怎可能是爲了爭演一個角色就決鬥的人。」

馬休臉部抽搐了一下，約伯寧僵硬地清了清喉嚨，從肯肯懷中拿起一張紙，很自然地轉移了話題：「這是爲大公陛下徵求醫生的榜文？」

榜文上蓋著公國的印璽和大公妃的私印，金額高得驚人。

馬休湊上前看了看：「看來大公的病情很不妙。如此高的酬金，不像公國的作風，大公妃不會把她的私房錢都拿出來了吧？這到底是對丈夫的眞愛，還是做給別人看？」

她冷漠地回答：「別管什麼目的，只要能治好大公的病就行吧。」

肯肯瞅瞅懷中的紙，**大公生病了？那項鍊呢？格蘭蒂納有沒有混進王宮，拿到項鍊？**

一個僕人打扮的人匆匆過來，在約伯寧耳邊低聲說了幾句什麼。約伯寧點點頭，轉而對馬休低語兩句，歉然向她和肯肯說：「抱歉，臨時有些事情，我們要先告辭了。」

馬休抬了抬帽子：「希望下次見面的時候，妳不要被人捉弄去掃大街，大公妃的侍女要懂得拿出點威嚴，別只會對著衛兵的背影跺腳。」

原來從她被衛兵欺負時，這兩人就在一旁看熱鬧了！她憤憤地看著這兩人的背影遠去。卡蒙的男人，眞是沒有紳士風度。

她轉頭向仍抱著榜文一動不動的少年說：「謝謝你替我拿了這麼久東西，我要繼續幹活了。」

少年貼心地說：「這些，很重的，我來做吧。」

她心頭湧起一陣感動，拎起糨糊桶：「那麼我來貼，你幫我拿著吧。」

少年微笑起來：「好。」

最後一張，搞定！

她拍了拍牆壁，長吐出一口氣，貼了幾個鐘頭，她的腿發痠，胳膊疼得要命。

當時爲什麼要印這麼多？先是蓋印章時累個半死，現在又貼了個半死，眞是自作孽不可活啊。

肚子打雷般地叫著，路邊餐館飄出的味道格外誘人，她帶著肯肯，走進一家看起來不錯的餐館。餐館的店員犀利地認出她身上的侍女服，立刻送上菜單，還殷勤地贈送了果汁飲料。

她翻開菜單，問肯肯：「你喜歡吃什麼？」

肯肯乾脆地說：「肉。」

她指著菜單，點了一堆烤鵝、燻腸、煎牛肉，侍者熱情地介紹：「這個烤牛心是我們店的招牌菜，小姐可以嚐一嚐。」

不知是不是錯覺，她看到肯肯抱著果汁杯的手好像抖了一下。她婉拒了烤牛心，又點了一些主食和甜品。

進餐時，肯肯忽然沒頭沒腦地問：「妳不吃心嗎？」

她愣了愣：「是呀，我是奧修人，我們那裡不吃內臟。」

少年好似鬆了一口氣，雙眼驟然亮了些：「瑪德琳，妳，有沒有心上人？」

她嗆了一下：「小鬼，沒有人教過你問話要婉轉嗎？不好意思，目前我沒有接受任何人心意的打算。」

肯肯臉上的神采一下子黯淡了，低下頭，扒拉盤中的雞翅。

她好氣又好笑地打量這個奇怪的少年，他到底是從哪裡來的？竟連基本的人情世故都不懂，吃飯的禮儀也慘不忍睹。

吃完飯後，少年仍跟著她，像一隻找不到家的貓。她不得不在街邊停下腳步：「我要回宮裡去了，出來太久會被罰的。對了，你爲什麼來到這裡，接下來有什麼打算？」

肯肯正正肩上的包袱：「我是來找人的。妳有沒有見過一個穿麻色衣服、綠眼睛的人。嗯，長得很好看，頭髮是長的……」他用手比畫了一下。「大概這麼高。」

她搖搖頭：「我最近沒見過綠眼睛的人。」

肯肯又垂下了頭，她狠下心說：「那我先回去了，有緣再見。」

肯肯嗯了一聲：「再見。」他有些不想說出這兩個字，瑪德琳身上有股氣息，讓他覺得熟悉，忍不住想要親近。

她轉過身，提著裙子向王宮快步走，在街道的拐角處，她悄悄向後一瞥，黑衣的少年還站在街邊，孤單又寂寞。

5 神祕的占卜

「你要遠離，而不是去尋找，否則你將萬劫不復。」

——《幽禁城堡》第三幕第一節

她快步從側門進了宮廷，穿過長廊，走到大公妃的起居室門前。

門口的侍女匆匆打開門，高聲說：「瑪德琳，妳終於回來了，大公妃殿下正在等妳呢。」

起居室的門闔攏，那個端坐在紗簾後、身穿淡紫色長裙的身影站了起來，掀開簾子：「大、大公妃，您終於……」

她做了個噤聲的手勢：「小聲點，別被他們的人發現。」另兩名侍女飛快地奔到她身邊，替她解開侍女服的釦子和衣帶。

換下那套爲她帶來短暫自由的衣服，雙腳踏進綴著水晶的銀跟鞋，兩名侍女跪在她腳邊，爲她整理繁複的裙裾，另幾名則靈巧地幫她攏起頭髮，將涼爽的復原藥水滴進她眼中，用溫熱的毛巾輕輕敷在她臉上。

大約三分鐘後，侍女從她臉上取下一張薄薄面具，綁著簡單髮辮的鬈髮梳成了雍容的髮髻，小巧的王冠鑲嵌在其中，平凡的侍女瑪德琳變回了那位華貴的帝國公主，不受歡迎的大公妃白絲綺。

她的貼身女官露娜又開始了喋喋不休的絮叨：「公主，這樣的東西還是少用爲妙，連眼睛顏色都能改變，肯定對皮膚和眼睛都有損傷，萬一您哪裡出了問題，皇帝陛下一定不會饒了我們。」

白絲綺擺擺手：「沒關係，這些東西是我從姐姐那裡討來的。」魅族祕製的寶物，可以改變人的容貌與瞳色，尋常人類很難買到。「姐姐怎麼可能給我對身體有損害的東西。」

露娜和其他侍女們都不再說什麼了，有條不紊地進行著最後的儀容整理。她又問：「我出去這段時間，宮裡有沒有發生什麼事情？」

露娜答道：「倒是沒什麼大事，就是……大公的病說不定會好點，因爲茉琳伯爵小姐來了……」

侍女們都低下頭。

露娜撇撇嘴：「說到那位伯爵小姐，眞是出人意料，我特意去看了一下，還以爲是個傾國傾城的美女，沒想到長得也就那回事。她竟然喊著大公的小名撲到了大公床邊，實在是毫無體統！」

白絲綺淡淡說：「她和大公是青梅竹馬，叫得親切點也很正常嘛。」她現在就想把頭上的這頂王冠雙手送給茉琳……好吧，當務之急是先把半死的西羅治好。

她替他整了整那堆亂成麻的政務、發了求醫榜文，又親自上街貼了半天，實在是仁至義盡，今後無論做什麼，都能問心無愧，腰桿筆直了。

「我們去看看大公吧。」

大公的寢殿中充滿了藥的味道，躺在床上的男人雙目緊閉，臉色灰敗。

白絲綺不禁問：「爲什麼大公的病看起來更嚴重了？」

醫官顫抖著回答：「啓稟大公妃殿下，如果找不到合適的治療方法，大公的身體只會一天天衰弱……」

榜文今天貼上，應該能釣到幾個醫術過人的傢伙吧。白絲綺打量著床上的人，思考著要不要寫信回去，讓奧修的御醫過來看一看。

其實仔細端詳，西羅．斯坦長得還算可以，經過病魔的摧殘，臉龐依然保持著雕塑般的完美，並且增加了幾分虛弱的美感，好像那些愛情劇中一邊吐血一邊寫情詩的男主角。

白絲綺不禁回憶起，她剛剛步下大船，初次踏上卡蒙土地時，在人群最前方看見即將要成爲她的丈夫的西羅．斯坦的情形。

那時他穿著大公的禮服，向她伸出右手，陽光下的笑容好像畫像中的神祇，有那麼一瞬間，她的心不禁跳快了幾拍，臉頰微微發熱。

他握住她的手，扶她登上馬車。有花瓣、有王家樂隊的伴奏、有民眾的歡呼。

在王宮門前，他們交換了戒指，立下永不離棄的誓言，他爲她戴上大公妃的王冠，兩人攜手沿著紅毯走向王座。

一切完美得好像傳奇劇裡的大團圓結局。

可，當婚禮完畢、觀眾散場、護送公主的帝國艦隊離開了港口，只剩下幾個陪嫁的女官和侍女陪伴她時，西羅大公立刻讓她見識到了什麼叫作演員。

午夜鐘聲敲響，寢殿中依然不見大公的蹤跡，她走到露台上，發現下方花園中有兩個拉拉扯扯的身影。

就這樣，她免費目睹了一場淒美的愛情戲，主角是她的新婚丈夫西羅大公和茉琳伯爵小姐。

女主角茱琳在慘白的月光下戰慄得好像一株含羞草。

「不，西羅哥哥，我們不應該這樣。你已經結婚了，我們從今以後只做兄妹吧，好不好？」

男主角西羅捂著胸口低吼：「妳太殘忍了！妳明明知道，這只是一場交易的婚姻！我愛的是妳！」

茱琳抽噎：「那又怎麼樣，難道要我做你們婚姻的破壞者嗎？到底是誰更殘忍？還是讓我們忘掉對方吧。」

西羅的聲音在痛苦中扭曲：「我怎麼能夠忘記妳，怎麼能夠！老天爲什麼要這樣對我們——」

茱琳捂住臉：「就當這是命運吧，西羅哥哥……」

白絲綺給了西羅大公一巴掌，立刻讓人重新收拾了一間臥室搬了進去。

正當她辦完所有事情準備著手處理離婚事宜時，可能是因爲相思成疾吧，西羅大公突然病倒了，沒想到竟然是絕症。

眞是……

她到底該哭還是該笑？

她喃喃對床上的大公說：「眞的爲情而死，一定會有人把你的故事寫成戲劇。除了《幽禁城堡》這部懸疑劇，卡蒙還能再出一部愛情悲劇，說不定又是鹿琴來寫，這樣你也算死得其所了。」

這話有點兒惡毒，反正她在這齣愛情悲劇中演的也不是正面角色。

嘭！遠處突然傳來詭異的爆裂聲，還有侍女們的尖叫聲。

她遂派侍女去探問，原來是茱琳伯爵小姐做糕點時烤箱爆炸了，還好沒傷到人，但是廚房損壞嚴重。

眞是位和多情柔弱的大公天造地設一對兒的天眞爛漫女主角啊！白絲綺點了點頭，向前來稟告的侍女微笑：「多叫幾個工匠來修吧，修不好就拆了廚房重建，記得別替大公省錢。」

她再度來到了石塔門前。

茱琳小姐來了，大公妃醋恨難當，想找個地方獨自冷靜一下，這是個很好的理由。

她輕輕推開門，踏進塔內。

窗戶都被厚重的窗簾遮擋，幽暗的室內有著絲絲涼意，與夢境中一樣。

她脫去鞋子，光著腳踏上樓梯。腳下的毯子柔軟中帶著寒意，再向上兩步，是懸掛著的壁畫，樓梯頂端的牆角處，大花瓶仍待在原地。

這裡的時間彷彿是靜止的，與她上次或是夢境中到來時沒有什麼不同。或許，八百年來，這裡絲毫未曾改變。

二樓的壁爐內，殘留著厚厚的灰燼。

她拉開窗簾，將窗子推開一條縫隙。風吹入，窗簾搖曳，似有女子在細細低吟。

她走到對面的牆邊，拉開遮擋的幕簾。簾後，竟然眞的是一面落地的鏡子。

鏡中的女人，有著金褐色長髮，穿著華麗禮服，靜靜地凝望著她。

誰？是誰？

到底是白絲綺，還是玫蘭妮・斯坦？

她情不自禁地在椅子上坐下，拿起桌上的水晶杯。八百年前，玫蘭妮．斯坦應該常常坐在這裡，和鏡子裡的人一樣，端著杯子，在和風中享受著午後的閒暇時光。

杯內盛滿猩紅液體，和她胸前的薔薇花鍊墜顏色一樣。

她回來了。

她永遠在這裡。

我永遠在這裡……

忽有一聲低微的響動，她從恍惚中驚醒，跑到樓梯處，似乎有一個模糊的影子從牆壁上掠過。

她下了樓梯，整個石塔內靜悄悄的，什麼都沒有。

「喵——」一團藍灰突然從桌下鑽出，躍到她腳邊蹭了蹭。

她鬆了一口氣，俯身抱起藍灰色的小貓：「原來是你啊。」

□

肯肯在大街上漫無目的地遊蕩，已經兩天了，他還沒找到格蘭蒂納。

難道是他飛來得太快，格蘭蒂納還在路上？格蘭蒂納也會踩著葉子飛，不應該這麼慢吧？莫非是出了什麼事情？

其實，和格蘭蒂納一起旅行挺有趣的，他經常講各種有趣的軼聞，到任何地方都能迅速找到最好吃的食物。肯肯睡牆角已經習慣了，床上沒人他總覺得少了點什麼。

正在街道上徘徊，他看見前方一棟高大的建築前擠了很多人。他湊過去，發現這裡是個劇院，好多人在買票。

格蘭蒂納喜歡看戲，他會不會在裡面？

肯肯排隊到了售票窗前，買了一張票。

劇院中上演的是最偉大的劇作家亞士比莎的名劇《羅傑克和朱露絲》。場內擠滿了人，肯肯用法術搜尋了一下，沒發現格蘭蒂納，反而在西南角處，有一股親切的氣息十分明顯。

劇很快開演了，這次肯肯已經明白了什麼叫作看戲，他老老實實地坐在台下，閉緊嘴巴。

舞台上，羅傑克愛上了女扮男裝來上學的世仇家族之女朱露絲。兩人天台私會，喊出那句「傑克，你為什麼是羅傑克；露絲，妳為什麼是朱露絲」時，場內一片嗚咽，肯肯的雙眼也忍不住酸澀。

但，很奇怪的是，總有一個矮人在舞台上不明所以地路過。或舉著樹杈，或扛著鏡子，或在撒花，他一出現，原本悲傷的劇情頓時令人不那麼投入了。

劇情進展到最高潮，朱露絲的父母逼她嫁給馬文伯爵，朱露絲與羅傑克坐船逃跑，半路遭馬文伯爵攔截。馬文把羅傑克摁進海裡，羅傑克潛水逃生，卻因受涼得了肺病吐血身亡。露絲在傑克的墓前自殺了，兩人化作蝴蝶，雙雙飛去。

全場觀眾泣不成聲，幕布緩緩閤攏，肯肯愣愣地坐在椅子上，心裡很堵，格蘭蒂納說，戲劇是人類最美的東西，難道美都如此淒慘嗎？

觀眾瘋狂呼喚演員的名字，讓他們出來謝幕。

幕布再度拉開，卻只有那個矮人獨自站在聚光燈下，用吟詩般的語氣說：「感謝各位支持野驢財團贊助的這場演出。如果羅傑克和朱露絲沒用旋風快遞傳遞情書，而選用野驢快遞，就不會被快遞員出賣，讓馬文伯爵堵截。所以，送信，請選用安全誠信的野驢快遞！」

觀眾席僵住了三秒鐘，之後口哨聲瘋狂響起，矮人在雨點般的紙屑、果核中鞠了一躬，淡定地走向後台。

肯肯很氣憤，想去給那個矮人一拳。熟悉的氣息在他不遠處跳躍：「人渣！這樣糟蹋戲劇！」

肯肯循聲望去，是他那天遇見的瑪德琳，她站在椅子上，憤怒地向舞台揮著拳頭。好像察覺到什麼一樣，她也扭頭向他看來，隔著洶湧的人潮，兩人都愣了愣，那股熟悉的親切讓他們情不自禁地走向彼此。

抗議終歸無用，肯肯和白絲綺與其他罵罵咧咧的觀眾一起悻悻離開了劇院。

白絲綺恨恨嘀咕：「唯利是圖的東西！他們應該向大師的墓碑鞠躬道歉！唉，我本來想好好哭一場的，情緒全給破壞了。」

肯肯不解：「妳爲什麼想要哭？」

白絲綺的眼睛黯淡下來：「沒什麼……你呢，爲什麼來看戲？」

肯肯老實地回答：「我來找人。」他補充說。「不過，那個矮人沒出現的時候，我很感動。」

白絲綺拉著他在劇院旁邊的台階上坐下：「是吧，亞士比莎最著名的愛情悲劇，怎麼可能不讓人流淚。有機會，我請你看最好演繹的版本。」

肯肯嗯了一聲，抓抓頭：「可是我不明白，難道……這才是愛情？」

敏妮說過，他們之間不是愛情，難道愛情就要這樣悲傷？

她笑了笑：「當然不是，愛情有很多種。《幽禁城堡》你看過的，像安東尼對米卡，那也是愛情。尤其是他重生之後，多麼令人感動。」

肯肯再抓抓頭，說老實話，《幽禁城堡》中的那個安東尼更讓他不能理解。

他還記得後半段的內容。

安東尼悲壯地跳河自殺，但因爲他是游泳高手，總是沉不下去，在昏迷中順水漂流到下游，被一個在河邊取水的年老隱士撿到。

礁石劃破了安東尼英俊的臉，他的容貌因此發生了改變。安東尼隱瞞了身分回到王都，他要查清楚米卡究竟是誰。

他被招入了王家騎士團，很快得到了國王的器重，國王留他當貼身侍衛，他發現，那晚的神祕女人居然是國王的妻子，艾米拉王妃。

奇怪的是，白天的王妃賢良淑德，夜晚她卻像變了個人。安東尼繼而發現了這個王國的祕密。原來，這個王國的第一任王妃不受丈夫喜愛，死於非命，她的靈魂一直藏在石塔中，通過一條項鍊控制後來的王妃們，只要王妃與國王感情不好就會被她控制，她靠著吃掉年輕男子的心臟來壯大自己的能力。

安東尼最後借用隱士的力量打敗了那個邪惡幽靈，拯救了艾米拉王妃。王妃與國王和好了，忘記了她和安東尼的種種，甚至不知道有這個人存在。

安東尼辭去職位準備到世界各地遊歷。臨行前，王妃忽然覺得這個人十分眼熟，她問：「聽說你是救了我的人，我要好好謝謝你，可我似乎在哪裡見過你，你是誰？」

安東尼望著這個他最愛的女人，鞠了一躬：「我只是一個騎士。」

這個結局讓肯肯覺得很鬱悶，他不明白安東尼到底圖啥，而且安東尼在最後做內心獨白時還說，米卡是他今生唯一愛的女人。

白絲綺喃喃地說：「我也想要一個安東尼。」

她眞的很需要一個安東尼，像解救艾米拉一樣解救她。

她知道自己不該這麼想，這些不是看故事，也不是遊戲，她玩不起。

肯肯驚訝：「啊？」

白絲綺立刻掩飾地笑起來：「沒什麼，隨便說說的。對了，我們去找劇團老闆抗議！」

白絲綺帶著肯肯氣勢洶洶殺向劇場後台，還沒走到門口就被人攔住，肯肯正打算用點小法術闖進去，卻看到上次遇見的那個馬休和一個中年男子從裡面向外走。

馬休的胳肢窩裡夾著一個厚厚的牛皮紙袋，中年男子遺憾地對他說：「眞的很抱歉，這本的風格眞的不適合我們這裡，你可以去別家劇院試一下。」

馬休轉頭看見了他們，愣了愣。

白絲綺訝然：「咦？是你？你來劇院找工作嗎？」

馬休視線閃爍，咳了一聲：「出去再說吧。」

白絲綺拉拉肯肯的衣袖，兩人跟著馬休一起走到街邊的小酒館中，點了三杯喝的。

馬休端起啤酒杯，灌了一大口。白絲綺試探著問：「你找工作被劇院拒絕了？看你的樣子不像缺錢用啊。唉，那種在亞士比莎的劇裡都夾廣告的劇院，不去也罷。」

馬休放下杯子，將牛皮紙袋拋到桌上：「我不是去找工作的，我是去推銷我的劇本。」他再狠狠灌了一口啤酒。「全王都的劇院都拒絕了我的劇本，我是不是很失敗？」

她恍然：「原來，你也是劇作家啊。」

怪不得那天他對《幽禁城堡》那樣尖酸刻薄地評頭論足，文人相輕，外加嫉妒，可以理解。

她不由得好奇地盯著那個牛皮紙袋，想看看這個人寫的劇本到底有多爛，能被所有劇院退稿。

馬休把紙袋向她面前推了推：「妳要是願意看，就送給妳看吧，妳可能是它唯一眞正的讀者。」

她接過那個紙袋，鄭重地說：「我會認眞地讀它。」

馬休苦澀地笑了笑：「妳恥笑它也沒關係，我知道自己很失敗。知道嗎？我和我的朋友從小一起長大，我們都熱愛戲劇，看過同樣的書，一起寫作，討論彼此作品的劇情。可是，他寫的劇每部都大受歡迎，我就只是被退稿。」他嘲諷地抽抽嘴角。「這就叫差距，這就是天才與庸才的不同。」

「呃……」她有點同情他。「沒關係的，聽說亞士比莎當年也被退過很多稿，有人就是大器晚成，你的朋友……」

某道信息突然浮現在腦海中，她敏銳地抓住——朋友……馬休……

她腦中電光一閃：「你！你是那個馬休！對的，總被退稿的馬休！鹿琴的朋友！」

馬休瞳孔猛地縮小，她捂住嘴，壓抑住自己的驚呼，天啊！這不可能！

神哪！爲什麼她沒早點想到！

馬休……鹿琴最好的朋友，他們一起去投稿，馬休的被退了，鹿琴卻中選，傳說鹿琴被驅逐還是因爲馬休的嫉妒。

那天聽到這個名字的時候她就應該想到。

她不配做鹿琴的忠實讀者！

那麼那個約伯寧就是……

她倒抽一口冷氣，抓住自己的喉嚨，眼前有好多小星星在飛。

肯肯緊張地扶住她的手臂：「瑪德琳妳沒事吧？」

馬休木著臉將冰水遞到她面前：「喂喂，小姐，清醒一下，別太誇張。」

她覺得天旋地轉。

鹿琴，鹿琴曾經在她眼前，她居然沒看出來！還和他說了那麼一大堆話！啊啊啊——丟人死了！！！她好想挖個洞把自己埋起來！！！！！

啊啊啊！爲什麼鹿琴會是長那樣！他一點都不像安東尼！像那個羅傑克還差不多！馬休都比他像一點！

就算不像，那是眞的鹿琴鹿琴鹿琴啊！**神啊，我爲什麼要對鹿琴說那麼蠢的話，我爲什麼沒看出他是鹿琴！**

馬休無奈地低聲懇求：「別再撓桌子了，小姐。妳知道他的處境，妳也不想害他被抓吧。」

她勉強清醒了一下，腦子裡忽然浮出一個瘋狂的念頭。

如果西羅·斯坦那個虛僞的男人眞的翹了，她變成了寡婦，卡蒙女大公，是不是就可以撤銷鹿琴的禁令，封他爲王室作家，讓他住到王宮裡，想寫喜劇寫喜劇，想寫悲劇寫悲劇，想寫懸疑劇就寫懸疑劇，她想要多少簽名就有多少簽名……

不，不，這樣不對，這樣想會遭天譴的。

馬休的嘴角抽了抽：「妳想到了什麼要遭天譴？」

她一把捂住嘴，糟糕，太興奮了，情不自禁把心裡想的說了出來，還好沒有說出包養……

馬休挑起眉：「包養？」

她打個哆嗦，把嘴捂得緊一些：「沒有，什麼都沒有。」

她再猛撲上前，一把抓住馬休的手：「馬休先生！恩人！弟兄！你能不能讓我再見見他！就算見不到，你能不能幫我要個簽名！」她從衣袋裡翻翻找找，掏出一條手絹。「簽在這上面，就是這上面！如果能……能再寫個親愛的讀者什麼的，畫個桃心……那就更好了！恩公！」

馬休看著那條手絹，整張臉都青了。

她注意到他的表情，微微凜了一下。對了，馬休剛剛被退稿，他貌似還嫉妒鹿琴……她這樣做是不是……

她侷促地想拉回手絹，馬休卻把手絹收了起來：「好吧。」

她小心翼翼盯著他：「眞的？」

馬休面無表情地把手絹塞進胸前的口袋：「眞的，就當妳願意做我劇本讀者的謝禮。」

她將牛皮紙袋抱到胸前，認眞地保證：「我一定好好讀它。」

馬休似笑非笑地揚起嘴角：「謝謝妳爲了鹿琴這麼做。」

她訥訥的，想對馬休說其實你也很棒。但，還沒看過他寫的東西，這樣說比較虛僞。

肯肯完全插不上嘴，默默在角落喝飲料，忽然，他感到一股若有若無的觸動，不禁站起身，只見酒館的內門中走出了一個人。

那人依然穿著樸素的麻色長袍，熟悉的綠眼睛中含著笑意，肯肯手腕上的金環顫動了一下。

酒館中人的視線都被他吸引了過去，老闆向大家介紹：「這是小店新請的占星師，可以替各位客人占卜運勢。」

肯肯喊了一聲「格蘭蒂納」，迫不及待地跳出座位，向那個身影衝去。

馬休皺起眉：「小鬼認識那個占星師？」

白絲綺搖搖頭：「不清楚。」

占星師的目光對上了她的視線，她感到一陣眩暈，胸前的鍊墜異常灼熱，有一種陌生的吸引感生起，強烈而直接，牽引著她一動不動地呆望著走來的占星師。

「美麗的小姐。」占星師的聲音溫和並飽含魔力。「妳好像有些麻煩，我從妳身上看到了陰影。」

她的心一緊，按著胸口點了點頭。

占星師的話語帶著平和的撫慰：「不過，沒關係，陰霾會過去，妳只是欠缺一點幫助。」

她攥緊拳頭：「你、你知道怎樣幫助我？」

馬休起身擋在她面前：「這位小姐不需要什麼幫助，她也沒錢，請你走開。」

占星師淡然地笑了笑：「你不瞭解內情，而且，你也有個心結須要解開。」

馬休僵硬地頓了頓，白絲綺推開他：「占星師說得很準，你不瞭解內情。如果他不幫我，我可能會萬劫不復。」

馬休抓住她的手臂：「妳涉世未深，這種人在王都很常見。他肯定是個騙子神棍，妳不要看他長得好就什麼都聽他的！」

她推開他的手：「謝謝你，是不是騙子，我自己能判斷。」深吸一口氣，她用低低的聲音飛快地問占星師。「解決的方法是什麼？」

她所有的偽裝，彷彿都在占星師的視線中粉碎，占星師俯視著她，她覺得自己好像一頭等待被拯救的羔羊。

占星師沒有講什麼高深玄虛的話，只是說：「我會去揭下榜文，妳的陰霾很快會解除。不過，到時，我會收取一點點報酬。」

占星師向肯肯轉過身去：「你是要陪這位小姐，還是和我一起去旅館？」

肯肯猶豫地看看白絲綺，悶聲說：「去旅館。」

她怔怔地看著兩人離開的身影，手一直不由自主地按在胸前鍊墜的位置。馬休喊夥計過來結了帳，拉著她離開酒館。

「妳真相信那個神棍的話？」

她用力搖搖頭：「他不是神棍。」這個人，竟能看透一切，就像《幽禁城堡》中那位隱士一樣。

馬休冷笑：「怎麼不是神棍，他說到榜文很正常，那小鬼告訴他妳的事情而已，他們是串通起來的騙子。」他一把抓住她的肩膀。「喂，妳該不會被那個小白臉的外貌迷住，所以……」

她甩開馬休的雙手，有些惱怒：「你並不瞭解內情，爲什麼要自以爲是地判斷對錯？你相不相信，有些……有些戲劇中的事情，眞的會發生？比如……」

比如詛咒。

她不能再說下去了，吸了吸氣，抱住懷中紙袋：「好了，我要走了，我會好好看你的劇本。」

如果我能順利活到看完它。

「下次見面的時候，你一定要帶給我鹿琴的簽名。」

我一定會拿到鹿琴的簽名的，我還會見到他，和他說很多話，跟他講……《幽禁城堡》的故事，是眞的。

如果眞有那個機會。

她的眼中有些酸澀，對著馬休揮了揮手，回過身，匆匆走向王宮的方向。

什麼都是眞的，只除了，安東尼。

6 暗流

你覺不覺得宮廷很像墳墓？每一個人都是活動的棺材，心中封存著祕密的屍體。

——《幽禁城堡》第五幕第四節

有人揭下了求醫的榜文，這件事在半天之內傳遍了王都。

揭下榜文的，是一個綠眼睛的青年和一個黑衣少年，這兩人誇下海口，一定會在三天內讓大公無病無痛、活蹦亂跳。

這兩個人長得都很顯眼，讓見過他們的太太、小姐印象深刻。王都的大部分爺們兒一致認爲，這兩個傢伙明顯是借色欺詐的騙子。

大公妃就是被這兩個各具特色的小白臉迷得神魂顛倒了，才會不顧大臣們的反對，下令由他們治療大公。

「反正大公妃巴不得大公快點死，這兩個小白臉治死大公後，正好可以長期侍奉大公妃左右。」

「聽說大公妃恐嚇議院，如果他們反對，她就讓奧修皇帝派艦隊過來。」

「議院的那群軟蛋！應該直接告訴那個娘們，我們卡蒙絕不怕什麼奧修軍隊！」

「卡蒙將會亡在他們的手裡！」

……

「總之。」她坐在王座上，面無表情地看著階下。「我盡了最大努力，才讓大臣們同意由你們治療大公，希望你們言而有信。」

格蘭蒂納微笑注視著她：「當然，我之前就承諾過，陰霾可以消除，請放心。」

她的手不由抓緊了羽扇。

這個人，果然看出來了。那麼詛咒，眞的可以解除？

她站起身：「先去大公那裡吧。」

肯肯一直保持沉默，他沒心情去想格蘭蒂納到底要做什麼，他正沉浸在悲傷中。

瑪德琳，爲什麼瑪德琳會是大公的媳婦？她不叫瑪德琳，她叫白絲綺。

母親，爲什麼我總是遇見別人的媳婦，這是詛咒嗎？

格蘭蒂納仔細看了看大公，轉過身，神色有些凝重。

醫官們緊張地盯著他，白絲綺按捺住心中的忐忑，故作平靜地問：「怎樣，要如何治療？」

格蘭蒂納沉吟了一下：「大公妃，能不能找個安靜的地方，我們單獨談一談？」

白絲綺讓格蘭蒂納和肯肯跟著她到了一間靜室中，屏退左右。

格蘭蒂納開門見山地問：「那條項鍊，是從什麼時候起取不下來的？」

她呆了呆。沒人知道項鍊摘不下來的祕密，連她的貼身侍女都以爲她是思念故鄉和姐姐才會一直戴著。而她從見到這兩人起就一直穿著高領的衣服，將項鍊隱藏了起來。

她迎視格蘭蒂納的目光：「有段時間了。這和大公的病有什麼關係嗎？」

格蘭蒂納接著問：「項鍊是因爲什麼取不下來的？」

她深吸一口氣：「那天晚上，我第一次作了那個噩夢，醒來時，項鍊掛在我的脖子上，怎麼也拿不掉。」

肯肯一凜。是詛咒？她中了詛咒嗎？爲什麼他沒發現。

格蘭蒂納再問：「作噩夢，或其他一些奇怪的事情出現前，妳做過什麼？」

白絲綺的最後一道防線終於崩潰了，她顫抖地抓緊了椅子的扶手：「在……在噩夢之前的一天，我去了，那個石塔……」

她的聲音因爲激動高了起來：「是我的錯！都怪我太好奇了！會不會連大公的病也是因爲……詛咒？」

「不要焦急。」格蘭蒂納的聲音帶著撫慰。「這件事和妳的想像有些出入，那麼，這條項鍊，是誰給妳的？」

她咬著嘴唇沉默片刻，艱難地說：「我的姐姐。」

一切歸根結柢，起源於她的好奇心，或者說，那條項鍊。

打從第一次看了《幽禁城堡》起，她便成了鹿琴忠實的支持者，離奇的故事讓她深深沉迷，尤其聽說這個故事是根據卡蒙的眞實祕史改編後，她就更加好奇。

她幻想自己有朝一日能遇見安東尼那樣的男子，她更想知道，故事裡的詛咒和祕密是不是眞實存在。

可能是命運安排吧，就在這時，出於政治的考慮，她將嫁給卡蒙大公。她本不想變成權力博弈的棋子，嫁給一個素不相識的人，可《幽禁城堡》的那些傳奇吸引著她，她強烈地想到卡蒙一探究竟。

而且，姐姐把那條有著紅薔薇吊墜的項鍊送給了她。姐姐說，這是奧修皇室世代相傳的寶物，能夠保護戴著它的人不被傷害。她卻一下子想到了《幽禁城堡》中的項鍊。

那條附著了一代王妃的怨靈，會詛咒和操控後來的王妃們的紅薔薇項鍊。在《幽禁城堡》的最後，項鍊被隱士和修士們合力用聖器制住，但準備帶它回到教會的聖地銷毀時，搭載它的船遇到了風浪，裝著項鍊的箱子沉入水底。

也許，總有一天，她會和這條項鍊一起，重回人間。

彷彿被項鍊操縱一般，她答應嫁給西羅·斯坦大公。當她來到卡蒙，夢一般的婚禮過後，立刻面對的是西羅大公有個舊相好，根本不理她的現實。

與傳說中的詛咒內容一模一樣。

她開始了歷代大公妃註定的命運，被丈夫冷落，寂寞地生活在宮中。

並且，卡蒙的所有人，都在用行動告訴她，她不受歡迎。

看清這些現實之後，她竟有些驚喜。她原本就不喜歡西羅大公，她夢想中的丈夫是安東尼那樣的人。其實她來到卡蒙也沒安好心，她打算查清所有祕密，挖掘出鹿琴的所有資料之後，就找個藉口跟大公離婚，回奧修去。

於是，她藉口要排遣寂寞，翻閱了王室的祕密記錄，果然和她猜想的一樣——《幽禁城堡》的故事眞的存在！

卡蒙的一代大公妃玫蘭妮的記錄非常模糊，幾乎所有祕史都說這位大公妃死於非命。更有謠傳說，她臨死前曾詛咒卡蒙王室的婚姻永遠不會美滿。

詛咒挺靈驗的，歷代大公妃幾乎都和大公感情不好，比如《幽禁城堡》中艾米拉王妃的原型，三代大公妃索菲亞。

幽禁城堡本身，更的確存在，就在王宮最深處的角落。

那是一代大公妃玫蘭妮命工匠建造的，據說設計建造這座城堡的工匠在城堡竣工後全部神祕地失蹤了。

石堡緊臨著卡蒙河，二樓的窗口，就是安東尼跳下去的那個窗口！

她逼迫看守石堡的侍衛打開了石堡大門，走進了石堡。

她的心情非常激動，在安東尼跳河的窗口徘徊良久，想像著幾百年前這裡曾發生的一切。

當吹進窗子的風搖曳著她的裙襬時，她想，玫蘭妮大公妃的怨靈眞的已經消失了嗎？會不會像《幽禁城堡》結局中寫的那樣，她還會回來，找下一個替身，發洩未完的怒火。

突然，她全身寒毛莫名豎起，一瞬間，全身微麻，好像有什麼附進了她的身體。

她忐忑又有點莫名地激動，不知自己的感覺是否是眞的。

結果，在第二天夜晚，那個噩夢和後來的一切明白地告訴她，雖然戲劇很精彩，但假如詛咒降臨到自己身上，就只剩下恐怖了。

從那之後，她常常被噩夢侵擾，這條項鍊怎麼也取不下來，總有個聲音在她腦海中說，我回來了……

大公也病倒了，雖然她覺得，這個人渣是相思病，不過，她仍然有些心虛。

那個聲音也說，我永遠不再離開……

難道是因爲……

她流下眼淚：「我……我是覺得這很驚險，很有趣，但我也害怕……我不知道該怎麼辦……」

她把自己當成傳奇故事的女主角，喬裝改扮到宮外去看戲、逛街。可她都遇見了什麼？嘴巴惡毒、老被退稿的半吊子作家、奇怪的黑衣小朋友……鹿琴站在她眼前她沒認出來，而且，他和她的想像不一樣，他只是安東尼的作者，不是安東尼……

她沒碰見她的安東尼，詛咒猶如附骨之蛆，怎麼也躲避不掉，就像這條她摘不下的項鍊。

格蘭蒂納和緩的聲音好像一劑鎮靜劑，將她從懊悔的泥沼中拉了出來。

「大公妃，能否冒昧地握一下妳的手？」

她有些驚訝地抬頭，眼前的笑容溫和療癒，她不由得伸出了右手。

格蘭蒂納輕握住她的手，瞬間，她感覺似乎有股溫柔的力量向全身蔓延，讓她整個人慢慢放鬆下來。

片刻後，格蘭蒂納放開了她的手。

「我想看看那座石堡。」

城堡的眞身只是一座用石頭砌的小巧塔樓，一共有三層。

格蘭蒂納站在石堡大門外，問肯肯：「有沒有察覺到什麼？」

肯肯打量一下入口：「沒有。」和普通的人類房子沒什麼區別。

格蘭蒂納浮起一抹意義不明的笑：「對啊，沒什麼。」

進入堡內，格蘭蒂納迅速掃視了一圈：「這裡保持得很不錯。」地面和牆壁很乾淨，擺設古樸雅緻。

白絲綺說：「因爲這裡一直都有專人保養修繕。」

修繕這兒的是歷代的大公妃。有著同樣命運的大公妃們對這座石堡也同樣鍾情，比如牆上的壁紙是前前代大公妃更換的，桌椅則是上一代的大公妃西羅大公的母親置辦的。

「只有通往二樓的樓梯頂端的花瓶和樓梯旁的壁畫是一代大公時期的古物，不過，據說新更換的桌椅都是按照原本的位置擺放。啊，還有那面鏡子，應該也是一代大公妃的東西。」

格蘭蒂納沿著樓梯上了二樓，拉開牆上的幕簾，露出那面幾乎與牆壁等高的鏡子。肯肯站在鏡子前照了照，依然沒感到有什麼特別。

三層是臥室，大床上鋪著柔軟的被褥，靠牆的梳妝台上擺放著梳子和首飾盒，精巧的書桌上紙張整齊地碼放著，鵝毛筆插在墨水瓶中，軟皮的圈椅裡放著舒適的靠墊，彷彿有個女主人一直住在這裡。

格蘭蒂納巡視完石堡，回到大公的寢殿，從懷中取出一個透明的瓶子。

「把這個給大公服下，不出三日，病會痊癒。」

一名醫官帶著明顯的懷疑表情接過瓶子，倒出些許查驗。

「這好像是白水，裡面沒有任何藥劑成分。」

格蘭蒂納肯定地說：「是藥，如果各位不相信，就等三天後看結果，若大公的病沒好，我們隨諸位處置。」

眾大臣面面相覷，內務大臣問：「假如這瓶藥劑帶來某些嚴重的後果，僅憑你們兩個，能擔得起責任？」

白絲綺截住他的話頭：「出了任何差錯，責任我來承擔。」他們要的，其實就是這句話吧。

果然，大臣們都放棄了質疑，同意讓大公服下藥劑。

格蘭蒂納取出一個羅盤一樣的東西，擺弄片刻：「我剛剛卜算了一下，大公的好友克雷伯爵對大公的病情有幫助，請他進宮看看大公吧。」

大臣們神色各異，白絲綺不禁問：「你是不是想說茉琳‧克雷伯爵小姐？」

格蘭蒂納否定了她的話：「我說的是這位伯爵小姐的哥哥，克雷伯爵。」

內務大臣的表情僵硬了幾秒，答了一聲好。

格蘭蒂納滿意地點點頭，轉身向白絲綺優雅地行了一禮：「大公妃，有件事我必須和您單獨談談，花園的花開得很美，不知您願不願意前往？」

小白臉竟在病重的大公床前公然約大公妃逛園子？眾大臣的臉色都不大好看。但是現在，有誰管得住大公妃？

他們只能眼睜睜看著大公妃和這根神棍並肩走向花園。

肯肯留在了大公的寢殿內，剛剛格蘭蒂納朝他丟了個眼神，示意他不要跟過去，他不明白是爲什麼。

不管怎麼樣，對別人的媳婦伸出爪子是錯誤的！

透過玻璃窗，大臣們眼睜睜看著大公妃與神棍在花園中竊竊私語，兩人時而四目相對，大公妃竟還嬌笑了起來。

這像什麼話呢？王室墮落了，墮落了！

半個鐘頭後，大公妃獨自匆匆出了花園，卻沒再回大公的寢殿，而是向另一個方向去了。侍女前來通報，大公妃身體不適，先去休息了。

眾大臣神色不由得意味深長起來，內務大臣重重咳嗽了一聲：「既然如此，留醫官在這裡照顧大公，我們也先退下吧。」

大臣們散去，肯肯被侍從引到宮殿的休息室，格蘭蒂納正坐在那裡翻看那本舊書。

侍屋裡只剩下他們兩個，肯肯問：「爲什麼？」

格蘭蒂納闔上書，表情竟是少見的陰沉：「這件事有些地方比我想像的卑鄙，有幾個疑點需要證實一下。說不定這一次，你我眞要當一回騎士了。」

白絲綺回到臥房內，關上房門，獨自坐了許久。

剛剛在花園中，格蘭蒂納告訴她詛咒的力量很大，他須要考慮一下解開的方法，並且送給她一枚手環，說是著名的大神官烏代代大人親自賜福的聖器，戴著它，作噩夢時默唸神的名字，或許能渡過一劫。

她明白格蘭蒂納的言外之意，這個詛咒可能解不開。這代表什麼？她的靈魂最終會被玫蘭妮大公妃所吞噬？這具身體變成一個容器？抑或者，她徹底消失？

想到這些，她竟沒有恐懼，沒有驚惶，只有一種麻木的空虛。死之前，她該幹點什麼？

桌上放著一個牛皮紙袋，是馬休的稿件。他的作品很失敗，她整個人生很失敗。

她打開紙袋，拿出劇本。那隻藍灰色的貓順著窗縫跳進了屋內，自來熟地在她腳邊蹭了蹭，跳上她的膝蓋。

說老實話，這個劇本寫得眞不怎麼樣，能看出作者想寫一個英雄，但是整部戲中充滿了硬邦邦的描寫和無趣的大道理，看得她昏昏欲睡。

最後，她居然眞的睡著了，這竟是近期她睡得最好的一次，一夜無夢。

第二天，醫官報告說，大公的病情毫無起色，她不禁爲格蘭蒂納和肯肯擔心，可這兩人看起來泰然自若。

格蘭蒂納藉口與她討論大公的病情，帶了一本書，在花園裡跟她喝茶聊天。

「聽說大公妃很喜歡《幽禁城堡》，正好，我也是它的劇迷。我在市集中買了一本《貝隆子爵書信集殘卷》，據說鹿琴是根據這些資料寫了《幽禁城堡》。」

她頓時精神抖擻，暫時拋開詛咒的陰影：「這本書我也看過，這個故事只暗示了貝隆子爵愛上某個女人的事情，一些核心的東西沒有涉及。」

《貝隆子爵書信集》是卡蒙三代大公時期，一位貴族青年寫給他好友的書信合集。這位貝隆子爵來到卡蒙的王都遊玩，莫名其妙地失蹤了。他的朋友們在晚年將手中的書信拿出來，集結成書，在那個年代引起了很大的轟動，一時間謠言紛紛。

從書信內容可以看出，貝隆子爵愛上了一個神祕的女子，這個女人難以捉摸，嫵媚又冷酷無情，她對貝隆子爵說，愛上她可能會丟掉性命，可是貝隆子爵依然對她沉迷、難以自拔。

在認識這個女子半個月後，年輕的子爵就失蹤了。

當時，三代大公妃索菲亞和她的丈夫感情不好，大公另有一名情婦，已是半公開的祕密。

貝隆子爵的書信中，關於那個神祕女子的描寫非常符合索菲亞大公妃的特徵。信件公開後，人們都猜測，大概是寂寞的大公妃偷偷出來玩時結識了年輕的子爵，這段戀情讓大公發現，於是子爵就被祕密地處理了。

書信集出版時，三代大公與大公妃都已過世，但是考慮到影響，這本書還是被收回銷毀，成了公國的禁書。

幾百年過去，大概幾年之前，宮廷大規模修繕庭院，在王宮圍牆外，卡蒙河畔石堡附近挖出了很多白骨。人們都猜測那是一代大公妃玫蘭妮修建完城堡之後，被滅口的工匠。

正在這時，《幽禁城堡》橫空出世，將已被遺忘的《貝隆子爵書信集》涉及的三代大公時的祕史與玫蘭妮大公妃聯繫起來，搞出了一個跌宕起伏的傳奇。這些可憐的白骨在劇作中變成了被幽魂附身的三代大公妃挖出心臟的男人。

格蘭蒂納若有所思地翻動書頁：「冒昧說一句，其實我一直不明白女士們爲什麼會喜歡這部劇。她們都希望自己能有同樣的奇遇，遇見一個安東尼，難道她們想變成吃男人心臟的女人？」

白絲綺立刻回答：「當然不是！誰要做那個挖心怨婦！安東尼不該再喜歡她，他完全可以找到眞心喜歡他、崇拜他的人，他應該有自己的幸福，這個世界上明明有很多永遠愛他的女孩子……」

格蘭蒂納的眼睛彎了起來：「啊，我明白了。」

充滿藥香的大公寢殿中，侍女們邊打掃邊偷瞄窗外，竊竊私語。

「大公妃好像跟那個人很聊得來呢。」

「噓，小聲點啦，不過那個人確實太好看了，他笑的時候我的手都軟掉了。你們說大公妃有沒有手軟？」

「妳這個花痴！我倒更喜歡黑衣服的那個，年齡跟我比較配。」

……

濃郁的花香滲入室內，與侍女們細碎的笑聲融在一起。

和格蘭蒂納聊了一會兒，白絲綺覺得很愉快，暫時拋開了恐懼。

下午，小憩完畢，她打算再去探望一下她那掛名的丈夫，剛走到迴廊下，便看見一個熟悉的人影穿過花叢，她的心驟然劇烈地跳動起來。

是約伯寧，鹿琴！

鹿琴，他、他、他不是被驅逐出境了嗎？爲什麼能大搖大擺地走在王宮裡！

她一把抓過旁邊的侍女：「那人來做什麼！」

侍女被她的反應嚇住，結結巴巴地說：「大、大公妃，那個人就是茉琳伯爵小姐的哥哥，陛下的好友凡倫丁・克雷伯爵。」

不，不對，凡倫丁應該是他的姓，他的全名是約伯寧・凡倫丁，他還是《幽禁城堡》的作者，鹿琴。

「妳沒有弄錯？」

侍女驚惶地說：「當然沒錯，大公妃，凡倫丁伯爵從小和陛下一起長大，我們怎麼會認錯他呢？」

她踉踉蹌蹌地衝到花園中，捂住額頭。這到底是怎麼回事，爲什麼大公的老相好茉琳小姐的哥哥會是被驅逐出境的鹿琴！好像有什麼地方不對……

附近突然傳來男子的咳嗽聲，她緊張地後退一步：「什麼人？」

樹後轉出一個人影：「抱歉，大公妃，我嚇到妳了嗎？」

馬休！

她再度吃了一驚：「你……你怎麼會在這裡……」

馬休幽深的眼眸凝視著她：「是這樣的，克雷伯爵是我的好友，我沒有進過宮廷，所以就假裝是他的隨從進來看一下。我不懂什麼宮廷禮儀，大公妃殿下不會怪我無禮吧？」

她端正站姿，僵硬地扯扯嘴角：「當、當然不會。」

馬休笑了笑：「大公妃，我叫馬休·利恩。」

聽到他自我介紹，白絲綺才驟然反應過來，身爲大公妃的她應該是初次與他見面，便忙忙擺出了矜持的樣子。馬休的視線仍一直黏在她身上。

「大公妃如果比較關注戲劇界的消息，說不定聽過我，我是破了全王都劇院退稿紀錄的人。」

白絲綺假裝忽然想起什麼似地睜大眼：「啊，對了，我的侍女瑪德琳對我提起過你！」

馬休眼眸亮了亮，她接著往下演：「你……你是不是給過她一部劇本？請你在這稍等我一下。」

她疾步向臥房趕去，覺得自己這樣做有點發瘋，但，不知道還能不能再見到他，就當是最後的任性吧。

她拿著那本稿子，匆匆趕回花園，遞給馬休：「瑪德琳她……因爲一些事情，回奧修去了，我代替她把劇本還給你。她已經看完了，說這是一個好劇本，謝謝你。」

馬休接過紙袋，視線仍筆直地望進她眼中：「大公妃看過這個劇本嗎？」

她連忙搖頭：「這是瑪德琳的，我沒有私自翻閱。」

馬休從懷中取出一樣東西：「那麼……大公妃能否把它交給瑪德琳？」

她的心怦怦狂跳起來，馬休手中粉色的手絹上簽著鹿琴的名字，還有「給親愛的讀者」及一個紅色桃心圖案。

她努力控制著手指不要發顫，接過手絹。馬休的低語幾乎已貼近她的耳邊：「大公妃不會因爲鹿琴，懲罰瑪德琳吧？」

她攥著手絹，慌亂地後退一步：「不……不會。」

「大公妃殿下。」

身後忽然響起的呼喚令她緊張地回頭，只見格蘭蒂納含笑站在那裡。

「大公妃殿下，在這裡和陌生人說話似乎不太妥當。」格蘭蒂納優雅地執起她的手。「請隨我來，我有一些關於大公的治療方案想要稟告大公妃。」

白絲綺跟著格蘭蒂納走向宮殿，感到身後馬休的視線仍刺在背上，但她不敢回頭。來到廊下，她抽回手：「到底是什麼治療方案？」

迴廊下沒有侍女，一片寂靜，格蘭蒂納說：「其實，並不是關於大公，而是關於大公妃妳的詛咒。」

她胸前的項鍊又灼熱起來，只要和格蘭蒂納在一起，她就有種莫名的不安。她自暴自棄地說：「詛咒是不是無法解除？你可以坦白告訴我，沒關係。」

格蘭蒂納笑了笑：「正好相反，我找到了解開詛咒的方法，不過……」他的目光淡然地向附近掃了一圈。「這裡說話不太方便。」

他湊到了近前，在她耳畔呢喃：「今晚，十二點，大公妃能否到石堡門前來？」

她咬住嘴唇，點了點頭。

7 真相

「陛下。」，安東尼單膝跪在地上。「她不是你的王妃，她是魔鬼。」

——《幽禁城堡》第九幕第一節

十二點的鐘聲響起，白絲綺換上侍女的衣服，輕手輕腳溜出了房門，來到王宮的最深處，石堡在月光下冰冷而幽靜，好像沉默的墳墓。

石堡的門開著一條縫，格蘭蒂納的聲音從縫隙中傳出來：「大公妃，請到裡面說話。」

他怎麼搞到的鑰匙，能夠進入這裡？

她雖疑惑，還是推開了鐵門。

一團火光在黑暗中亮起，格蘭蒂納手執蠟燭站在二樓：「妳很守時。」

她鼓起勇氣一階階踏上樓梯，柔軟的地毯微微凹陷，她能聽見自己心臟劇烈跳動的聲音。

格蘭蒂納站在那面大鏡子前，昏暗光線中，她看見鏡中自己的影子，如同從地獄走來的幽靈。

「這個詛咒困擾了妳很久，可能會奪去妳的性命，如果想解開它，只有一種方法。」格蘭蒂納向她伸出手。「離開這裡，只要妳不再是大公妃，詛咒自然會消除。」

她疑惑地站著。**啊，這樣也可以？**

格蘭蒂納微笑起來，彷彿讀透了她的心聲：「眞的就這麼簡單。」他的綠眼睛帶著讓人無法抗拒的魅惑。「妳願不願意與我一起，讓這個夜晚，變成另一個傳說？」

她被這個聲音蠱惑，不由得向前邁了一步，就在此時，一個陰影突然從鏡子後跳了出來。

「別上他的當！」

白絲綺嚇了一跳，那個影子撲到她面前，緊緊抓住她的肩膀。

居然是馬休！

「你……」

馬休的雙手掐得她肩膀生疼：「妳這個蠢女人！我告訴過妳這個神棍不懷好意，但我沒想到妳居然連這種當都上！什麼見鬼的詛咒，統統一派胡言！這個神棍是要把妳騙去賣掉！」

她用力甩開他的雙手，終於也吼了出來：「你爲什麼會在這裡!?你是怎麼混進來的!?還有，我似乎不認識你！」

馬休面目猙獰，咬牙切齒地盯著她：「妳不認識我？好！我這就讓妳認得！」他高喊一聲。「來人啊！」

哐噹一聲，石堡的門被撞開，一大堆侍衛手執火把擁了進來，馬休一手緊抓著不斷掙扎的白絲綺，另一隻手從臉上扯下一張面具，面具下的那張臉，竟赫然屬於本該半死地挺在寢殿大床上奄奄一息的那個人，她的掛名丈夫，西羅．斯坦。

她徹底懵掉了。

「妳這個連謊話都說不圓的女人，那個眞正叫瑪德琳的侍女足足比妳矮了半顆頭，聲音完全不一樣！就這樣妳還整天在外面瞎逛？不被這種江湖騙子拐去山溝種馬鈴薯妳不開心是吧！」西羅大公惡狠狠地一揮手。「把誘拐大公妃的神棍給我拿下！」

侍衛們整齊應聲，拔劍的手卻靜止在空氣中，再也動彈不得。

格蘭蒂納周身浮起流轉的光華，雙耳變回尖尖的形狀。

「西羅大公終於肯說實話了，你雖然是個失敗的劇作家，但一直是個不錯的演員。」

西羅將白絲綺扯到自己身後，警惕地瞇起眼：「閣下竟然是精靈？爲什麼插手我們人族的事情？我跟我妻子之間的事，與閣下毫無關係。」

白絲綺茫然四顧，誰能告訴她，這到底是怎麼回事？

西羅慌亂歉疚地看著她：「我不知道怎麼和妳解釋。我承認，一開始，我並不想要這段婚姻……所以我串通凡倫丁的妹妹，演了那齣戲……」

其實他的祕密很簡單。一個少年氣盛、不畏懼帝國強權的年輕大公，不滿父親去世前訂下的政治婚姻。但他也清楚，現階段卡蒙向奧修帝國開戰，無疑是以卵擊石。於是大公動起了歪腦筋，他猜想，奧修皇帝最疼愛的妹妹白絲綺公主，一定心高氣傲受不了半點委屈。於是，大公在新婚夜，臥室陽台下的花叢中，與好友的妹妹合演了一齣狗血愛情劇，期待公主能在大怒中立刻寫下離婚書，帶著行李淚奔回奧修。

但可能是因爲劇本編得不夠好，大公如願以償地得到了一巴掌，公主卻沒像他預料的那樣哭著跑回家，她居然留了下來，而且一副不打算走的樣子。

白絲綺聽著他結結巴巴夾著懺悔和修飾的解釋，在腦中迅速拼起了這故事的原貌，她暗罵了一句人渣，冷笑著問：「那大公閣下爲何裝作快死了？我如果別有居心，你越快死了，我越不會走。」

西羅的表情突然嚴肅了起來：「因爲那時候，醫官發現，我中了毒。」毒下得很淺，但如果日積月累，會不留痕跡地要了一個人的命。殺掉大公，直接的受益人會是誰？

「爲了查清楚這件事，我決定將計就計，裝作病重，引出這個下毒的人。」

她苦澀地笑了：「其實就是引出我吧。」

檢查大公病情的醫官早就知情，這個宮廷裡的所有人都在演戲，演給她一個人看。引著她，如他們預計的，一步步走向早已準備好的陷阱。

格蘭蒂納再度和緩地開口：「我爲大公檢查病情的時候，發現了一件很奇怪的事，大公的身體沒有任何問題，中毒的人，是大公妃。」

白絲綺倒吸一口涼氣。格蘭蒂納接著說：「是一種從植物中提取的草毒，能使人產生幻覺。大公妃並不是中了詛咒，而是有人一直在您的食物中下毒，令您驚惶、作噩夢，每天生活在恐懼中，直到崩潰。」

她恍若被冰水淋透，掙脫西羅的箝制，西羅再度抓緊她的手臂：「不是我！我只是想讓妳離開，但不會用這種手段！」

她直直地看著他，她該相信嗎？她不瞭解到底什麼是眞、什麼是假，更不知道能不能相信眼前的人。

這個混亂的世界，到底什麼可信？

格蘭蒂納繼續說：「一開始，我也在想，這是卡蒙宮廷用來解決政治危機的方法，但大公的一些作爲又讓我疑惑。於是，昨天我和白絲綺公主開了個玩笑，告訴她詛咒沒法解除，令她極度驚惶，在這種情況下，服用那種毒藥的效果是雙倍，下毒的人不會放過這個好機會。」

格蘭蒂納彈了彈手指，他送給白絲綺的那個手環自她腕上鬆開化成一個光球，浮現一幅圖像。

昨晚在她臥房當值的侍女貝莉接過門外遞來的茶水，放在桌上，從袖中取出一個小瓶，迅速滴進茶碗中。

格蘭蒂納剛剛收起光球，窗戶就打開了，黑衣少年從窗外躍進來，右手心躍出一團火焰，蒸騰的熱氣裡出現另一幅圖景。

驚慌失措的貝莉在迴廊下截住了一個人：「大人，昨晚的藥劑失效了，她沒有發作，是不是她或者那個神棍發現了什麼？如果我們之前對大公做的事也被發現，會不會……」

她截住的那個人，是內務大臣。

西羅緊緊地抓住白絲綺：「這是離間計，我並不知情！」

她問：「然後呢？」即使不知情，又怎樣？

西羅將她扯近自己的身邊：「一切誤會都解除了，我們重新開始。」

她恍惚地笑起來：「重新開始？重新開始，你依然是西羅・斯坦，我依然是奧修的白絲綺。」

這個公國因爲她的存在，總會有併入帝國的危機。

這是無法解開的局。

格蘭蒂納的聲音適時響起：「公主，如果妳願意，我們隨時可以帶妳離開。」

肯肯站在窗台上，背後展開巨大的黑翼，在夜風中，衣衫飛揚。

「白絲綺，妳願意做我的媳婦嗎？我可以帶妳到任何地方，永遠保護妳。」

她捂住嘴，愕然地看著眼前。

這比《幽禁城堡》的內容還要刺激。

她不但見到了眞正的精靈，還有一隻……

她的腿情不自禁地邁出，西羅一把抱緊了她的腰，她用力掙扎，西羅咬牙切齒地在她耳邊說：「不錯，妳是奧修公主，皇帝把妳嫁過來不懷好意。但是我現在管不了那麼多，我喜歡妳！什麼精靈、什麼長翅膀的小鬼，統統別想擋我的路！妳這個蠢女人一直很衰，說不定這小鬼是頭龍，直接把妳揹進山洞，妳這輩子就只能穿草裙吃馬鈴薯！」

肯肯不悅地瞇起眼。龍怎麼了？我的窩比這裡美得多。那綿延不盡的山坡，都是龍的領土！

格蘭蒂納飄到窗台上拍拍肯肯的肩膀：「算了，為了報酬，暫且忍耐吧。」

肯肯嘀咕：「我不想要報酬，我只想娶個媳婦。」

精靈聖潔地笑了：「誰讓你又遇見了別人的媳婦呢？」

8 旅程

「救了我的恩人，你爲什麼讓我感到熟悉，你是誰？」

「王妃殿下，我只是一個騎士。」

——《幽禁城堡》第九幕末節

「如果沒有詛咒，這又怎麼解釋？」

紅色薔薇項鍊終於取了下來，她將項鍊遞給面前的精靈。

格蘭蒂納告訴她，城堡中根本沒有詛咒。歷代大公妃之所以偏愛石堡，是因爲她們都發現了鏡子後的暗道，那個暗道能穿過卡蒙河底，通到宮外。

西羅大公從他母親那裡知道了城堡的祕密，他經常在城堡中化妝成馬休，到宮外遊蕩。

格蘭蒂納接過項鍊，又告訴她一個故事。

很久很久以前，有一位龍王送給他最愛的少女一條項鍊，這條項鍊上灌注了龍的法力，在有危險的時候，會保護那位少女不受任何傷害。

「這條項鍊察覺到宮廷中的惡意和妳已紊亂的氣息，它一直在保護妳，壓制妳體內的毒素。」

白絲綺恍然：「那麼，詛咒的傳說是假的，姐姐告訴我的才是眞的？」

關於這條項鍊，奧修王室也有個傳說。

暮色戰爭時，整個大陸到處都是魔族。一個十三歲的女孩帶著兩個弟弟四處流浪，不幸遇見了魔族，差點被吃掉時，一個穿著暗紅色鎧甲的人救下了他們。

女孩很害怕，她覺得就算躲過了這次，她也無法帶著兩個弟弟活下去，因爲她只是一個女孩子。救他們的人便取下了頭盔——「他」竟然也是個少女。她長得並不算漂亮，但笑容特別溫暖。她從脖子上取下一條項鍊送給女孩，告訴她女人也能做到很多事情，這條項鍊會保護他們平安，魔族總有一天會被消滅，和平必定會到來，一切都將好起來。

這條項鍊眞的有神奇的魔力，女孩戴著它，再也沒有遇到危險的事。她帶大了兩個弟弟，等到了和平的那一天。她的其中一個弟弟就是奧修的開國君主。

「但是卡蒙爲什麼會有一條一模一樣的項鍊？」

西羅看到她的項鍊後，信誓旦旦地說王家私庫中有條一模一樣的，結果他還眞扒拉出了一條。

格蘭蒂納淡淡地說：「那是仿製品。因爲玫蘭妮大公妃想要變成一個人，連她的東西都僞造，這是一個關於……暗戀的故事。」

在不遠處假裝看公文的西羅大公，眼光不時興致盎然地飄向正在聊天的幾個人。

格蘭蒂納卻不再往下說了，只是問：「知道了這個故事，妳還願意把項鍊給我嗎？」

白絲綺考慮了一下，點點頭：「我有種感覺，這條項鍊好像和你們更有緣分，反正姐姐已經把它送給我了，我再轉送也可以。」

精靈和黑衣少年離開了宮廷，白絲綺遺憾地嘆了口氣：「這裡面絕對有個祕密，可惜他們口風太嚴了。」

西羅閣上公文：「算了，即使知道了，最後也是便宜凡倫丁，我寫了肯定賣不出去。」

白絲綺無語地看著他。

她的丈夫西羅大公，作爲一名文學青年的道路很坎坷，十分悲催。

他是前代大公的獨子，從小承受沉重的壓力，便找到了文學作自己的緩解劑，還半威脅地拖了他的伴讀凡倫丁一起下水，各自用馬休和鹿琴這兩個筆名搞文學創作，沒想到天分這個東西眞的很重要……

夢想成爲亞士比莎第二的西羅，一生最大的成就，是發掘了天才劇作家鹿琴。

白絲綺幸災樂禍地想，假如劇院的老闆們知道那個老被他們退稿的爛作家就是大公……

公國之恥啊！

「所以你嫉妒朋友，就禁了他！」

西羅欲言又止地頓了頓，艱難地說：「不是這樣……這個原因，很複雜……」

《幽禁城堡》上演後，出乎意料地紅火，在其他國家也很受歡迎。於是，他們決定建一個書坊，把劇本印刷出版販賣。因爲經驗不足，錯誤地估計了鹿琴的知名度，很樂觀地印了六百萬冊，結果只賣出了三百六十萬本，剩下二百多萬本書像山一樣堆積在數個庫房中，令人心焦。

「想讓這些書賣出去，就必須讓鹿琴的知名度……更高一點……妳懂的……」

有什麼，會比一部被禁的作品、一個禁書作家紅得更快？

「這個劇本現在又加印了幾百萬冊。我跟凡倫丁商量好了，等明年出白金紀念版時，我再把他解禁，然後他就可以寫一個從被禁到解禁的心路歷程加進書裡，當成白金紀念版的特別贈送。」

白絲綺盯著揚揚得意的西羅大公，吐出兩個字：「人渣。」

紅色薔薇鍊墜與肯肯項鍊的鍊墜在光芒中合在一起，化成一把鑰匙。

包裹著鑰匙的光芒投射出一幅奇怪的圖案，像天空中一顆顆星辰織成了一張網。

肯肯問：「這就是藏寶圖？」

「確切說，是未被破解的藏寶圖，謎底是星盤密碼。」格蘭蒂納打量著巨網。「要有大修爲的占星師才能解開它。」

肯肯眨眼：「你解不開？」

格蘭蒂納嘆了口氣：「我對占星術不算在行，但我知道有個人可以。」

光圖消失，格蘭蒂納收起鑰匙，看向北方。

忽然有個聲音說：「他不在那裡了。」

兩人身側的空氣出現了一條縫隙，羅斯瑪麗從縫隙中走出，一隻藍灰色的貓躺在她懷中，悠然地舔著爪子。

她對肯肯和格蘭蒂納嫵媚地眨眨眼：「兩位臉色不要這麼難看嘛，我一直沒有掩飾對寶藏的興趣，更沒有阻撓過你們呀。我是特意過來告訴你們一個重要消息的。殿下說的那個唯一能解開星圖的人，是清聆吧，我剛剛聽說，清聆被劫持了。他算出了陰聚三星，大凶之兆，得罪了奧修皇帝，皇帝把他綁回去問罪，據我們的探子回報，皇帝要封他做皇夫。」

格蘭蒂納的臉色有點發青，肯肯疑惑：「皇夫？」

羅斯瑪麗笑吟吟地說：「奧修皇帝是白絲綺公主的姐姐，她肯定只能娶皇夫，不可能娶皇后。」

那就是和母親一樣！人類居然也有這樣的雌性。

格蘭蒂納轉頭問肯肯：「對奧修有興趣嗎？」

肯肯想了想，點點頭。

他想看看這個和母親很像的雌性。

天空中，巨龍展開雙翼，載著精靈向遠方飛去。

地上，卡蒙河平靜地流淌，大鐘樓的鐘聲敲響十下。

流浪者的故鄉永遠在前方，鐘聲就是他啓程的序章。

——《幽禁城堡》完結辭

第三章

納古拉斯之眼

1 神祕的訪客

夜色沉澱，繁星如織。他站在琉璃的穹頂下仰首看天，細碎的鈴聲響起，有訪客至。

來人是個女子，攜一股銀蓮花香踏進門內，星光模糊地勾勒出她的輪廓。

「這麼黑，爲什麼沒燈？」

他手邊的蠟燭亮起，燭芯的火焰變成金翼的蝶，翩翩飛到一盞盞燈上，所有的燈都亮了，不速之客的容顏頓時清晰。

她穿著貴族少女的服飾，披著一條邊緣繡著金薔薇花紋的頭紗，看起來和尋常年輕女子並無分別。

「很奇妙的點燈法術。」

「一個朋友送給我的禮物。」他淡淡地說。「我不懂什麼法術。」

「太謙虛了，你可是遠近聞名的占星師啊，清聆大師。」

他淡淡說：「我只是觀察天象，轉達那些星辰希望告訴我們的事而已。」

她笑了起來：「謙虛是東方人的習慣嗎？你是東方人吧，我們這邊沒有這麼純正的黑色頭髮和眼睛。」

他沒有回答。

她在室內踱了兩步，抬頭看那琉璃的穹頂，透過彷彿不存在的屋頂，整個星空盡收眼底，如鑲嵌著碎鑽的寶盤，熠熠生輝。

「住在這樣的屋子裡，讀到星星的語言眞是特別方便。大師能不能替我占卜一下，有人說，我是個不祥的人，會帶來災難。」

他垂下眼簾：「這世上沒有絕對的幸運，也沒有絕對的災難，只是人的看法不同而已。」

她哦了一聲：「謝謝大師的指點。大師有沒有替自己占卜過，譬如，你什麼時候會有劫難？」

蠟燭發出嗶剝聲，他拿起小剪修了修燭芯：「占卜別人命運的人，一般看不到自己的未來。但星辰告訴我，是今晚。」

他放下剪刀，淡然地看向她，即使她穿著尋常的衣飾，即使她的語調刻意放得柔軟，也無法掩飾她逼人的氣魄，那種高高在上、獨一無二的耀眼光芒。

那光芒，不屬於夜晚，而是晨曦到來時，天地間最耀目的光彩。

他單膝跪下：「陛下深夜來到寒舍，清聆不勝惶恐。」

約妲·奧修低笑出聲：「我該誇你占卜高明還是眼光好呢？清聆大師。」她俯身，抬起跪在地上的占星師的下巴。「陰聚三星，大凶之兆，竟敢說出如此大逆不道的話，我該怎麼罰你？」

仔細一看，這個占星師的臉孔生得相當不錯，清秀文雅，不同於奧修男子剛強的輪廓，過於蒼白的臉色中，竟然還有一種特別的，柔弱？

她瞇起眼：「我的後宮裡，似乎還沒有你這樣的類型，你就隨我回宮吧。」

□

「黃金的大樹後，一個身穿鎧甲的人一步一步向牧童走來，他竟然，沒有頭……」

聽故事的人們臉都白了，瑟瑟發抖。一個孩子摟住母親的腿，號啕大哭。

母親抱起孩子要轉身離開，孩子卻拚命掙扎，邊哭邊瞪大眼看講故事的老人，死也不走。

離開人群，格蘭蒂納嘆了口氣：「我真不理解人類，他們最恐懼的東西往往也是他們最熱愛的東西，這到底是怎樣一種喜好。」

跟在他身旁的肯肯沒有吭聲，只是摸了摸咕咕作響的肚子。

街道的另一旁，又有一個老人坐在樹蔭下，講著一個神話故事。

「……墨多爾神與狄弗娜神是一對兄妹，哥哥掌管仁愛與慈悲，妹妹掌管殘暴和昏昧。葉琳卡信奉著墨多爾神，她的善良感動著人們，她卻未曾發現，弟弟伯南早已在不知不覺中偏向了狄弗娜神的一方……」

格蘭蒂納低聲說：「人族總喜歡想像出各種各樣的神供奉膜拜，卻將眞神的名字遺忘。」

肯肯繼續保持沉默，他也不知道眞正的神叫什麼名字，他想快點吃東西。

格蘭蒂納繼續說：「並沒有什麼專門掌管仁愛慈悲、殘暴昏昧的神，神都是仁愛的。」

肯肯不解：「你覺得不對，爲什麼還要聽？」

格蘭蒂納笑了笑：「這些故事雖然比不上我們精靈的吟遊詩，但亦是人類美的精華的體現。精靈熱愛各種美，不管是眞實還是虛假。」

原來精靈的愛好是找到他們認爲美的東西，再拚命挑剌。肯肯的目光黏向路邊的餐館，突然，他似有所察地抬起頭，一抹小小黑影撲搧著翅膀飛快地從天邊射到他面前。

它的外形像一隻鳥雀，翅膀處卻有突出的骨刺，腳爪異常鋒利。

格蘭蒂納新奇地打量它：「龍鳥？早就聽說過這種隸屬龍族的珍禽，卻是第一次看見。」

肯肯嗯了一聲：「它是我母親的信使。」

龍鳥張口吐出一顆光球，用腦袋蹭蹭肯肯的臉，撲搧著翅膀飛遠。

肯肯，你這隻衰仔。你做的那些事我都已經知道了。眞是氣死我了，竟然連個媳婦都娶不到，你還是我和你爸的兒子嗎？不但沒找到媳婦，還把自己賣了，蠢啊！生出這種兒子，我愧對祖宗！都怪媽沒好好教你，精靈不是好東西，千萬別信他們的話。見到了一定要繞著走！那什麼破契約，立刻撕毀了！精靈敢說什麼，就讓他們過來和我單挑！你就在外面多轉轉吧，不找到個媳婦，就別回來了……

肯肯蹲在小溪邊，愁眉苦臉地盯著前爪中的光球。格蘭蒂納拿著水袋坐到他身旁：「你怎麼這種臉色？」

肯肯悶聲答：「母親說，我找不到媳婦就不能回去。」

格蘭蒂納安慰他：「回信告訴令堂，你在努力，總會找到的，有我幫你。」

肯肯在心中補充，母親還說，你不是好東西，讓我千萬別跟你做同伴。

母親，我錯了，我信了精靈的話。

不過，我不想撕毀契約，我想看看精靈到底能壞到什麼地步。

□

奧修的都城維丹是阿卡丹多大陸最大的城市。

肯肯和格蘭蒂納進了城，發現城中瀰漫著非常奇怪的氣氛。大街小巷、空地廣場，到處都是賣花的小販，而且只賣火紅的玫瑰。每個花攤前都擠著一大堆男人，細緻地挑選並討價還價。

天很熱，玫瑰的旖旎香味與壯漢們的汗氣攪和成一種特別詭異的味道。肯肯連打了兩個噴嚏：「爲什麼都看不見女孩子？」

格蘭蒂納早就閉住了氣，根本不回答他的話。

肯肯身邊一個蒼老的聲音說：「姑娘們當然在家中等著被求婚，怎麼會有空上街？」

肯肯循聲低頭，發現一個白髮蒼蒼的矮人蹲在街角，咬著一根菸斗，悠閒地吐著煙圈兒，面前的花簍中只剩下幾枝微蔫的玫瑰。他衝著肯肯和格蘭蒂納招招手：「兩位小哥兒，買不？最後幾枝了，算你們便宜點。」

格蘭蒂納在口鼻旁施了點小法術隔離開空氣，開口詢問：「老人家，這些男子爲什麼都在爭著買花？」

矮人磕了磕菸斗，慢吞吞回答：「求婚的時候，鮮花必不可少。你們是外鄉人吧，我勸你們，要嘛趕緊找個姑娘，要嘛立刻離開皇都。」

格蘭蒂納再問爲什麼這麼多人都趕在一起談婚論嫁，矮人卻什麼也不肯說了。

除了玫瑰花攤之外，城中的布店、服裝店、首飾店中也塞滿了人。在城中踏看了一圈，最終，他們靠近了皇宮。

奧修的皇宮是一群巍峨的石頭建築，始建於奧修第一位皇帝丹多耶夫時代，格蘭蒂納丟了個隱形術，帶著肯肯踏著葉片飛上半空，俯瞰宮牆。

石壁上，精心雕琢的花紋歷經數百年風雨依然清晰，高聳的尖頂直刺入雲霄。

格蘭蒂納忽然問：「你覺得，整個奧修皇宮的形狀像什麼？」

肯肯說：「像一隻眼。」

奧修皇都的形狀是一隻手掌，而皇宮，就如同這手的掌心處長了一隻眼睛。

格蘭蒂納沉聲說：「納古拉斯之眼。」

他緩緩降下葉片，視線聚集在皇宮正中一處。

整個皇宮全部都是尖頂的石頭建築，唯有這裡是圓的。

一個凸出的渾圓土丘四周環繞著白色大理石護欄，花壇中覆蓋著密密麻麻的淡紅色植物，是皇宮這隻眼睛的紅色瞳仁。

葉片再緩緩下降些許，肯肯感覺到一陣壓抑的不適，紅色瞳仁彷彿突然動了動，直視他和格蘭蒂納。

格蘭蒂納駕著葉片迅速升高，那視線如影隨形，始終膠著在他們身上。

格蘭蒂納低聲唸了句咒語，找出法杖向身後一揮。

肯肯眼前金光一閃，一股巨大的力量將他震飛出葉片，他在半空中化成原形，抓住格蘭蒂納，降落到皇都外的山林中。

格蘭蒂納長長吐出一口氣，肯肯問：「那個什麼眼，怎麼回事？」

格蘭蒂納皺起眉：「納古拉斯之眼、沒有聽說過？那是神的使者。」

傳說，神是這個世界最初的主人，他們創造了這裡，擬定了各種各樣的規則。比如一年分爲四季，比如河水的流動方向，比如花幾時開，果實幾時熟，再比如人從出生到死亡的歷程。

「阿德曼覆亡之日，王子問賢者，是否神遺棄了凡世，才有了我王國的衰敗。賢者言，否，神離開了凡世，但留下納古拉斯之眼。那平和，它看見；那紛爭，它看見；那同等，它看見；那不公，它看見；那純淨，它看見；那污穢，它亦看見。神說，我雖離去，但這世間的一切，我皆看見。」格蘭蒂納收起手中的法杖，用吟誦般的聲音緩緩道。「《大約蘭書》第三卷第十一篇。」

肯肯茫然：「那是啥？」

格蘭蒂納說：「一本經書，亦可以說是神的事蹟記錄之一吧，裡面提到了納古拉斯之眼。」

肯肯皺皺鼻子：「可我覺得，那隻眼，有點邪。」

他當時脊背發涼，後頸的皮膚發麻，這是見到不好的東西才有的反應。

格蘭蒂納頷首：「對，因爲那不是眞正的納古拉斯之眼，是人爲造出的東西。」

肯肯不解：「他們爲什麼要造那種東西？」

格蘭蒂納搖搖頭：「我也不知道。但有那個東西在，你我就不能通過法術直接進入皇宮，只能想其他的辦法了。」

肯肯和格蘭蒂納重新踏進了維丹的城門。

街上依然像之前一樣喧囂熱鬧，他們選擇僻靜的小巷避開人潮，小巷一家店鋪中傳出吵鬧聲。

「放開我！」

是女孩子的聲音。

肯肯立刻趕上前，只見不算大的店面中，四、五個男子正向一個女孩步步逼近。女孩穿著少年的服裝，長長的頭髮凌亂地散著，一步步倒退向牆角。

爲首的男子向她伸出手。

「扮成男人是沒用的，莉安小姐，請……」

他的手腕突然一緊，跟著大腦瞬間一空，再反應過來時，已五體投地躺在了店外的大街上。

少女的面前多出一個黑衣少年，冷冷地說：「請你們離開。」

男子們愣了愣，立刻暴跳怒罵。

「喂，什麼意思？你小子想插隊？」

「小白臉也不代表有特權！到後面去，一個個來！」

剛剛被丟出門外的男子掙扎著爬起身，吐了口唾沫，一跛一拐地重新堅定地走回店內：「不錯，請大家互相體諒，遵守規矩！新來的必須去後面排隊！」

他的視線越過肯肯，望向少女，正正衣領，撲通跪倒在地。

「莉安小姐，我愛妳！超過了大海的深和廣，比太陽更加炙熱，我願意把我的命、我的家產全部和妳分享，雖然我沒有帶來醉人的玫瑰，但我有最堅貞的忠誠！」他從胸前的口袋裡掏出一只小盒，打開，裡面的戒指上碩大的鑽石熠熠生輝。

「嫁給我吧，達令！」

其他男子見狀，立刻跟著撲通撲通跪倒。

「莉安小姐，我比他更好，我愛妳有兩個大海那麼深，十個太陽那麼熱，嫁給我吧！」

「選我，選我！看我的這顆堅貞的忠誠，比他的大！」

……

肯肯傻在當場，幾個男人膝行向前，將他推到一旁，抓住少女的衣襬，聲淚俱下。

「看看我的心吧，吾愛！」

「達令，不要讓我絕望而死！」

「做我的新娘吧，我的心肝！」

少女臉色由白轉紅再轉青，一腳踹開兩個抓住她裙子的男人，掄起旁邊的條凳，怒吼：「滾！」

眾男堅定地再次匍匐上前。

「就算滾，我也只滾向妳的腳邊！」

「不管滾到哪裡，妳都是我的唯一……」

少女掄著條凳沒頭沒臉地向他們蓋去：「統統滾開！我現在不打算嫁人！要是你們再繼續，我就去告御狀，我要向皇帝陛下起訴你們！」

聽到最後一句話，眾男抖了幾抖，飛快撿起被打落在地的戒指和花束，以不可思議的速度消失在店外。

少女擦擦額頭的汗，長吐出一口氣。傻在角落裡的肯肯小聲問：「妳沒事吧……」

少女的神色立刻又緊張起來，舉著條凳戒備地盯著肯肯：「還有你，快點走！」

肯肯抓抓頭：「我……」

格蘭蒂納踏進店內，彎腰從地上撿起一頂帽子，拍拍上面的灰遞給少女：「小姐，我們兩個是外鄉人，今天剛到這裡，您不用擔心我們有什麼不良企圖。」

少女的眉毛皺了皺，猶豫了片刻，放下條凳，接過帽子戴到頭上，把長髮胡亂地塞了進去：「你們到這裡來做什麼？」

格蘭蒂納的笑容越發溫和：「只是想進來吃點東西而已。我們跑了大半個城市，所有的飯館都在忙著籌備結婚喜宴，沒辦法招待我們。」

少女理解地點點頭：「請你們稍等。」

「對不起，店裡只有我一個人，只能弄些簡單的食物。」夾著煎腸的麵包片和熱騰騰的燕麥粥端上了餐桌，少女抱歉地說。「我父母都生病了，夥計全忙著去結婚了。」

格蘭蒂納欠身道謝：「我正要詢問，城中怎麼到處都是忙著結婚的人？」

莉安詫異地瞪著他：「你們居然不知道？」

格蘭蒂納和肯肯同時點點頭。

莉安左右看了看，將聲音壓得極低：「你們如果沒重要的事也趕緊離開吧，最近元老院在爲皇帝陛下選皇夫，這些男人不願進宮，就爭先恐後結婚了。」

肯肯咬著煎腸抖擻精神。選皇夫？是女皇想當別人的媳婦嗎？

女皇不是剛剛搶了格蘭蒂納的朋友嗎？

格蘭蒂納亦露出疑惑神情：「成爲女皇的夫君，難道不是所有男人夢寐以求的事？一般都是一國最尊貴的年輕貴族才有資格，或是乾脆選別國的國王。」

莉安撇撇嘴：「我們的皇帝陛下可不會跟那些小國王室聯姻，讓他們有獲取血脈繼承權的機會。那些男人也都要面子，覺得待在內宮終身侍奉陛下太丟臉，陛下確實讓很多男人自慚形穢。而且，這次是元老院在選人，身分低微的人中選了，也只能混上一個侍君甚至貼身近衛的身分，做不了眞正的皇夫，也沒資格與陛下一起生育子嗣，或許還會被拉去做個手術什麼的，徹底杜絕雜亂皇室血統的可能。萬一陛下跟元老院翻臉，被選上的人說不定就成了炮灰，命就沒了，他們覺得風險太大唄。」

肯肯眨眨眼，低頭繼續啃麵包。

格蘭蒂納挑眉：「是不是，皇帝陛下愛上了什麼不被大臣認可的人？」

莉安睜大眼：「你也是占卜師嗎？這都能猜到？」她再看看四周，聲音又低了些許。「最近陛下帶了一名占星師回宮，元老們可著急了。」

皇帝約姐將占星師帶回皇宮，引起了元老院的警惕。占星師來歷不明、身分不明，說不定是用妖術迷惑了皇帝陛下，覬覦皇夫寶座。爲了對付這個妖男，元老院向皇帝進諫，選拔年輕男子作爲皇夫候選。

「還有啊，你們兩個要小心……」莉安話未說完，有一胖一瘦兩個老者走進店內，她忙起身去招呼。

兩位老者選好座位，要了兩杯熱飲，慢吞吞地喝，視線在肯肯和格蘭蒂納身上掃來掃去。終於，胖老者開了口：「少年人，你們是外鄉人？」

格蘭蒂納含笑回答：「我們從雷頓來。」

瘦老者捻了捻鬍鬚：「雷頓？我多年前曾去過，那邊王室的詛咒，聽說已經平安解決了。」

格蘭蒂納點頭：「是啊，我們也聽說了。」

胖老者繼續和藹地問：「你們爲什麼來奧修？工作？遊玩？」

格蘭蒂納微笑搖頭：「我只是陪朋友一起來而已。」

兩位老者都將目光落在肯肯身上，肯肯悶聲回答：「聽說奧修，很大，很美，我來看看。」

兩位老者一起頷首，胖老者品了一口飲料，接著慢悠悠地問：「你們兩個年輕人都沒有成家嗎？」

肯肯嗯了一聲：「我正在找媳婦。」

兩位老者對視一眼，瘦老者呵呵笑起來：「終身大事，不能馬虎，一定要看準。」

3 搶親

上午，例行的朝會，照舊有點煩。

元老院的當月報告依然冗長得令人昏昏欲睡，民生司的總結書充滿了老套的歌功頌德；神法院的陳詞更加虛無縹緲。

約妲・奧修強壓著打呵欠的慾望，坐在皇座中，盡量保持著威儀，配合大臣們的發言頷首。

最後，丞相若欽・華列特走到御座前躬身行禮，打開手中的文件：「這是財政大臣呈上的本月報告，由臣來宣讀；另外，軍務處上了一份懇請增加軍備的奏章，請陛下批閱。」

昏昏欲睡的頭腦立刻變得清醒，她簡潔地說：「先說軍務處的奏章。」

元老院的座位上立刻蹦出意料之中的聲音——

「陛下，軍費龐大對國家來說並非好事啊！」

「陛下，應以民生爲重，少興戰事！」

「陛下，軍隊開支日增，是否應該考慮一下縮減之道了？」

她做了個手勢，示意在場諸人安靜，才緩聲道：「關於軍費的議題，已討論過無數次，也早已定下解決的方式，眾卿就不必多言了吧。」

「陛下英明。」丞相展開一道紙卷。「臣先宣讀軍務處的奏章，請陛下根據後面的財務報告，酌情定奪。」

終於，朝會結束，大廳內懸掛的大鐘響了十二下，眾臣告退，約妲向正要離去的丞相說：「華列特卿，稍留片刻。」

年輕的丞相停下腳步，回身恭敬地行禮：「遵命，陛下。」

正午的陽光太過毒辣，不適宜在花園中散步，約妲和若欽・華列特沿著長長的遊廊向前走，她輕聲說：「若欽，謝謝。」

若欽的聲音依然溫和有禮：「臣是陛下的丞相，在朝會上，也只是支持自己認為對的見解，陛下不必褒賞。」

她笑了笑：「我從未想過，會有姓華列特的人支持我，亦不曾想到，你會變成我最倚重的臣子之一。」

遊廊四周很安靜，只有風抖動樹葉的低語和氤氳的花香，她望著前方蜿蜒延展的道路，不禁想，這個人還能這樣陪伴她多久，她可否相信他的話，那些血和恩怨是不是真的能夠消除。

她終於還是提起了那個禁忌的名字：「關於司諾，我一直想對你們華列特家說一聲抱歉。」

若欽的腳步滯緩了一下，但很快又恢復了從容：「陛下，讓舊事只停留在往昔吧。」

一個女侍神情急迫地跑來，在遊廊邊跪下：「抱歉，陛下，冒犯打擾……那位清聆大人絕食了五天，剛剛昏過去了……」

不會吧，還以為他餓幾天就會吃飯了。約妲按按太陽穴：「那就讓醫官過去看看，塞也要把食物給他塞下去！」

侍女領命退下。若欽輕咳一聲：「陛下，臣多嘴說一句，雖然冊立皇夫刻不容緩，但逼出人命，也不太好……」

她冷笑一聲：「他說我犯了什麼陰聚三星，大凶之兆，我還把他帶回宮來，好吃好喝地養著，這怎麼能叫逼迫？我從生下來就被人說不祥，他不是第一個，也不會是最後一個，我只是讓他擦亮眼睛看清楚，我究竟是怎樣的人。」

若欽道：「陛下是皇帝，他只是一個占星師，陛下何必與他計較。」

約妲沉默地揮了揮手，若欽躬身告退。約妲站在廊下，看著他的背影遠去。

她的這位丞相身形修長瘦削，頭髮是華列特家族特有的亞麻色，舉止也帶著華列特家族獨特的溫和文雅。

與他一點都不一樣。

他的髮色濃重得近乎於黑色，總是不服帖地翹起；他跑起來像風一樣快，抓住她胳膊的手總是莽莽撞撞的。

「妳快點啦！要不是妳，我就抓到那隻兔子了！」

他的手絹永遠縐巴巴地不知道縮在衣服的哪個角落，總要翻找半天才能艱辛地翻出來，粗聲丟給她。

「妳不要哭了，有什麼好哭的，我爸媽也看我不順眼。那些人只是說妳不吉利，妳知道嗎？我爸總說我是被惡魔換掉的。除了我哥外，全家人都不待見我。」

假如他到了若欽這種年紀，會是什麼樣子？

她幾乎能夠想到。

高大的、永遠神采飛揚的、可能更加莽撞的……

反正是和若欽，和華列特家的人，和那些貴族子弟完全不同的人。

「我就是司諾，姓司諾，名司諾。我會讓這個姓、這個名，變成比誰都強的貴族。那時候，妳就別做公主了，來給我做飯吧，我絕對不會讓任何人說妳的壞話……」

可能是風帶來了沙塵，她的眼前有些模糊。

那些臣子常常問她：陛下，妳到底喜歡什麼樣的人？

她什麼樣的人也不喜歡。因爲，那個她愛的，獨一無二的人，已經死了。

被她殺死了。

若欽．華列特離開了皇宮，一個穿著號衣的僕人在路邊向他行禮：「丞相大人，請留步。」

若欽停下腳步，認出了這僕人身上元老院院長家的制服。

僕人湊到近前，低聲說：「大人，我家老爺和副院長大人請您過去商量一件很要緊的事。」引著若欽登上一輛馬車，徑直來到元老院院長多萊多的府邸。

多萊多和副院長古白端坐在客廳內，神情凝重。

「小華丞相，」多萊多與若欽的祖父是好友，所以總這樣親切地稱呼他。「這件事關係到帝國的前途，所以我們兩個老頭子冒昧請你過來商量。陛下帶回宮的那個占星師很讓人憂心啊，聽說他鬧絕食，昏迷了？」

若欽微微頷首。

多萊多長嘆了一口氣，和古白一起搖頭。

「陛下還是太年輕了。這個妖男，著實心機深沉。」

「哭哭鬧鬧，要死要活，都是妄圖綁住男人心的女人玩剩下的。如果他想死，撞牆、抹脖子、上吊……皇宮的水井也沒蓋蓋子嘛，何必要絕食這麼拖拉？」

「丞相大人，」多萊多直直盯著若欽。「陛下被這個來路不明的神棍蠱惑，說不定就封他做了皇夫。爲了帝國的前途、皇室的血脈，我們絕不能讓這種事情發生！」

若欽咳了一聲：「爲陛下甄選皇夫的事情，不是正在進行嗎？」

多萊多又嘆了一口氣：「唉，你沒看明白。陛下怎會拖延到今日還不結婚？陛下雖是個好皇帝，但畢竟還是個年輕姑娘，會對愛情、對婚姻，抱有一定不切實際的幻想。」

古白深沉憂鬱地捻了捻鬍鬚：「我們這堆老傢伙臨時抓來的鴨子，怕是難合陛下的胃口，也敵不過這個道行高深的妖男的手段。桌上這堆畫冊，已畫盡了我們這些年篩到的品質最優的菁英，陛下一個都沒瞧上。」

若欽拿起一本畫冊翻了翻，裡面的肖像的確都是帝國最高貴優秀的未婚男子。

多萊多搖搖手指：「老夫覺得，最大的原因還是在臉。女人最容易被美色迷惑，這些貴族都還不夠俊美，沒占星師那張小白臉銷魂。」

若欽微微皺眉。說實話，他手中這本畫冊裡的男子，個個都足以讓尋常少女尖叫暈倒，但，又確實或多或少地遜於占星師那可媲美精靈的容顏。

黑髮黑眼的占星師，渾身帶著遙遠東方獨特的神祕，疏離又冷淡，彷彿不屬於這個世界。

極美，極特別，確實……值得她喜歡……

古白陰森森笑了兩聲：「小華，不要憂鬱！我們找你來是想告訴你，我們已經找到了解決這廝的人選。」他取出一顆水晶球。「看看這裡。」

水晶球放射耀眼的光芒，投射出兩個身影。

一個黑衣黑髮的少年和一個月光色長髮綠眼睛的青年。

兩張只能用完美來形容的臉。

尤其是那個綠眸青年，即使在聖詩中，也難以找到形容他美貌的詞句。

多萊多得意地微笑：「這是我和古白親自踏遍整個皇都才遇到的神的禮物。小華，你看怎樣？」

若欽理性地說：「與他們相比，占星師確是略顯失色。」

古白敲敲水晶球：「我發現，陛下偏愛黑髮的男子，應該是黑頭髮的這個小娃勝算大點。」

多萊多搓搓手：「可這娃嫩了點，我覺得陛下對氣質要求也很高，綠眼睛這個娃一看就聰明，聰明好！」

若欽謹慎地斟詞酌句：「只是，他們應該不是奧修人……」

多萊多再嘆了口氣：「這個事兒我們也討論過，眼下事態緊急，不能太計較。趁陛下還沒對那個妖男傾注太多感情，先把她的注意力引開。這兩個娃瞧著不像平常人家出身，如果是別國王族，大不了先約束他們婚後從陛下姓，咱們再修憲廢了血脈繼承法。他倆身分高，正好能從各方面徹底壓制那個野路子妖男！」

若欽皺眉：「此事終究太過魯莽，陛下她……」

古白擺擺手打斷他：「小華，別板著臉，你們華列特家的人就是太過死板。出事有我和老多承擔全責，你還怕什麼？只是陛下威勢日重，越來越不愛聽我們這群老頭子嘮叨了，像你這樣的年輕人說的話，她比較聽得進。等這兩個人進了宮，請你多多照應他們，在陛下面前盡量美言。」

若欽緊鎖眉頭，沉吟許久，才勉強道：「我，盡力而爲。」

□

肯肯在睡夢中，忽然聽到細細的低語。

那聲音好像是被浸潤著露水的夜風從遠方攜來，鑽入他耳內。他睜開眼，發現自己竟然身處一片樹林中。草地異常翠綠，參天大樹枝杈交錯，濃密綠葉鋪出弧形穹蓋。雖然只有極細的陽光透過枝葉縫隙漏下，可周圍卻十分光亮。

肯肯四下張望，遲疑著邁步向前。

大樹上攀附的綠色藤蔓主動閃避開，朝著某個方向招搖，星星點點的七彩光點像螢火蟲般在空中飛舞。正前方的大樹下，一片碩大的綠葉上站著一位精靈少女，銀色長髮如月光紡成的絲緞，雙瞳勝過世間最剔透的藍寶石，渾身散發著晨露與百花凝萃的芬芳。

肯肯從未見過如此美麗的少女，但，他又覺得她有點眼熟。

少女在聖潔的銀輝中向肯肯伸出手：「少年的龍，這是我們第一次見面呢。我是瑟琪絲・阿法迪。」

肯肯恍然：「你是格蘭蒂納的妹妹？」

瑟琪絲嫣然：「不是呀，你眞是個有趣的少年。」

她飄下葉片，走到肯肯面前，輕輕握住他的手，撫摸著契約手環上格蘭蒂納的名字。

「請不要怨恨格蘭蒂納。我知道，他耍手段拿了你的項鍊，可他是不得已才這樣做的，都是因爲我，是我的錯……請別責怪他。」

肯肯覺得爪子酥酥的、痲痲的。晶瑩的淚水自少女臉龐滑下，令他無措。

他想替瑟琪絲擦掉眼淚，又怕爪子不乾淨，弄髒了她的臉，只好乾巴巴地說：「我沒有恨格蘭蒂納，我覺得他挺好的。他懂很多東西、很聰明、愛乾淨……」

找騙子精靈的優點眞難。

瑟琪絲掛著淚水的臉上露出喜悅：「眞的？謝謝你的寬容。以後，你們還要在一起走很長的路，希望你們能好好相處，能不能冒昧地請求你，多關照他一些？」

肯肯在她迫切的目光下沉穩地說：「嗯，沒有問題。」

瑟琪絲盈盈地笑了，她笑起來那麼好看，肯肯一瞬間有些眼花和眩暈。接著，她輕輕吻了吻肯肯的臉頰。

肯肯覺得，全世界的花都開了。

「那麼，格蘭蒂納就拜託你了……」

眼前一片斑斕繚亂，肯肯猛睜開眼。漆黑的四周、安靜的旅店房間。剛剛，他是被用攝夢的方法拉進了一個幻境。

他摸摸被親吻過的臉頰。有種暖暖的、異樣的感覺，好像格蘭蒂納的那條毛毛蟲在他心裡爬。這種感覺，他之前從來沒有體會過，正在細細品味，門外忽有陌生人的氣息逼近。是四個人族，正鬼鬼祟祟地靠近門口。

隔壁床上的格蘭蒂納動了一下，低低說：「別動。等一下，不管發生什麼，都別動，裝睡。」

肯肯便沒動，一根管子從門縫裡探了進來，吹出一股煙。大約十幾分鐘之後，門鎖咔嗒一響，門悄悄地開了。

那四人走進屋內，抬起格蘭蒂納和肯肯裝進麻袋，打橫扛出房間。

旅店的老闆和老闆娘瑟縮在櫃台內，窺見這幾人將布袋丟上門外的馬車，車子滾滾離去。

造孽啊！這年頭男人長太好也不安全了。

馬車疾馳，約四十分鐘後，駛進了一處所在。

麻袋被抬進一間屋子，四人將肯肯和格蘭蒂納從麻袋中拖出，仔細在他們身上翻查搜索了一遍，其中一人取出一只小瓶，往他們嘴裡各倒了點液體。

過了片刻，肯肯感到身邊的格蘭蒂納動了動，便跟著睜開眼。

這是一間寬闊的廳室，牆壁上糊著暗色壁紙，水晶吊燈照得室內一派光明。

那兩個他們在飯館裡遇見的老者笑咪咪地站在不遠處。

胖老者慈祥地問：「年輕人，醒了？」

肯肯盯著他：「你們，爲什麼，要把我們帶到這裡？」

胖老者呵呵笑了兩聲：「年輕人，稍安毋躁。你們可知道，這裡是什麼地方？」

格蘭蒂納一言不發，肯肯搖搖頭。

瘦老者幽幽地開口：「這裡是元老院。」

格蘭蒂納冷聲問：「這就是你們奧修的待客之道？」

胖老者拍拍手，一個侍從捧上兩個包袱。

「你們的身上和行囊中沒有任何能證明身分的文件，僅憑這項，按照帝國的法律，你們就應該去監獄報到了。你們來到帝國、混進皇都，有什麼企圖？」

肯肯繼續不作聲，格蘭蒂納苦笑：「企圖？我和朋友到奧修，是想重新開始人生，維丹是皇都，機會最多。我的朋友想進軍隊，我想找一個文職的工作，或者做點生意。我原本以爲奧修帝國是最自由、最寬容的國度，原來是我錯了。」

兩個老者繼續打量著他們。胖老者向格蘭蒂納提了幾個書本方面的問題，格蘭蒂納應答如流。

瘦老者看向肯肯：「懂得格鬥術嗎？」

肯肯聳肩：「我打架從不會輸。」

瘦老者抬了抬手，將他們扛來的四位侍衛重新走了回來，團團圍住肯肯。其中一個侍衛丟給肯肯一把佩劍，肯肯隨手將劍折斷扔到地上，一把抓住這侍衛的手臂，一提一丟，侍衛飛撞到柱子上，暈了過去。

瘦老者怔了怔，呵呵笑起來。胖老者拍了拍手：「好，你們合格了。現在，有一個出人頭地的機會，你們願不願意把握？」

4 後宮風雲

皇宮別苑的小宮女們最近一直很緊張。

皇帝陛下將美貌的占星師安置進別苑，嚴命不能出任何差錯。這是陛下第一個放進內宮的男人，說不定就是未來的皇夫了。小宮女們戰戰兢兢的，每天精心將房間布置到最舒適，給占星師備下最華麗的衣服，食物更是由皇家廚房最好的廚師精心烹製，連飲料都是上好的牛乳和美酒。

可是，占星師什麼都不吃，餓暈了過去。

陛下很不悅，小宮女們很害怕。

「陛下，我們眞的……從來沒有怠慢過清聆大人……」侍女長琳莉跪在地上，噙著眼淚稟報。

剛剛在醫官的治療下，占星師終於醒了過來。他虛弱地靠在床上，對站在床邊的陛下視而不見，氣氛凝重得詭異。

小宮女們匍匐在地，瑟瑟發抖，她們會不會變成陛下發洩怨氣的犧牲品啊，好害怕……

陛下終於開了御口：「我知道這不是妳們的錯，都下去吧。」

小宮女們又驚又喜，趕緊行禮謝恩，飛一般地逃了出去。

約妲望著臉色蒼白的占星師，不悅地皺起眉：「順從我，有這麼難？你不願意待在內宮，大可同我直說，何必做絕食自殺這種懦夫行徑。」

占星師的睫毛顫了一下，虛弱地開口：「陛下，我並非自殺。只因，我身爲傳達天意的使者，不得食肉、不能飲酒，乳汁乃母血所化，亦不可飲。」

約妲看看餐桌上堆滿肉食的盤子和旁邊盛滿鮮乳和甜酒的器皿，一時無語。

「那你這幾天吃什麼？」

清聆看向旁邊插滿玫瑰的花瓶：「每天，宮女都會換水。」

約妲按住額角：「你爲什麼不說你不能吃這些東西？」

占星師輕嘆一聲：「我一開口說不吃這些，她們就跪下哭，我身爲修行者，怎能強人所難。」

約妲心情複雜地望著他：「你眞是個偉大的人。」

小宮女們分散在花叢和廊下，假裝幹活，偷瞄寢殿方向。

「陛下看占星師的眼神，好深情啊。」

「那占星師眞是不知好歹，他說陛下不吉利，陛下都不計較地喜歡他。得到這種恩寵，他應該痛哭流涕才對！」

「就是陛下太強了，才讓那男人害怕吧，我媽告訴過我，女孩子不能太強了。」

……

小宮女們正在竊竊議論，突然看到陛下帶著難以捉摸的神情走了出來。

「去取些飲用的清水，再讓廚房準備些食物，一定要全素，連奶或蛋也不能有。」

小宮女們急忙領命前去置辦，穿過花園甬道時，侍女長與幾個宮女遇見了元老院院長多萊多大人和丞相大人。

多萊多大人行色匆匆，滿臉喜悅：「陛下現在何處？我有重大事情向她稟報。」

侍女長答道：「陛下在別苑。」

多萊多的臉色頓時變了變：「陛下，在占星師那裡？」

侍女長垂首：「清聆大人剛剛醒了，陛下讓我們去廚房準備飯菜。」

多萊多冷笑一聲，向若欽道：「聽聽，我沒說錯吧？陛下一去，他一准就醒了，飯也能吃了。」

若欽沒接話，多萊多重重一哼，大步流星趕去別苑。

等到侍女長帶著兩名小宮女從廚房趕回別苑時，又在路上與多萊多大人和丞相大人相遇。

多萊多大人臉色鐵青，連鬍子梢都在顫抖：「妖男……這個妖男！此人不除，定是奧修的大患！」

若欽低聲勸著：「院長，請冷靜些，這裡是內廷。」

多萊多重重跺腳：「怎麼冷靜！小華，難道你還能冷靜!?你看那個占星師躺在陛下懷中的風騷樣子！哪個正常的大老爺們會這麼幹！顛倒了，這個世界顛倒了！」

侍女長和小宮女們屏息站在路邊，大氣也不敢出。

侍院長和丞相大人走遠，她們回到別苑，小宮女們閃著星星眼湊過來，把她們拉近花叢。

「哇，妳們剛才沒看到真是太可惜了！陛下親自給那個占星師餵水喝，正好院長和丞相大人就過來了！」

院長和丞相來通知陛下，元老院挑選的皇夫人選已經進宮，隨時恭候陛下召見。院長踏進房門時，正好占星師想站起身，但因身體虛弱腳步不穩，踉蹌了一下，陛下攙扶了他一把。占星師跌入陛下懷中，被陛下緊緊攬住。

「院長當時整張臉都綠了。」

「丞相大人好像也有點尷尬，難得啊，那麼沉穩的丞相大人。」

宮女們嘰嘰喳喳地議論，寢殿內仍是異常寂靜。

侍女送上素食，清聆進餐完畢，看了看仍坐在一旁的約妲：「陛下，請回吧，恕我做不到。」

約妲冷冷道：「只要你答應，我可以滿足你一切要求。」

前來收拾餐具的小宮女將這糾結至極的對話一字不漏收進耳朵，屏住呼吸，飛快退下。

待房門關上，屋內只剩下約妲和清聆，清聆又平靜地說：「我只是占星師，不懂得什麼請靈術。尋找已經死去的人的靈魂，讓他與陛下對話，我眞的做不到，並非故意違逆陛下。」

約妲抓緊椅子扶手：「我只想知道他是否已到了天國，他的靈魂是否安樂，你號稱大陸最厲害的占卜師，連這都做不到？」

清聆站起身：「陛下，恕我冒犯再多言一句，請靈之術其實是一門邪術，那些自稱是請靈師的人請來的，未必眞是逝者之靈。東方有句話，叫作『逝者已矣』，不管他的靈魂在天國，還是已經轉世，都是他現在應在之處。請陛下莫太執著，讓逝者得以安寧。」

約妲走出了別苑，天色晴好。

她的眼前仍浮著占星師看她的眼神。

沒有敬畏，只含著悲憫，那是看一個普通又可悲女人的眼神。

脫下這身皇袍，取下冠冕，她本就是這樣一個人。

「妳啊，又蠢、又傻、又笨。」那時他總這麼粗聲數落她。「那群糊塗蟲說妳會搶妳哥哥位子的話純屬發昏，丹斯殿下比妳聰明太多了，陛下那麼英明，怎麼可能疼妳多過王子。喏，手絹給妳，擦擦鼻涕，別哭了。」

她緩緩穿過皇宮的庭院，前方的走廊下，有人向她微微躬身：「陛下。」

她在恍惚中眯起眼，依稀認出這人是若欽·華列特。

「陛下何時召見院長為陛下物色的人選？」

是啊……她還要選擇「皇夫」。

約妲自嘲地扯了扯嘴唇，聽說為了逃避和她結婚這件恐怖的事情，幾乎所有未婚男子都在拚命找對象結婚。

現在這些皇夫人選，都是元老院強行綁來的吧。

她有些疲倦：「我現在想一個人走走，你讓他們再等一等吧。」

「是。」若欽的神色仍是一貫的恭謹溫和。「天氣炎熱，陛下別在太陽下走太久。」

她點點頭：「多謝你的提醒，我會盡快見他們。」

約妲沿著甬道走到皇宮的中庭，淡紅的花壇在陽光下有些刺目。

這裡是皇宮的禁地，除皇帝之外，任何人都不能擅自靠近。

她記得父皇當年常常一個人來這裡望著花壇發呆。據說，這個花壇藏著一個重大的祕密，關係到奧修家族和整個帝國。

小時候，司諾和她偷偷跑來玩耍，被發現後，受到了嚴厲的處罰。她問過父皇這裡到底有什麼祕密，父皇說，這個祕密只與奧修家的男人有關。直到父皇駕崩也沒告訴她，因爲她無權知道。

父皇常常和她說：「不論是兒子還是女兒，在我心中都是同樣的，我只欣賞最優秀的那個。妳會成爲一個好皇帝，不輸給奧修家的任何一位祖先。」

可是從這件事來看，兒子和女兒，在父皇眼中還是有一些不同。

或者，在失去兒子後，強悍如父皇，也需要用些謊言來自我安慰。

約妲不知不覺走出了甬道，忽聽到附近有窸窣聲，她側身看向聲音傳來處，發現樹與樹的縫隙中有一個少年。

黑色的短髮、黑色的衣服，她的心驟然緊縮起來，呼吸急促。

司諾……司諾……

是你，是你……回來了？

她的雙腳像被釘在地上，無法動彈，恍惚中，那個身影走出了樹叢。

她的心猛然墜落，跌入冰潭。

不是他。

站在她眼前的是個陌生的少年。沒有他囂張的眼神，沒有他飛揚的神采。皮膚不是常年被太陽曝曬的小麥色，而是近乎蒼白，墨黑的髮色比他的更純正一些，雙瞳也是純黑色，而非琥珀的顏色。

少年定定看著她：「妳，沒事吧？」

約妲恢復鎮定：「這裡是皇宮禁地，沒有皇帝的允許，任何人不得靠近。你是什麼人，爲何在這裡？」

少年哦了一聲：「那個什麼院的長老讓我到皇宮來，說可以娶皇帝當媳婦。皇帝不在，我就出來轉轉。」少年緊盯著她。「妳不會就是皇帝吧？我叫肯肯。」

「啊？妳不會是公主吧？我叫司諾，是科葉・華列特的兒子，雖然我爹希望我不是他兒子。」

少年的笑容在陽光下很燦爛。

她也微笑起來：「對，我是約妲・奧修。」

「這是神的旨意！這是上天的恩賜！有一個東方詞兒叫什麼來著？對，緣分！這個詞，老夫喜歡！」多萊多在院長室中激動地踱步。

眞是意想不到。本來他已經絕望了，以爲那個占星師妖男肯定要爬上皇夫寶座，霸佔奧修後宮了，他已經看到了帝國岌岌可危的將來。

誰知，皇帝陛下竟然在庭院中和那個黑頭髮小哥兒看對了眼。

就像那些發酸的文人們寫的那樣，一對男女擦出愛情的火花，往往只需要零點零一秒。

古白呵呵笑道：「我早就說過，陛下喜歡黑頭髮。」

多萊多也笑瞇了眼：「陛下對那個綠眼睛的年輕人，亦很感興趣的樣子。」

當時，他們在皇宮的接見廳內，帶著一群精心挑選的青年才俊，等待陛下御覽。

小華丞相說，陛下剛從占星師那裡出來，要獨自走走，等一下再過來。

他們的心頓時拔涼。看樣子，陛下被占星師的迷魂術徹底蠱惑，已到了對其他男人不感興趣的地步。

不曾想，半個鐘頭後，陛下竟和那個叫肯肯的少年人並肩進來，還笑盈盈的，顯得很開心。多萊多和古白又驚又喜。

陛下繼而非常親切地召見了所有待選青年，在人群中，她又一眼看到了那個綠眼睛青年格蘭。

陛下舉起扇子輕輕點在他的下巴上：「眞是一張動人心魄的臉。」隨後脫下手套，恩賜那年輕人親吻她的手背。

在整個過程中，名叫肯肯的少年一直陪伴在陛下身邊。最後，陛下選定了格蘭和肯肯爲侍君，即日起住進皇宮。

多萊多和古白激動得老淚縱橫。

「現在這兩人已經是名正言順的侍君，占星師還沒有任何名分。二對一，怎樣也是咱們的勝算大些。」

多萊多與古白掛著滿足的笑意瞧了瞧一直一言不發坐在一旁的若欽。

「小華，你臉色不太好，不舒服？」

若欽按了按太陽穴：「這兩人目前沒有任何身分證明文件，其中一個人身手還相當厲害，如果他們別有目的……」

多萊多拍拍他的肩膀：「小華，凡事不要想得太複雜了，我們兩個老頭子對自己的雙眼還是有信心的。」

古白慢悠悠地說：「陛下是我們這群老傢伙看著長大的，我們比誰都希望她能有一段好姻緣，更比誰都期待她能成爲奧修最偉大的皇帝。」

約妲・奧修，整個阿卡丹多大陸唯一的人族女君主，她十七歲即位至今，奧修呑併了兩個臨近的小國，版圖擴張了五分之一。

但，他們這些元老院的老傢伙們心裡都明白，約妲・奧修從嬌生慣養的帝國公主，到繼承皇位，再到今天，有多麼不易。

約妲和她的妹妹白絲綺公主是先帝拉古斯特的第二任皇后所生，朝廷內一直有些大臣反對繼后和她的子女，若欽的父親科葉・華列特便是其中之一。但擁有至高權力的元老院一直支持約妲，才使得她能順利登上皇位。

多萊多摸著鬍鬚笑了笑：「你能不被你父親的政見影響，成爲輔佐陛下的臣子，我們都很欣慰。」

若欽微笑道：「我只是盡臣子應盡的義務而已。」

他還記得，許多年前，約妲公主跟著司諾到華列特府玩耍。那時她只有六、七歲，頭髮亂七八糟的，小臉上灰塵東一塊西一塊，一雙亮亮的眼睛四處張望，好像他養的那隻花斑貓。

那時他身體不好，只能待在家裡看書，透過書房的窗戶看她和司諾精力旺盛地上躥下跳，總是很想笑。

沒想到，數年之後，那個可愛的女孩子，成爲了帝國的皇帝。

本來他也不相信一個十七歲的女孩子能當好皇帝，父親常在家悲嘆，帝國一定會毀在這個丫頭手裡。人心動盪的朝廷在元老院的強壓下勉強維持著穩定，周邊的一些國家開始蠢蠢欲動。

約妲剛繼位一個月，鄰國多魯的軍隊就開始在邊境頻繁活動，帝國派出使臣前去和談，多魯的國王讓使臣給「戴著皇冠的小姑娘」送上一份禮物——一箱玩偶娃娃和扮家家酒的小家具。

就在那天下午，約妲剪短了頭髮，穿上鎧甲，宣布向多魯開戰。

半年後，她登上多魯王宮的塔樓，親手斬斷了多魯的王旗。

在戰爭中，她的右臂和肩膀都受過重傷；從此之後，皇帝只穿長袖的裙子，再沒有穿過露肩的禮服。

父親也不再說什麼了。當若欽說，想要到朝廷中供職時，父親只是沉默地轉過身。

「奧修一直有一個傳說，」古白意味深長地說。「這個國家的命運將會因一個女人，向非常好的方向改變，我們相信這個傳說是眞的。」

若欽沉默不語，他不信什麼傳說，但他確定國家會變得更好。

不過，如果有妹妹的話，他並不希望她像皇帝這樣。

□

初夏的晨風撫弄著新綻的花朵，皇宮的氣氛在馥郁的花香中變得蕩漾。

皇帝陛下的兩位侍君住進宮廷了，占星師剛剛到來就要失寵？

新侍君依然是兩個身分不明的人，到底誰能笑到最後，成爲陛下的皇夫？

「按照以往皇帝選擇皇后的慣例，落選的人可以嫁給貴族們。陛下在這方面很保守，應該只會有一位皇夫，那麼落選的人會不會也沿用這個慣例？」

「哎呀，即便沿用，他們也會變成女官們或貴族小姐們的丈夫，輪不到我們啦。」

……

宮女們的低語隨著微風蔓延到宮廷的每個角落。

肯肯抖了抖身上新換的衣服，被濃郁的香氣熏得打了兩個噴嚏。格蘭蒂納的那條毛毛蟲趴在桌上，抬起頭，讚歎道：「小龍王，您和格蘭蒂納殿下穿上新衣服，都太帥了。」

肯肯覺得渾身難受，滑不溜丟的襯衫、緊繃的褲子和脖子上的領巾讓他非常不舒服，他還是喜歡自己變出來的衣服。

格蘭蒂納倒是安之若素，他的衣服樣式與肯肯的不同，是綢緞繡花邊的袍子，肯肯覺得他更加好看了。不過他不明白，爲什麼格蘭蒂納可以穿那種舒適的袍子，他就要穿成這樣。

負責衣物的女官說：「這是根據兩位的氣質特別挑選的，陛下會更加欣賞你們。」

女官離開後，肯肯趁宮女們不在，憂心忡忡地問格蘭蒂納：「眞的，要娶皇帝做媳婦嗎？」

格蘭蒂納微笑：「這要看你的意願，我從頭到尾都是爲了寶藏，救出清聆我就會離開。到時候，你就是唯一的皇夫人選了。」

肯肯不傻：「你我是一起的，你救了占星師，我會變成同謀。」

格蘭蒂納體貼地說：「我會想辦法讓你脫清干係。」

肯肯煩惱地望著窗外，他很猶豫、很矛盾。

皇帝很漂亮，帶著龍很喜歡的強大氣場，但他覺得自己對她並沒有愛情。

他總是不斷想起精靈少女瑟琪絲。

他沒告訴格蘭蒂納見到瑟琪絲的事，所以格蘭蒂納不知道他的煩惱。

「還有這裡的納古拉斯之眼……」

格蘭蒂納的話讓肯肯回過神。自他們進入皇宮以來，納古拉斯之眼一直沒有任何反應，肯肯親自觸摸過花壇，它依然一片沉靜。

看來這個東西只對外來的、明顯表現出法力跡象的事物有反應。

「花壇中種的植物是蒼線蕨。」格蘭蒂納端詳肯肯從花壇帶回的葉片。「這種植物的葉片應該是綠色，現在變成了淡紅色。」

他扯開葉片：「有血腥味，但沒有法力，應該是那個花壇裡有些什麼東西。」

格蘭蒂納取出從卡蒙得到的那條紅薔薇項鍊：「還記不記得我們聽白絲綺公主講過的那個關於奧修開國的故事？現在這個故事讓我想到另一個故事……」

肯肯咬著麵包茫然地看他，精靈輕輕地吟誦起來：「墨多爾神與狄弗娜神是一對兄妹，哥哥掌管仁愛與慈悲，妹妹掌管殘暴和昏昧……」

5 祭壇

結束了與財政大臣的賦稅商討，窗外暮靄沉沉，約妲揉了揉額角，若欽闔上厚厚的文件，關切地看她：「陛下，您最近一直顯得很疲憊，請愛惜身體。」

約妲半開玩笑半無奈地說：「可能是被元老院催婚催的。」

若欽欲言又止地頓了頓，還是又開口道：「陛下，請容我多嘴進言一句，確定皇夫之事，應等到兩位侍君的身分徹底查清之後。」

約妲笑了笑：「這件事元老院應會盡快辦妥，我相信元老院的眼光。」

離開議政廳，回到內宮，天已近黑，每天這個時候，約妲都會感到莫名的空虛。沒有了政務，沒有了群臣的等待與進奏，偌大的宮殿，輝煌的燈火，除了忙忙碌碌的宮女侍從，只有她一個人。

長長的餐桌、堆砌的盤碟，唯有她獨自坐在桌前。

約妲幾不可聞地低嘆一聲，吩咐：「讓那兩位侍君過來一起用餐吧。」

內務女官應了一聲，匆匆離去，將那兩人帶了過來。

有人一起吃飯，氣氛果然好了很多。那個叫格蘭的雖然話不多，但總能輕易地打動人心。她的視線總不由自主地定在黑髮少年肯肯身上，他的吃相實在不夠好看，不過廚子看到了一定很開心。

她雲淡風輕地問：「你們究竟來自哪裡？」

肯肯從餐盤上抬起頭：「我家，在大陸的最北端。」格蘭蒂納告訴他要這麼說。「是山區。」

約妲哦了一聲：「爲什麼到奧修來？」

肯肯擦擦嘴，嚴肅地說：「我母親讓我出來找媳婦。」

約妲挑起唇角：「那你是想讓我做你的媳婦？」

肯肯表情有些猶豫：「但，妳不能和我一起回去。母親說，要我帶媳婦一起回去過日子的。」

旁邊的女官和小宮女們掩口偷笑，約妲也笑出聲來，再看向坐在另一側的青年：「那你呢？你也不像出身自平民。」

格蘭蒂納優雅地一笑：「我從大陸的最南端來，每年的第一縷暖風，就是從我們那裡吹起。我家中的確薄有家資，不過，我是最不受待見的那個。我的父母聽信了一個占卜師的話，覺得我不吉利，我便離開了家，拋棄了姓氏，四處流浪。」

約妲抿了一口杯中的青果汁：「那你和我很像，從我出生到現在，占卜師們一直都說，我是個不祥之人。」

她父皇的第一位皇后是大貴族之女，皇后病故後，很多大臣希望父皇續娶皇后的妹妹，可是父皇卻選擇了一個出身低微的少女。

那些大臣們認爲，這個女人一定會變成童話故事裡的狠毒繼母，除掉第一任皇后所生的丹斯王子，爲自己的孩子鋪平道路。即使在生下白絲綺後不久，約妲的母親就過世了，那些大臣也依然沒有放棄他們的幻想。

十年後，丹斯皇兄的葬禮上，她聽到前皇后的父親對當時的丞相科葉・華列特說：「那個女人，還是將帝國的繼承人帶走了。」

「薔薇將取代蕨葉，成為皇座的主人。」她喃喃唸出這句話，這是她出生時，一位遊歷到皇都的術士為她占卜所得的預言。

就是這句話，成為母親和她數年的夢魘。

綠眸青年的目光微微疑惑：「這是指……」

她簡單地解釋：「蕨葉在皇家的祭祀和徽章中代表奧修家族的男子。」

格蘭蒂納含笑道：「這個預言也許只是表達，陛下乃帝國之福。」

約妲笑了笑，轉開話題。

肯肯和格蘭蒂納雖然已是侍君身分，但仍不能在皇帝身邊久留。吃完了飯，女官就將他們請回了住處。

當夜，約妲覺得心情輕鬆了很多。就寢前，為她卸妝的女官輕聲說：「陛下今晚好像心情很好。多萊多大人他們說的對，陛下是應該早點定下自己的伴侶了。」

伴侶嗎？她看著鏡中自己的臉，有一瞬間恍惚。

夜半，肯肯和格蘭蒂納隱身走出房間。月色美好，花香沉靜，肯肯吸了吸氣，飽含著花香的微涼空氣中，隱隱有一絲腥味。

這腥氣，是從花壇那邊飄來的。

格蘭蒂納順著他的目光望去：「過去看看吧。」

花壇周圍依然被衛兵嚴密把守著，無風，可那些蕨葉卻在月光下左右擺動，彷彿在焦躁地尋覓什麼。

格蘭蒂納唸誦咒語，指尖暈出光暈，蕨葉立刻顫動起來，散發出更濃郁的腥氣，月亮的顏色不知何時變成了淡紅。

肯肯悶聲說：「屍體的味道。」

格蘭蒂納頷首：「不錯。這裡，可能是個祭壇。」

遠離花壇之後，月光又變得清澈，淺淡銀輝中，一座樸素的角樓靜靜矗立在皇宮一角。

格蘭蒂納從衣袋中取出一個瓶子，拔出瓶塞，抬手揚起一陣微風，守夜的侍衛和宮女們軟軟躺倒在地。

角樓廳內的窗前，一個人站在月光中：「格蘭蒂納。」

格蘭蒂納含笑走上前：「你是早就算到了，還是我進來時才發現？」

那人淺淺笑了笑，朝肯肯微微躬身：「你好，少年的龍王。」

肯肯向他問了聲好。這個人身上的靈力氣息很醇厚，他很喜歡。

格蘭蒂納從懷裡取出兩條項鍊：「閒話就不多說了，替我解一幅星圖。」

清聆彎起眼角：「你可眞不客氣，好歹也先救我出去吧。」

格蘭蒂納揚揚眉：「清聆大人既然能進來，就能出去。」

清聆嘆息：「殿下眞讓我無話可說。」端詳項鍊片刻，又搖搖頭。「星圖不能在這裡打開。」

格蘭蒂納斂起神色：「因爲中庭的花壇？」

清聆默認。

格蘭蒂納收起項鍊：「聽到你被抓的消息，我就覺得不對。你一向行蹤不定，爲什麼會突然定居到奧修的國境內，預言還傳到人族君主的耳朵裡。奧修連烏代代那種水準的神官都沒有，又怎麼能輕易抓走你。我在想，你是不是設好了一個套，等著我鑽。」

肯肯從桌上的盤子裡抓了一串葡萄，邊吃邊聽。

清聆淡淡笑著：「我是受人之託。而且，若不解決掉這隻眼睛，我也無法替你解開藏寶圖。」

格蘭蒂納冷淡地說：「我並不想插手人族的事情。我記得，你懂淨化術。」

清聆道：「如果我能解決，就不會拜託你了，小龍王的能力也很關鍵。這樣，如果你答應，解星圖時我不收你報酬，再免費送你一個預言。陰聚三星，的確是顛覆的預兆，或許正因如此，寶藏才會即將重見天日。」

清聆舉起手，在空中畫了一個圈，一幅星圖浮現，三顆異常明亮的主星在圖中的三個方位熠熠生輝。

「銀白色的星辰，代表著精靈王；紅色的星辰，是龍王；黃色的這顆，對應著人族最強的君主，現在，是奧修的皇帝約妲。目前，這三顆星對應的都是女子，這是從來未有過的情況。世間的氣以陰爲主導，預示著動盪。但，奧修的星圖一直很不穩定，之前的幾顆主星本不應那麼快殞落，我察覺到之後，才注意到奧修都城的布局。」

清聆收起星圖。

「格蘭，關於神的歷史，我所知不如你，我只知道這座都城古怪，但不明白到底代表什麼。」

格蘭蒂納淡淡道：「它是反過來的納古拉斯之眼。」

神典中記載，創世三千年之後，神明離開了世間，但留下了一名叫納古拉斯的使者，監督和照看世界，保持均衡。納古拉斯常年在一座山上沉睡，於是一些不安分的黑暗魔物便蠢蠢欲動，一些人也失去了公道之心。可他們不知道，納古拉斯的左手心中有一隻眼睛，即使他在沉睡，神也可以通過這隻眼睛得知世間的一切。

「奧修都城的布局是展開的手掌，可是，納古拉斯之眼在左手，維丹城的布局是右手。整個都城、皇宮的布局，是一種聚集和獻祭，那個花壇，就是祭壇。」

肯肯唔了一聲：「那要怎麼解決它？」

格蘭蒂納面無表情地說：「想要解決它，就要先找到它建起的原因，要找原因就要去調查、研究、挖掘。總之，各種各樣的麻煩，不知道要拖到何年何月，所以我不喜歡管閒事。」

清聆好脾氣地笑著：「殿下，我相信你，會很快的。」

從清聆的住處出來後，肯肯跟著格蘭蒂納回到他的臥室，從兜裡掏出一串剛剛在清聆房間裡拿的葡萄：「給你吃。」

格蘭蒂納接過葡萄，肯肯呆呆站在床邊，格蘭蒂納奇怪地問：「你不去睡？」

肯肯躊躇了一下：「嗯，那我走了。晚安，格蘭蒂納，作個好夢。」

格蘭蒂納拿著葡萄的手顫了一下。

□

約妲睡得很不踏實。

她夢見了鋪天蓋地的火光，司諾站在火焰之中凝望著她，她不顧一切地想靠近，卻怎麼也觸摸不到。

那火焰之中，又有模糊的片段閃過，一下是丹斯皇兄怨恨的雙眼，一下是他憤怒的聲音：**「妳搶了我的位子，還給我，還給我……」**

她從夢中驚醒，冷汗濕透了睡衣。

□

清晨，格蘭蒂納睜開雙眼，發現肯肯正站在床頭，認真地對他說：「格蘭蒂納，早上好。」

毛毛蟲從背囊中探出頭：「殿下，您在熟睡時被子滑落了，是小龍王幫您蓋上的。」

等格蘭蒂納洗漱完畢，早餐已擺放在起居室內的餐桌上。格蘭蒂納在桌邊坐下，肯肯搬著凳子向他身邊挪了挪。

「格蘭蒂納，我多要了一個雞腿，給你吃。」

格蘭蒂納抿了一口牛奶：「謝謝，我早上吃不下這麼油的東西。」

肯肯唔了一聲，把雞腿塞進自己嘴裡，將另一個餐盤向格蘭蒂納面前推了推：「那這碟芒果片給你吃。」

格蘭蒂納眉頭挑了挑，拉過那個碟子：「謝謝。」

吃完早餐，格蘭蒂納走出房間。目前，除了議政樓、皇帝的寢宮、禁忌的中庭、清聆所在的別苑和宮女、女官、侍從的住所之外，皇宮的其他地方他們都能自由走動。

肯肯亦步亦趨跟在他身邊，走到花園附近時，他們聽到了悠揚的樂聲。

水池邊坐著一個穿著淺金色長裙的女子，撥弄著一件簡單奇怪的樂器。

一個侍從發現了肯肯和格蘭蒂納，出聲制止他們靠近，女子停止了演奏，站起身看向這方，是約妲・奧修。

她沒有戴皇冠，頭髮隨意地綁了根帶子，披散在肩上。她的眉眼與她的妹妹白絲綺公主有幾分相似，但少了些甜美，更端莊一些。

約妲向身旁的侍女低語了幾句，示意肯肯和格蘭蒂納靠近。

格蘭蒂納看向她手中的樂器，一根金屬條彎成的弧形上綁著幾根琴弦，像個小巧簡易的豎琴。

「陛下，這是什麼樂器？」

約妲撫摸了一下琴身：「這是我母后留下的東西，沒有正式的名字，母后曾是一個賣花女，當年她就彈奏這樂器吸引客人。可惜，我沒和她學到幾首曲子，她便過世了。」

格蘭蒂納說：「先皇后當年一定是位很美麗的人。陛下有母親陪伴的歲月，也定然很幸福。」

約妲笑了笑，如果拋去那些大臣的閒言碎語，她的童年的確很幸福。溫柔的母親，威嚴但深愛著母親的父皇。母親總有講不完的故事，父皇則會帶她去騎馬。母親過世後，父皇依然寵愛她和妹妹。丹斯皇兄不喜歡劇烈的運動，父皇去打獵時總是帶上她；五歲時，她就能騎著小馬躍過柵欄。騎射、劍術都是父皇手把手地親自教她。她不喜歡學針線繪畫，想學歷史和天文，父皇就爲她請來和皇兄同樣的老師。

父皇還讓多萊多和古白兩位元老院的重臣教她數學演算和哲學。父皇說，身爲皇家的一員必須懂得這些知識。

「**喜歡什麼，就按照自己的喜好去做。**」這是父皇常對她說的話。

可惜，父皇很忙，大多數時間顧及不到她，內宮多數時候是丹斯皇兄的天下。

不管被皇兄欺負得多厲害，不論那些大臣指指戳戳說她不祥的話有多嚴重，她都不能向父皇說，因爲父皇會更嚴厲地呵斥她，所以她只能偷偷躲起來哭。

這些過往，她常常想起，但不會對任何人提及，能和她分享這些的人，只有一個而已。

格蘭蒂納轉開了話題：「陛下的回憶讓我想起了一個故事。」和煦晨光中，他開始了講述。

「創世三千年後，神逐漸離開了此世，但有一些掌管自然的神眷戀這裡，仍留在世間。相傳，只要有眞誠和純善的心，就能夠看見他們。逗留在世間的神中，最受敬慕的是山林之神，他擁有最俊美的容貌，世間的人們，尤其是年輕的少女，都渴望見到他。相傳，從山林之神的神廟中求到一粒種子，精心栽種，就可能與他相見。一名少女深信這個傳說，但等她來到神廟中時，所有的花種都已被搶光了。她在神像腳邊發現了一粒被遺棄的種子，把種子帶了回去，用心栽培，不管幼苗多麼孱弱也不放棄。她不知道，從種子發芽那刻起，神就在注視著她，並且愛上了她。終於，在她種出的植物開花的那一天，神出現在她面前。」

約妲扯了扯嘴角：「眞是個浪漫的故事，可是，據說，這個世界上已經沒有神了。」

格蘭蒂納微笑起來：「陛下難道不相信，神即使離開了，也會注視著我們？」

約妲淡然說：「我覺得相信什麼，都不如相信自己。」

母親，原來不斷地講故事是精靈的愛好。

如果我娶了一個喜歡講故事的媳婦，妳願意經常聽她講嗎？

若欽・華列特站在迴廊下，注視著花園的方向。

稀薄的晨霧中，少女坐在樹下，微笑著與身側的年輕男子閒談，玫瑰芬芳，鳥雀婉轉鳴叫，晨光爲晶瑩的噴泉塗上彩虹色。

即使這對年輕男女不遠處還蹲著一個專注啃蘋果的少年，也絲毫沒有影響到清新美麗的畫面。

侍從官輕聲說：「丞相大人，如果事情不是太急的話，您能否稍候片刻，陛下已經很久沒這麼放鬆過了。」

若欽挾起公文：「的確沒什麼太急迫的事，我中午後再過來。」

6 帝國的祕密

陽光漸漸變得強烈，約妲起身，微笑看著格蘭蒂納：「和你聊天真的很愉快。」

格蘭蒂納躬身：「多謝陛下誇讚。對了，聽說皇宮圖書館藏書甚豐，不知能否允許我借閱？」

約妲很爽快地答應了他的請求。

侍從官引著相閣祕書匆匆過來，神色焦灼：「陛下，丞相大人讓我前來稟報，有緊急事件。」

若欽處事冷靜，通報政務極少用緊急這種程度的詞彙。約妲立刻命人飛速取來正裝，就近更換，疾步趕往議政廳。

議政廳內，軍政處長和幾位要員皆在，若欽肅然地說：「陛下，剛剛接到消息，北部有動亂。」

約妲問：「是誰？」

若欽將文件放到她面前：「希林德克公爵。」

約妲拿起文件。希林德克公爵西弗漢・奧修是她的堂兄，也是丹斯皇兄過世後，前皇后系大臣一致支持的對象。

這兩年她對西弗漢的不敬百般忍讓，總算在對外爭戰時暫且穩住了他。待到今天，他還是反了。

「叛軍大概有多少人，以什麼名義？」

軍務處長稟報：「約三萬軍隊，主要在希林德克及周邊的兩、三個郡，我們一直有防範，但沒料到會有這麼多人。目前，這幾個郡暫時被他們控制。希林德克公爵還向全國發布了他勸告陛下的一封信，說陛下公開徵集皇夫一事，讓奧修成爲了全大陸的笑柄，敗壞了皇室的聲譽，會毀掉皇室的純正血脈。而且……他妄言，先皇陛下與阿尼婭皇后的婚禮並未在神殿內由神官主持舉行，是非法的婚姻。通用法典規定，非婚生子女不應擁有繼承權。」

約妲重重一拍桌子：「混帳！」

怎麼說她，她都可以容忍，但這些人不停地詆毀母親，甚至還誹謗父皇和母親的婚姻，她實在忍不了。

若欽取出另一份文件：「希林德克公爵最近派出使節頻繁與沃妥、柏諸、雷頓、百由亞等國接觸，除雷頓之外的幾國亦有所回應。現在東南、西南、東北邊境都不安定，與希林德克公爵有姻親的海立亞已公開支持叛軍，三分之一邊境線出現危機。臣建議，對這幾國先以外交和談爲主。」

約妲壓制住怒火，掃視地圖：「沃妥、百由亞無非是想趁機爭取一些利益，奧修能給他們的絕對比西弗漢多。外務部去參詳一下，挑選使節過去談吧。」

現在棘手的是海立亞。

海立亞是北方一個不算小的國家，與奧修邊境相接最長，軍隊擅長騎射，裝備精良。故而前幾代皇帝對海立亞的政策都以聯姻修好爲主，西弗漢的祖母就是海立亞國的公主。

約妲忽然想到一件事：「西弗漢的祖母，海立亞的海麗娜公主，是不是西弗漢父親的繼母？」

不錯，不錯，西弗漢祖父的第一任妻子死於傷寒，當他恢復單身時，恰好帝國須要和海立亞政治聯姻，於是公爵便自告奮勇爲國獻身娶了海麗娜公主。那時候，他的長子，也就是西弗漢的父親，已經五歲了。

「既然西弗漢如此憎恨第二次婚姻，我們可否也用這藉口說服一下海立亞？海麗娜公主的兒子是安德森伯爵吧，我記得他的爵位是父皇爲了照顧海立亞王室的顏面加封的，他沒繼承任何希林德克公爵的財產，土地與府邸都是用公主的私房錢買的。他死後沒有子嗣，這些財產應都落入了西弗漢手中。海立亞竟這麼大方，爲這個排斥海麗娜公主母子還霸佔他們財產的人破壞兩國的友誼？」

眾大臣面面相覷。

「可是，陛下，政治聯姻，只是爲了保證利益。只要有利益，就能做同盟。」

「海立亞一直不滿我們當年打下多魯時對邊境線的劃分，這才是主因。」

……

在一片反對聲中，若欽起身：「各位大人，我想陛下的意思是，我們和海立亞談，定然也不是要靠這件事去說服他們，但這是我們前去談判一個很好的理由。」

外交大臣神色凝重：「丞相大人分析得很有道理。可海立亞素來不好打交道，前去和談的人選不好找。」

若欽看向約妲：「陛下，臣願前往。」

若欽啓程去海立亞前，約妲單獨召見了他。

站在客觀立場，若欽・華列特是最合適人選。由帝國的丞相前往和談，最能體現奧修的誠意。

但，她並不希望若欽前去，因爲這場和談相當危險。

清晨的觀景亭舒適而涼爽。

「我有很多年沒有進這座亭子了。」她平淡地開口。「因爲，數年前的那天，我就是在這裡和司諾告別。那時，他對我說，他一定會回來，可因爲我，他永遠不會回來了。」她仰頭望著若欽的雙眼。「若欽．華列特，現在我命令你，一定要回來。」

那雙蒼藍色的眼睛溫和地注視著她：「陛下請放心，臣一定會回來。有些事，陛下該放下了，我想，這也是司諾的願望。」他的聲音頓了頓。「其實，那位叫格蘭的侍君與陛下很相配……」

約妲打斷他：「你不是說他身分不明讓我謹愼嗎？」

若欽笑了笑：「陛下相信元老院的眼光，臣也相信。」他輕輕握起她的手，俯下身，吻了吻她的手背。「陛下，請記住，我會永遠在你身邊，不論我是否姓華列特。」

約妲靜靜望著他離開觀景廳。

她想起初次見到若欽時的情形。

那時她只有七歲，司諾帶著她偷偷溜出宮，潛進了華列特府。

她知道華列特大人不喜歡自己，所以進入那座古樸的府邸時，有種潛入敵營的興奮。

她不小心和司諾走散了，在橫七豎八的甬道與迴廊中亂跑著躲避僕役，在長廊的盡頭，她撞見了一個少年。

少年大約十四、五歲年紀，捧著一本書站在海棠花叢中，好像她在童話書中看到的精靈。

她仰起頭呆呆地問：「你是誰？」

少年俯身微笑著摸摸她的頭：「我叫若欽，妳又是誰？」

□

一本硬殼厚書從書架最頂端飛到格蘭蒂納手中，書本打開，書頁飛快地自動翻動，最終，停頓在某一頁，幾行字跡閃爍著金光。格蘭蒂納在書頁中夾進一枚葉片，闔上書本，肯肯立刻接過書，抱在懷裡。

幾十分鐘後，肯肯把懷中抱著的高高一疊書放到長桌上，拉開椅子，待格蘭蒂納坐下後，又問：「你要喝水嗎？」

格蘭蒂納取過一本書，翻到做記號的頁面：「玫瑰花茶。」

肯肯馬上去泡，還端了一碟水果，坐在一旁小心翼翼地削梨子皮。

他不太擅長切水果，梨子塊切得大大小小，格蘭蒂納瞥了一眼，一臉勉強地拿竹籤扎了一塊，送進口中。

格蘭蒂納悶頭看書，肯肯無聊地坐在他旁邊陪著，一陣突然響起的急促鐘聲打破了兩人之間的靜謐。

肯肯和格蘭蒂納對看一眼，走出圖書室，走廊裡的宮女在小聲議論。

「……十二下，自先帝陛下駕崩以來還沒有響過這麼緊急的鐘聲。」

「難道前線出了什麼變故？」

格蘭蒂納微皺眉頭：「看來不能耽誤了，去中庭。」

約妲疾步走過通往議政廳的長廊，這一刻，她有點痛恨頭頂的皇冠，沉重的冠冕壓著她的頭頸，讓她的髮根隱隱作痛，影響了她的思緒。

侍從官敲了九下手杖，爲她推開廳門。

「陛下，事態緊急！」

「陛下，前方失利了。」

「陛下，急需增援。」

「陛下……」

她壓制著自己的情緒，示意群臣安靜。

「眾卿，沒有哪場戰爭會百分百勝利，過程中的得失並不重要，只要保證，在結束時，勝利的是我們。」

大臣們稍微冷靜了下來。

軍務長出列，向她稟報前方的戰況。

若欽．華列特丞相親自出使海立亞，本已傳回了好消息，海立亞國王被說服，決定保持中立，使節團完成任務歸國，走到中途，海立亞卻突然翻臉，派出大軍越過邊界。同時，希林德克等幾郡的叛軍也開始反撲。

西線和東線的幾個國家雖然沒有異動，但爲了防止海立亞的事件重演，駐紮在邊界的軍隊不敢調撥增援北部，南線的軍隊要再過一段時間才能趕到。

「陛下，現在只有一萬五千軍隊可以快速增援邊境，究竟是派往與海立亞交接的邊境，還是希林德克郡？」

約妲看著軍務長呈上的地圖，眼前的情形與往昔重疊。

她十四歲那年，丹斯皇兄意外夭亡，宮廷沉浸在黑色中，東南邊境線上戰火正酣，忽然有一天，父皇讓她到書房去。

書房裡，幾位重臣都在，氣氛肅穆得可怕。父皇含笑向她招了招手，示意她走到皇座旁。

「父皇下棋下得有些累了，妳來幫幫父皇，我要考妳一個問題。」

以前父皇也常這樣突如其來考她的功課學習情況，她便坐到父皇身邊，父皇在一張地圖上畫了幾個圈，用很平常的語氣說：「現在，海岸線這裡正在打仗，只能調出一支援軍，人數不多，已經走到了這個位置。可是，內陸這邊又出現了敵軍，這個地方很重要，守軍難以支持，妳要怎樣使用這支援軍？」

她思索了一下：「不能分散援軍。」

援軍人數不多，如果分散的話，反倒兩邊都難以顧及。

父皇拍拍她的手：「那妳認爲，應該增援哪裡？」

「我覺得……應該按原定計畫增援海岸線，另一處的攻擊可能是敵人爲了阻撓我們增援的疑兵。援軍行進到這裡，增援海岸線更快，而且臨時改變調配，不利於軍心。」

父皇欣慰地笑了笑，掃視屋內的大臣們：「你們已經聽到了，馬上照辦。」

幾位大臣都變了臉色，科葉・華列特丞相站起身，語氣不滿：「陛下，怎能把小女孩的戲言當

成旨意下達？」

父皇的神情冷冽起來：「小女孩的戲言？」他站起身，握住她的手，環顧群臣。**「這是奧修帝國儲君的決定，也是未來的帝國皇帝的決定。你們必須無條件服從，將來也是，無條件地服從她，如同服從我。」**

父皇按在她肩上的手很沉重，從那一刻起，她正式成爲了帝國的儲君。

也是她的這些話，讓司諾永遠都回不來了。

司諾是保衛被突襲的邊境線的守軍之一，是她親口說，不要給那個地方派援兵。

參加那場保衛戰的士兵幾乎全部戰死。

數日後，她看到的，是一面染透血的旗幟和刻著司諾中校名字的木盒。

華列特丞相到軍政處領取了司諾中校的英烈勳章，他的頭髮數日內白了多半，約妲木然地站在軍政處門前，華列特丞相對她微微躬身：**「我謹代表我的兒子司諾和其他戰死的六千八百二十三名軍士感謝妳，殿下。」**

「陛下，援軍究竟要派往哪裡？」軍政大臣再次問。

她的思緒飛快地轉動。

這可能仍是阻撓援軍的疑陣……海立亞王室據說內部不和……或是有人瞞著王室與叛軍勾結……

西弗漢是一個疑心很重的人……不可能完全相信海立亞……所以既不會把主力兵力與海立亞軍

隊合併，也不會給海立亞坐收漁利的機會……

她聽見自己的聲音平緩地、沒有感情地說：「讓援軍按照原計畫增援。」

離開議政廳時，軍政大臣忽然請求單獨和她談談。

在寂靜的長廊中，軍政大臣低聲說：「陛下，有件事必須讓您知道，丞相大人應還在海立亞。」

她的血液頓時凝固：「他……他不是已經回來了？在半途中了？」

軍政大臣低下頭：「海立亞變故剛剛發生，丞相大人便立刻帶著使團折返。丞相大人唯恐這件事會影響陛下在援軍調配上的判斷，所以特別囑咐等陛下做出決定之後才稟報……」

軍政大臣接下來又說了很多話，她恍惚中沒有聽清楚。

忽然，她轉過身，飛快向內宮走去。

中庭花壇附近，守衛依舊森嚴。衛兵舉著兵器擋住道路：「對不起，兩位，沒有特別許可，陛下之外的人不能靠近這裡。」

肯肯問格蘭蒂納：「怎麼辦？」

格蘭蒂納抬手輕輕一揮：「闖過去。」周圍的衛兵軟軟倒下，花壇之中的蒼線蕨感應到法力，瘋狂搖擺，地面顫動。

宮女和侍衛們發現了異動，從四面八方擁來。

格蘭蒂納微微皺眉：「不能再囉唆了，直接轟開。」

肯肯點頭：「好。」抬起前爪，聚出一個紅色的光球，猛地向花壇一推。

轟——

驚天動地的巨響。

走廊上，庭院中，混亂一片。

有宮女急切地在她耳邊喊：「不好了，陛下，那兩位侍君闖進皇宮禁地，他們把聖壇炸開了！」

她提起厚重的裙襬，快步跑了起來。

在中庭……在中庭……

一片混亂之中，她果然看到了那兩個身影。漫天塵埃，紅黑霧氣滾滾，腳下的大地在顫抖，宮女發出刺耳的尖叫。

不論春夏秋冬都覆蓋著鐵鏽色苔蘚的圓形石壇被炸開。

猩紅色的土坑中，赫然躺著密密麻麻的白色頭骨，頭骨下方，有什麼正在衝破血色的土壤，慢慢探出觸手……

一隻手抓住了她的手臂：「陛下，這裡有些麻煩，請妳暫時避開。」

她看著那個對她說話的人，他綠色的眼眸中是一種清冷淡漠的溫和，彷彿高高在上的神祇在悲憫地俯視眾生，尖尖的雙耳顯示著純正的精靈特徵。

約妲反手抓住他：「我知道你是精靈，精靈都是有法力的對吧？我要你幫我救一個人，現在，馬上！」

大地劇顫，廊柱斷裂，地面塌陷，精靈抓著她閃到一旁：「現在不行，陛下。」

一個巨大黑影破土而出，黑髮少年的背後展開黑色雙翼，化成一頭巨龍，向黑影噴出烈焰。

格蘭蒂納騰空而起，揮動法杖，撲滅了被肯肯點燃的屋頂。

「這裡都是房屋，別用火。」

肯肯拍拍翅膀，喀喇吐出一道閃電，劈斷一根怪物的觸手與半邊走廊。

怪物厲嘶，格蘭蒂納唸誦咒語，在天空中畫出淺金色的光網，罩住怪物，拉扯而起。黑龍在半空中又變成了黑衣的少年，手中多了一把燃燒著火焰的劍，向怪物筆直刺下。

金紅光芒燒灼整片天，怪物發出驚天動地的慘呼，伴著刺鼻的惡臭崩裂成碎片。

格蘭蒂納再揮法杖，無數淺綠光點螢火蟲般飛舞落下，包裹住碎屑，與它們一同湮滅。

鋪天的金紅褪去，重現朗朗晴日，白雲碧空。

約妲站在瓦礫滿地的花壇旁，恍若剛從噩夢中醒來。

趕來的大臣們、四周的宮女和侍從們，也都是一副作夢般的神情。

十幾個頭骨，被精靈用法力從泥土中召出，整齊排成一列，令人不寒而慄。

軍政大臣顫聲問：「這些……究竟是怎麼回事？」

格蘭蒂納向一旁看了看：「也許，貴國元老院的長老們知道內情。」

多萊多走出人群：「老夫只知道，奧修皇室從帝國建立之初，就一直在進行一項祕密祭祀，除了歷代皇帝之外，沒人清楚祭祀詳情。先皇陛下不喜歡這個祭祀，他希望這項祭祀能夠止於陛下這一代。預言師曾說過，薔薇會取代蕨葉主宰皇座，所以先皇從陛下出生起就決定讓她來繼承帝位。可惜，其他的大臣們不知道這個祕密，很多人反對先皇的決定。」

約妲有些愣然地看向兩位元老院院長，這怎麼可能，父皇為什麼會做這種決定？

格蘭蒂納掃視著那一排顱骨：「已隨著你們的前君王埋入地下的祕密，本來我也無法得知，可在奧修的國境內，我聽到了兩個很有趣的故事。」他看著那些顱骨的眼神有些憐憫。「這個世界上，沒有能夠完全掩藏住的祕密。一些知道祕密的人因種種原因不敢將它說出，可他們會用另一種方式將眞相告訴世人。我聽到的這兩個故事，其實就是揭開奧修皇室祕密的兩把鑰匙。」

第一個故事，是一個無意中掉到洞穴中的牧羊童，他發現了一個黃金的地下世界，這個世界的主人是一個無頭的國王。

第二個故事，名叫《葉琳卡和伯南》。故事裡的葉琳卡和伯南是一對姐弟，姐姐信奉著仁愛慈悲的墨多爾神，她用純善的心和勇氣支撐著破敗的家族，但她的弟弟爲了家族的重新興旺，偏向了掌管殘暴的狄弗娜神一方。最終，他成了讓世人恐懼的黑武士，他的姐姐無法感化弟弟，流淚看著弟弟的靈魂墮入了地府。

「反轉的納古拉斯之眼的皇都布局、這個祭壇、一些關於皇室的史料記錄，再對應這兩個故事，答案便暴露在日光之下了。這些顱骨，是奧修歷代皇帝的頭顱。」

人群恐懼地喧譁起來，幾名大臣高聲呵斥——

「妖言惑眾！」

「這怎麼可能！」

「冒犯先皇罪無可赦！」

格蘭蒂納彈了彈手指，淺淺的綠色光輝中，枯骨逐漸還原爲人的面容。有白髮蒼蒼的老者、有神情堅毅的中年，還有英俊的少年……

約妲的心揪了起來，排在最後的那一個，是她的父皇。

她的膝蓋不由自主地彎曲，眾人跟著她跪倒在地。

精靈掛著悲憫的神情繼續說道：「第一個故事的眞相，是牧羊童無意中掉進了一位皇帝的墓穴；或者，是有盜墓者在盜墓時發現了這個祕密。棺槨中的皇帝沒有頭顱。按照奧修皇室的規定，皇帝的棺木釘封前，會由一位心腹侍從完成一項祕密儀式，那項儀式完成後，侍從也會殉葬，他將得到隨葬在皇帝陵墓旁的殊榮，是這樣吧？」

約妲緩緩點頭。

「那項祕密儀式，就是砍下皇帝的頭顱，獻祭到這個祭壇中。貴國歷代的皇帝們之所以這樣做，是因爲他們在進行著一樁交易，以自己死後的靈魂和頭顱換得這個帝國長盛不衰。」

根據史料記載，奧修的第一任皇帝出身貧寒，被他的姐姐在戰亂中撫養長大，他參加了軍隊，建立了軍功，最終建立了一個新的國家，自立爲君主。

在後世的史料中，詳細地記錄了皇姐仁慈純善的品行，但對皇帝的記載只有關於軍功和智謀的頌揚，餘下的寥寥文字中隱晦地提到，皇帝陛下有一顆「比花崗岩還堅毅的心」。

史書中還記錄了，第一任皇帝陛下篤信占卜術，曾機緣巧合認識了一位神祕占卜師，並根據他的指點，選定和修建了奧修的都城維丹及皇宮。

「很明顯，這是一筆交易，皇帝想讓自己變成最強，想讓自己的家族永遠昌盛，他修建了這座逆神的都城，仿造納古拉斯之眼的樣式，還把自己和繼承者們的頭顱作爲祭品，這就暗合了第二個故事。後來的皇帝們，爲了帝國的持續強盛繼續著這個獻祭，但是……」格蘭蒂納看向約妲。「妳的父親，發現了這項交易的一個漏洞。」

可能是因爲第一任皇帝不願連累自己的姐姐，才定下了這種條件，卻成了奧修擺脫魔咒的轉機——交易條件中，寫明了，獻祭的祭品是奧修家族的男性。

「薔薇將代替蕨葉主宰皇座。薔薇代指那條薔薇項鍊，還有繼承薔薇項鍊的奧修家女子，而蕨葉，則是獻祭男子的代表。所以，妳的父親一直在栽培妳，他知道，妳不是帝國的災星，而是轉折的希望，約妲陛下。」

濕熱的液體從她的眼角滑落，她捧著父皇頭顱的手在顫抖。

父皇，手把手教她騎射劍術的父皇、一直告訴她，儘管去做喜歡的事的父皇、握著她的手對群臣說，這是你們的儲君的父皇……

原來所做的一切，都是爲了她。

現在，祭壇已經毀掉了，叛亂和戰爭還在繼續，帝國將會怎樣呢？

一直沉默的肯肯突然開口：「那東西，是騙人的，它只是想白吃。」

格蘭蒂納嘆了口氣：「不錯，這個故事最悲哀的一點就是……這個祭壇，其實是個騙局。祭壇裡的，是一隻魘魘。」

魘魘是魔物中最低等的一種，它能看透人心，幻化成人的模樣，常年沉睡，飯量很小，喜歡吃人眼和人腦。它是低等小魔，知道的東西不多，用納古拉斯之眼忽悠了皇帝，實際上連納古拉斯之眼在左手還是右手都沒搞明白。

「這隻魘魘應該是暮色戰爭後殘留下來的，它看到了第一任皇帝的野心，就變成術士欺騙了他，簽下了這個約定。蒼綠蕨掩藏了它的魔氣，幾百年來，它舒服地活著，定時有東西吃，從沒被發現。」

軍政大臣顫聲說：「也就是說，皇都的布局，對帝國的命運根本沒有作用？」

格蘭蒂納無情地說：「當然沒有，如果照著神的樣子擺個造型就可以得到主宰世界的能力，那這個世界早就亂套了。」

奧修今日的昌盛，是靠著歷代皇帝和臣民們努力打拚得來的。

可惜人類往往不願意相信自己，反而相信騙術。

格蘭蒂納又補充：「當然，如果貴國能改造一下皇都和皇宮的布局，破掉手的形狀，可能會減少一些殺伐氣，更有親和力。」

約姐和大臣們在深切的悲哀中，裝殮起先代皇帝們的頭顱，留待重新與屍體合葬。

肯肯沉默地在一旁觀望。

吃白食和欺詐，真的很不道德。

7 第三次失戀

「抱歉，我無法答應妳的要求。」格蘭蒂納凝視約妲懇求的目光淡然地說。「不是我不想幫忙，而是即便我用最快速度趕過去，該發生的應該也已發生了，我沒有更改已發生事實的能力。」

約妲跌坐在座椅上，世界在這一刻好像只剩下了純白色。

「妳為什麼不相信一下自己，或者相信一下妳的丞相？我們一直相信承諾，就是因為，在絕大多數時刻，它會成為真實。」

可以相信嗎？木然又苦澀的淚滑過她的臉，前方至今沒有戰報傳來，她很想相信，可現實讓她不得不做出最壞的預想。

她閉上雙眼。

往常，這個時候，他應該站在左側的位置，為她分析各司部新呈上的報告。

她從何時起習慣將那個身影當作必不可少的存在的？

在她難以決斷的時候、在她疲憊的時候、在她受到反對的時候、在她做出錯誤判斷的時候……

他總是在她身邊。

如同水和空氣，淡然的，幾乎難以察覺的，卻是不可缺少、無法替代的。

若欽・華列特，他和司諾不一樣，他和任何人都不一樣。因為他是她獨一無二的丞相、獨一無二的朋友、獨一無二的陪伴……

約姐緩緩抬起手：「我知道了。謝謝你，你們騙到我妹妹的項鍊之後，潛入這裡，就是爲了那個占星師吧，你們可以帶著他離開了。」

「原來陛下早就認出了我們。」

約姐淡然地點頭：「不錯，我第一眼看到你時，就知道你們是誰……我和我的妹妹通信很頻繁，我們會互相告訴對方自己的近況，傳信的鷹隼飛得比風還快。否則，奧修的皇宮怎麼可能像兒戲一樣任由身分不明的人進入。」

反正她本來也沒打算結婚，她很好奇龍和精靈到她的宮殿裡來做什麼。

現在什麼都無關緊要了。

「無論如何，我都要代表奧修謝謝二位，謝謝你們揭開了那個悲哀的騙局。」

先皇們的遺骨都重新安葬完畢了，她親手在父皇的墳墓前栽種下玫瑰。

當年，父皇就是因爲玫瑰花香邂逅了母親，那是一段美麗的愛戀。

皇宮的塔樓上，約妲目送著黑龍揹負著精靈和占星師遠去。忽然，議政廳的鐘聲急促響起。

「陛下！陛下！丞相大人他……」

她呆立在露台上，緊盯著那個騎馬馳向皇宮的身影。

我們一直相信承諾，就是因爲，在絕大多數時刻，它會成爲眞實……

眼淚再度沿著她的臉龐滑落。

她提著裙子，完全不顧形象地奔跑。

那個熟悉的身影站在台階下，抬首看她。

奧修的皇帝像平凡的少女一樣，撲向了面前的青年。

「眞是太美了。」

元老院的兩位院長站在石柱後，笑咪咪地看著眼前的一切。

多萊多捻了捻嘴邊的鬍子：「小華這個孩子，就是太悶了，我們連選皇夫都搞出來刺激他了，他竟然還忍著，眞是……」

古白幽幽地說：「我倒是覺得，陛下如果能做未來的精靈王后，或者龍后，兼帝國皇帝，會對帝國更有利。當然，從陛下的感情角度來說，還是小華最合適。」

「年輕眞好。」

□

肯肯馱著格蘭蒂納和清聆，在荒野中落地。

一下子馱兩個人，還是有點累得慌。

他到河溝邊舀水，給格蘭蒂納和清聆喝。

格蘭蒂納取出兩條項鍊：「現在，維丹的事情已經解決了，應該能夠解開星圖了？」

清聆微微笑了笑：「當然。」

格蘭蒂納將項鍊合在一起，燦爛的光芒逐漸匯聚成一幅繁雜的星圖。

清聆微微皺眉：「這幅圖……」

他抬起手，觸碰星圖，突然反手揮出一道光刃，斬向格蘭蒂納，另一隻手以不可思議的速度抓住了合在一起的項鍊。

格蘭蒂納避開光刃，面無表情地看著他。

清聆輕笑了一聲：「怎麼？沒有想到？」他的笑容剛剛浮現，神色忽然又是一變，被他抓在手中的項鍊不見了，手掌上多了一道深深的傷口，黑血蜿蜒流下。

格蘭蒂納露出淡淡的笑意：「我怎麼會認不出魅王殿下。清聆只是一個清貧的占星師，再怎麼樣，也不可能有魅王殿下這麼風趣的態度和談吐。」

「清聆」哼了一聲，緩緩拭去手掌上的血：「既然你看穿了我的僞裝，今天先到此爲止吧。」他的聲音不再是占星師那種清冷的聲線，而是低沉誘惑的。「說眞的，你們的實力很強，有資格做我的朋友，爲什麼不與我攜手合作？」

格蘭蒂納微笑道：「是你們先失去誠意的，如果你剛才搶到的是眞的鑰匙，就不會說什麼分享寶藏了吧？」

魅王低沉地笑起來：「也罷，不管是做敵人還是朋友，今天都到此爲止。希望你們能順利找到寶藏。」

他抬手隨隨便便一抓，就在空氣中撕開了一條口子，徑直走了進去。

肯肯揹著格蘭蒂納，重新飛上天空。

「是不是我們要重新去找眞的占星師。」

格蘭蒂納淡淡說：「不需要，因爲根本不用解什麼星圖。」他拿出剛剛化作鑰匙劃傷魅王的匕首，將上面的血跡收進一個瓶子內。「若要鑰匙恢復法力，顯現出地圖，必須有與紅龍王法力相對的，至陰至寒的血引。」

魅王的血液是最好的引子。

搞這麼多陰謀，頭殼不會壞掉嗎？肯肯撲搧著翅膀向前。

所以，奧修的皇帝，他僅是覺得她很好，但沒有愛上。

比起聰明的、厲害的，他更喜歡溫柔單純的。

□

幽暗的空氣中，一團淺淡光球從魅王衣袖中飛出，熒熒閃爍了一下，化成一枚灰色的石子，跌落進水池中。

魅王從羅斯瑪麗手中接過毛巾，擦了擦手，垂目看著水池：「交易已如約完成，她會和你的兄長很幸福。」

水池內，幾條銀色的魚拖曳著尾巴游來游去，因這枚石子的跌入，似乎又大了一些。

□

肯肯馱著格蘭蒂納飛到一個城鎮，落下來歇腳，在街邊的小飯館吃飯時，忽然察覺到一絲熟悉的氣息。

一個淺金色長髮的美貌少年牽著一匹白馬，穿過人群向他們走來，馬背上馱著一個碩大的口袋，他身後的背囊也塞得鼓鼓的。

是精靈路亞的哥哥哈里。

他滿臉驚喜地走到格蘭蒂納面前，將手按在胸前，躬身行禮。

「殿下、龍殿下，沒想到會在這裡遇到你們。殿下，進行得怎麼樣了？大家都很惦記你。」

格蘭蒂納回答：「還算順利，族裡怎麼樣？」

哈里放下包袱，也叫了一份飯，搓了搓手：「還行吧，前幾天，路亞帶回來兩個客人，在宮殿裡打了起來，砸碎了不少東西。正好一些日常用的東西也須要添補了，我聽說這裡的市集正在打折，就趕了過來。眞是不錯，買到不少實惠的好東西。」

哈里一邊說，一邊打開那個背囊，肯肯好奇地探頭看。

亮晶晶的水晶串、鑲嵌著寶石的銀白色或金色器皿、美麗的布料……所有的東西在肯肯看來都奢華極了。

哈里喜孜孜地說：「殿下，你看這幾個杯子，我好不容易搶到的，十塊錢一對，這些玻璃成色不錯吧。可惜，布攤那邊我去晚了，只買到三公尺特價布，僅夠大廳用，要做殿下房間裡的窗簾就不夠了，等下我再去轉轉。」

格蘭蒂納語氣輕淡：「反正我暫時不回去住，有沒有窗簾都無所謂。」

哈里立刻激動起來：「那怎麼行！這幾年殿下夠苦了，都是我們太沒用……怎麼能讓殿下的房間連窗簾都沒有……」

格蘭蒂納拍拍哈里的肩膀：「不要這樣，找到寶藏後，日子會好起來的。」

哈里紅著眼眶點了點頭，又在衣袋裡摸了摸：「對了，殿下，我記得你沒帶多少錢，路費該不太夠了吧？這裡還有兩個銀幣……」

格蘭蒂納按住他的手：「你留著吧，我暫時用不到，族裡多留一些錢，以備急需。」

肯肯咬著烤肉，小心翼翼地插話：「你們……爲什麼……」

精靈不是應該很有錢嗎？

哈里的眼神閃爍了一下，低頭不語。

格蘭蒂納面無表情地說：「因爲，幾年前，精靈的王聽信了一個矮人的話，拿了族中所有錢去轉售藥材和開採礦山。」

結果，轉售和開採都失敗了，賠了一大筆錢。精靈族變得一貧如洗，那個矮人也消失在廣大的世界中。

格蘭蒂納陰沉地皺眉：「所以我不喜歡矮人。一個精靈的愚蠢卻要讓全族付出代價，這是精靈族的恥辱。」

哈里擦了擦眼睛：「殿下，請不要這麼說，陛下很想念你……」

肯肯終於明白了格蘭蒂納爲什麼總說需要錢，他把裝滿烤肉的盤子向格蘭蒂納面前推了推，摸出那個裝滿了寶石的小包裹。

「我，有錢的。」

格蘭蒂納冷淡地說：「精靈從不接受施捨。」

肯肯嚴肅地望著他：「我們是朋友，我會照顧你。我的，就是你的。」

格蘭蒂納眉頭挑了挑，露出牙疼的表情：「有句話，我早就想問你，最近你一直有些不對勁，是不是有什麼事需要我幫你辦？」

肯肯的臉上泛出紅暈：「因爲，我答應了瑟琪絲，會好好照顧你。」

格蘭蒂納的神色陡然變了。

肯肯低下頭：「我很喜歡……瑟琪絲……我希望，她能做我的媳婦。」

格蘭蒂納面無表情地看著他，起身猛地揮出右拳。

哐啷，桌子翻倒，餐盤粉碎，肯肯捂著腮茫然地看著格蘭蒂納。格蘭蒂納用餐巾擦了擦手，轉身走出了餐館。

哈里悲壯地掏出一枚銀幣，賠償了餐館的損失，拉著肯肯出門。

「對不起，王子他剛剛不夠冷靜，畢竟誰乍聽見別人說想娶自己的母親，都會……龍殿下……這件事，請你仔細考慮。我們女王陛下現在雖然是單身，但你們的年齡實在相差太多了……」

肯肯呆地站在熙熙攘攘的街邊。

他突然，很想回家。

母親，世界太複雜了，不適合我。

□

「……葉卡琳拯救出了弟弟的靈魂，他們永遠生活在神所在的天國。」講故事的老人結束了講述，格蘭蒂納豎起風帽，獨自走出圍觀的人群。

人類失去了感知神的資格，卻依然追逐著自以爲是的完美。

所以太眞實的故事，不適合他們。

創世三千年之後，神逐漸離開此世，只有掌管自然的神仍留在世間。年輕的少女渴望見到山林之神，她在神廟中撿到一粒葡萄種子，精心栽培。葡萄發出了綠芽，藤蔓爬滿花架，開出花朵，少女的誠心打動了神。

終於，當葡萄結出纍纍果實的時候，神出現在少女的面前。少女卻發現，那不是她渴望見到的山林之神，而是一個相貌平凡、土氣的少年。

少年告訴她，他是山林之神的弟弟，農神約靈。

因爲，少女栽種的葡萄雖也長在山野，卻並非供奉山林之神的植物，而是農神的祭品。

農神把葡萄的種子帶到世間，教會人類種植及釀成美酒的方法。

農神愛上了少女，可少女心中只有俊美的山林之神，她不但拒絕了農神的求愛，還狠狠地嘲諷了農神，將葡萄藤連根砍斷。

農神很傷心，追隨著其他神祇離開了世間。

他把準備饋贈給少女的珍寶埋在一個祕密的地方，同時埋葬了對凡人的愛。
那是神留在世間，唯一的寶藏。

第四章

蒙特維葛修道院

1 召喚

無月無星之夜，黑暗中唯有鮮血的微腥。

第一步，用新鮮的羊血畫出法陣和符文。

第二步，在法陣的九個陣眼中點燃白色的蠟燭。

第三步，將黑羊的首級和心臟進獻到法陣的中央。

少女跪在法陣旁，合上沾滿血的手，默唸咒文。

快來吧……快出現吧……

如果能實現我的願望，什麼代價我都願意付出……

密閉的室內，忽然起了風。燭火搖曳，書頁翻捲。法陣的中央猩紅煙霧升騰，一個黑色的人影浮現。

「是誰在使用禁忌的祕術？」

少女眼中燃燒著狂喜，直起身體，向前膝行：「是我！是我！魔王大人，請實現我的願望，什麼代價我都願意付出！」

黑影浮起嘲諷的笑：「無知的人類，妳覺得妳有什麼東西，能夠作魔的酬勞？」

少女立刻大聲說：「什麼都可以！這裡所有的東西，這裡所有人的命！什麼都行！只要你讓她死！」她的臉因怨毒而扭曲。「我要希爾娜·鄧倫變得比豬還肥胖，比驢還醜，比鼴鼠還矮，像蒼蠅那樣噁心，人人唾棄，然後再被踩進爛泥中死掉！」

黑影的面容隱在濃霧後，聲音漠然：「這就是妳的願望？好吧，我會幫妳實現。」

□

下雨了。

很濕，很冷，她很餓。頂著一片樹葉，她奮力地撥開草叢，雨滴隔著樹葉砸上頭頂，眼前模糊。前面，就在前面，有屋簷，有可以躲雨的地方！

三公尺，兩公尺，一公尺……她終於到了。

她跳上台階，警覺地縮到石柱後。這座破舊的神廟中還有別人。

她小心翼翼地從柱子後探出頭向裡張望，神像前燃著一堆火，火堆旁坐著一個人。

他……正在吃東西。

她嚥嚥口水，貪婪地看著那個人，腳不由自主地向前邁了一步，又一步，再一步……

火堆邊的人轉頭，與她四目相對。她呆了一秒鐘，向後瑟縮，那人的聲音溫和地響起：「不用怕，我不會傷害妳，因爲我是精靈。」

她怔怔地轉回身，發現那人的耳朵竟變得尖尖的。她入迷地望著他湛綠的眼睛，一股莫名暖流傳遍全身。

好像……很熟悉，很親切……很久以前，曾經……

一道雷炸開，她驚得又一跳。精靈向火中添了根柴：「精靈不會主動傷害任何人，雖然我不是很喜歡矮人。」

那個「矮」字讓她低下了頭。她鼓起勇氣，一點點蹭到火堆旁，偷偷看向精靈手邊那張熱騰騰的餅和上面那塊油汪汪的火腿⋯⋯

精靈掰下一塊餅，遞到她面前，她猶豫著接過，視線依然緊緊盯著火腿。

精靈皺了皺眉，用木片叉起火腿遞給她，她的雙眼頓時亮起，抓過火腿啊嗚一口咬了下去。酥脆的表皮，香香的油汁，她感動得快要流淚了，緊緊抓住火腿，狼吞虎嚥。

精靈低聲自言自語：「我總遇見愛肉如命的傢伙。」

最後一口餅也嚥進了肚子，她意猶未盡地舔舔嘴角和手指，渾身暖洋洋的，有些犯睏。精靈坐著的地方鋪著一塊絨毯，比起冰冷的地面顯得溫暖又舒服。

她向他挪近一點，再挪近一點，精靈起身，將毯子讓給她，坐到一旁，撥了撥火堆。

「妳從哪裡來，為什麼會獨自在郊外？」

她迷茫地搖了搖頭：「我不知道，因為我什麼都不記得了⋯⋯」

她在一個堆滿東西的大屋內醒來，外面有很多人來來往往的腳步聲，她直覺那些不是好人，於是從氣窗逃了出去，發現她之前所在之處是一艘停靠在碼頭邊的大船的貨艙。

還好她身形矮小，很方便地溜下了船。

她的腿短，逃跑的速度不夠快，一直提心吊膽，只敢在夜晚靠近市集，偷一點東西吃，或者在垃圾堆裡撿點殘羹剩飯。

「我一直向著一個方向走，然後就走到這裡了……」

精靈哦了一聲：「那妳還記得自己的名字嗎？」

她立刻點頭：「我叫希爾娜，因爲我的脖子上有一條項鍊，上面刻著這個名字。」

她取下頸項上佩戴的項鍊，遞給精靈。

那是一條純金的項鍊，鑲嵌著綠寶石的鍊墜背後刻著「希爾娜・鄧倫」這個名字。

精靈看了看項鍊，還給她：「上面的紋章像是人類貴族的家徽。」

她茫然：「可是我應該是個矮人吧。」

精靈淡然地說：「不管妳是誰，以後不要這樣輕易地把來歷告訴別人，這條項鍊也別輕易讓人看到，否則，會有很大的麻煩。」

她將項鍊藏進懷中：「我懂的。我只是覺得，你不是壞人。對了，你叫什麼名字？」

精靈回答：「我叫格蘭蒂納，是個旅行者。」

火堆劈啪作響，她全身的衣服已經烘乾了，暖洋洋的，她打了個呵欠，蜷在毯子上，眼皮不受控制地漸漸闔攏。

2 找不到的人

肯肯在曠野的天空上盤旋猶豫。

到底要不要繼續找騙子精靈？

瑟琪絲的事情讓他很傷心，也讓格蘭蒂納很生氣。肯肯原本就對寶藏沒興趣，現在對找媳婦這件事也有些退縮。

失戀眞的很痛苦。

格蘭蒂納應該不想跟他做同伴了，如果再追上去的話……

可那條項鍊……

算了，找到寶藏後，項鍊就沒有用處了，格蘭蒂納自然會還的，還是回窩裡去吧。

但是，母親說，不找到媳婦，就別回去了……

肯肯相當煩惱，他決定還是先到下面的城鎮去吃點東西，再繼續思考。

他降落在城外的曠野中，剛剛化成人形，半空有一團黑影驟然墜落，重重砸在他身旁。

肯肯嚇了一大跳，掉在地上的東西動了動，呻吟出聲：「哎喲，疼死我了！」

居然是個人類女孩。

少女爬起身，拍拍身上的灰，看見肯肯，愣了愣。

肯肯也疑惑地看著她，沒人能躲過龍的神識忽然出現，她是怎麼做到的？

少女的頭髮有些淩亂，髮色和眼睛的顏色很像敏妮，肯肯的心又有些鈍鈍地痛。少女眨眨眼，左右張望了一下：「怎麼？只有你？」

肯肯嗯了一聲，轉過身。

算了，他還是不要打聽，不要和她接觸比較好。

反正，到最後，她不是已經有喜歡的人，就是別人的媳婦，或者更可怕的，是別人的母親……

我不要再心痛了！

他向著城鎮大步走去，少女追了過來：「喂喂，你別走呀。你好，我叫妮露，我們交個朋友吧。你是在旅行嗎？眞巧，我也是，我們一起走怎麼樣？」

肯肯繞開她：「對不起，我沒空。」

沒空幫妳解決妳和妳的男朋友或丈夫或兒子之間的矛盾，沒空摻和進你們的家務事，從以前到現在，我都是一頭孤獨的龍。

妮露鍥而不捨地尾隨他：「你沒空我有空呀，你不用管我，讓我跟著你就行了。」

兩人一前一後走進城鎮，走到市集，走入小飯館。妮露在肯肯身邊坐下，豪爽地向小夥計說：「兩份餐，都算在我帳上。」

肯肯只管埋頭吃飯，妮露那邊也吃得風捲殘雲。

等肯肯吃完最後一碟燻肉，妮露意猶未盡地刮乾淨碟子上的奶油，掏出錢袋。

肯肯在她之前將錢幣遞給小夥計。雖然，他不想理會這個少女，但是，吃飯，不能讓女孩子付錢，這是原則。

妮露笑著說：「看不出，你很有騎士精神呢。」

離開餐館，妮露依然亦步亦趨地跟著他，邊走邊左右張望：「只有你自己嗎？你應該還有個同伴或跟班吧。」

肯肯詫異：「妳怎麼知道？」這個少女身上的氣息有些熟悉，但他的確不認識她。

妮露飛快地眨了兩下眼：「呃，我猜的啦，原來眞的猜中了！」

肯肯不太相信她的話，如實說：「我現在不和他一起走了。」妮露的表情頓時變了變。正在此時，旁邊有個聲音道：「小龍王，原來你和王子殿下眞的鬧掰了啊。」

肯肯向那聲音的來源看了一眼，立刻加快步伐。

妮露猶豫了一下，繼續快步跟上他：「喂喂，那個黑衣服的大嬸和你打招呼，你爲什麼不理她呀？還有，王子殿下是什麼意思？你那個跟班其實是王子嗎？哪國的王子？」話音未落，她抬眼發現，剛剛被甩在身後的「黑衣服大嬸」正站在前方，笑吟吟地攔住了他們。

「別走啊，小龍王，我們談談吧。」

肯肯別開頭：「沒什麼好談的，我不尋寶了，妳去找格蘭蒂納。」

羅斯瑪麗掩住口，呵呵地笑起來：「看來你們兩個的彆扭鬧得還挺嚴重嘛。我找你不是爲了寶藏，是有件小事想請你幫個忙。」

肯肯警惕地看著她，羅斯瑪麗嫣然道：「放心吧，眞的只是小事，我做事向來很坦率，不會像某些人一樣挖個陷阱讓你往裡跳的。這樣，你幫我這個忙，我請你吃飯如何？」

妮露撇撇嘴：「喂，大嬸，妳是知道我們剛吃完飯才這樣說的吧。」

羅斯瑪麗未加理會，繼續向肯肯說：「怎麼樣，下午茶，再加上晚飯？」她風情萬種地眨了眨眼。「別忘了當初我也幫過你，拒絕一個女士的要求相當沒風度喔。這個小姑娘要跟也沒有關係，如果小龍王不放心的話，之後洗掉她的記憶就好了。」

妮露後退一步，舉起手：「呃，那個，我知道你們都不是一般人物，我保證，我的嘴很緊！」

肯肯遲疑地皺眉。羅斯瑪麗含笑做了個手勢：「這邊請。」

肯肯和妮露跟著羅斯瑪麗穿過繁華的街市，來到一座石頭建築前。門前的鈴叮叮響了幾下，一個穿著黑色制服的男子打開門，對他們鞠了一躬。

幽暗屋內泛著淡淡的藍色，地上鋪著清涼的地磚，牆壁上鑲嵌著明珠和海貝，兩個黑衣侍者挑開珍珠串成的珠簾，引著他們走到一張石桌邊坐下。高背沙發椅的坐墊和靠背上綴著幽涼的石片，羅斯瑪麗說：「這是來自東方的涼玉，我們魅王陛下喜歡東方的東西。」

她打開牆壁上的暗格，取出了一個更加東方的玩意兒。

是一塊黃銅做成的四方板子，表面銘刻著奇怪的符號和文字，板子正中央放著一只勺子，把柄彎曲。

肯肯看了看那只勺子：「還是等做完事，再吃飯吧。」

羅斯瑪麗笑起來：「它不是餐具，而是一個儀器。」她拿出一枚用細繩串著的衣釦，將它掛在勺子柄尾部。「小龍王，請往這個勺子上灌注一些法力。」

肯肯伸出手指，指尖暈出紅光，勺子開始轉動，越轉越快越轉越快，拴著釦子的細線崩斷，釦子跌落到地面。

羅斯瑪麗敲敲桌面，勺子停了下來。一旁的侍者撿起釦子，放回桌上，羅斯瑪麗的神色有些煩惱：「這可奇怪了，竟然眞有我們找不到的人。」

妮露好奇地問：「妳在找誰啊？這東西怎麼回事？」

「也不是什麼大事，有人託我們找一位失蹤的貴族小姐。」羅斯瑪麗點點那個儀器。「只要有目標人物的一件隨身物品，它就能準確地找出物品主人所在的位置。可是這一次，無論我們用什麼方法，尋蹤器都無法指出正確的方位。我還在想，是否是因爲我們的法力中陰氣太重，所以才找了靈力與我們相反的小龍王，結果還是不行。」她頓了頓，有些憤憤然。「從來沒有我們完成不了的買賣，所以，這個人，我一定要找出來！」

肯肯謹愼地說：「會不會，和魔有關？」

羅斯瑪麗讚許地看了他一眼：「我正要去查呢。怎麼樣，有興趣嗎？反正你和某位殿下鬧掰了，一時半會兒也沒事做，跟姐姐一起賺點外快吧。」

肯肯起身向門外走：「沒興趣。」

羅斯瑪麗也罷，魅王也罷，都離得越遠越好。

□

希爾娜迷濛地睜開雙眼，發現自己身上蓋著一件斗篷，料子輕軟，但很溫暖，她情不自禁地將臉在衣料上蹭了蹭，一個好聽的聲音說：「醒了？」

她坐起身，精靈格蘭蒂納坐在不遠處看書，火堆已經熄滅了，陽光從門窗處照進來，鳥雀的鳴叫聲清脆悅耳。

她依依不捨地抱著暖和的斗篷，還給格蘭蒂納。

格蘭蒂納將斗篷和手中的書丟進一個皮囊，取出一塊夾著火腿的麵包遞給她。那皮囊紮上口後迅速變小，格蘭蒂納把它繫在腰間，手輕輕在耳邊一撫，它們就變成了人類耳朵的樣子。

希爾娜捧著火腿麵包努力地啃，忽然看到格蘭蒂納起身向外走。她愣了片刻，快步追上去：「你要走了嗎？」

格蘭蒂納頭也不回。

她拚命地追逐，格蘭蒂納的背影卻越來越遠，她從沒這樣怨恨過自己的短腿。荒野中草很高，草上殘留的雨水染濕了她的衣服，草葉割得她的臉生疼。

就在她快要喘不過氣時，格蘭蒂納在一條河流邊停了下來。她躲到一棵樹後，偷偷地看他。

格蘭蒂納彎腰往水袋裡灌了些水，向樹的方向轉過頭：「妳不知道自己要去哪裡嗎？」

她慢慢地從樹後挪了出來，搖了搖頭。

格蘭蒂納輕嘆了一口氣：「我現在要到河的對岸去，妳還要繼續跟嗎？」

希爾娜有些驚惶地抬起頭，畏懼地看向河水。

格蘭蒂納腳下出現了一片樹葉，向她伸出手：「過來吧。」

希爾娜驚喜地跑過去，跳上葉片，緊抓住格蘭蒂納的袍子。葉片緩緩升起，向河流對岸飛去。

□

肯肯在睡夢中不安地翻動，四周白茫茫一片，他忽然看到格蘭蒂納站在幾步遠的地方，面無表情地看著他。

精靈抬起手，肯肯條件反射地後退了一步，一卷羊皮紙飛到了他面前。精靈冷冷地說：「這是我要去的地方，鑰匙在這裡會顯示啓示。」

肯肯打開羊皮紙，看了看上面的位置標註，悶聲說：「不用了……你可以自己去……」

精靈打斷他的話：「你去不去和我沒關係，我只是遵守我的諾言，和你分享有關寶藏的一切。」

周圍一切開始扭曲變幻，肯肯渾身一震，睜開眼睛，坐起身，思考了半分鐘。

格蘭蒂納都透過夢境術說出地址了，要不要去找他？

找不到媳婦，不能回去。

雖然，瑟琪絲是格蘭蒂納的母親……但龍不能背棄曾許下的誓言。

母親，我決定繼續和騙子精靈去找寶藏。或許，我還是能找到一個媳婦的。

肯肯站起身，看了看對面床上正在酣睡的少女。

這個妮露，要怎麼辦？

旅店的人敲門送早飯，他走到床邊喊妮露起床。妮露翻了個身，抬起一隻手揮了揮，含糊地說：「知道了，退下吧。」

直到肯肯洗漱完畢，吃完早餐，正在猶豫要不要把快涼了的另一份也吃掉時，妮露才起身，揉了揉眼：「好香啊，到早餐時間了？」

她跳下床，奔到桌邊，以不可思議的速度掃光了早餐。肯肯不由得對她多出幾分好感，她是他見過吃飯最香的雌性。

離開旅館，妮露又奔到路邊，買了兩杯奶茶、兩個奶油捲，分給肯肯一份，邊咬著奶油捲邊問：「等一下要去哪裡？」

肯肯吸了一口奶茶，回答：「去找我的朋友。」

妮露的雙眼頓時放出炯炯光芒。

3 受詛咒的祕寶

城外，道路平坦蜿蜒，盡頭隱約是開闊的海平面，肯肯這才發現自己走錯了城門。大海，在這座小城的東面。

空氣中充盈著潮濕的氣息，海浪流溢著碎金的光澤輕拍海岸。妮露聒噪地驚呼起來：「這是海嗎？我第一次看見！哇哇！我們是要坐船去找你的朋友嗎？」

海邊停泊著幾艘大船，碼頭上熙熙攘攘，妮露又喊起來：「那邊，不是昨天那個叫羅斯瑪麗的女人嗎？」

一艘大船邊聚著一群人，其中一個身材高挑、波浪長髮的黑衣女子尤其醒目，的確是羅斯瑪麗。羅斯瑪麗看向他們，微微笑著抬手示意。一個中年男子領著幾個船工打扮的人，滿臉愁苦地對她說著什麼。

肯肯和妮露好奇地湊上前，聽到那中年男子正苦澀地說：「……是伯爵大人主動要買的，我們眞的很冤枉！」

中年男子身邊的一個老者佝僂著身體說：「是啊，那批東西在我們船上放了很久，一直沒有出現過什麼奇怪的事情，怎麼一被伯爵大人買去就……硬說伯爵小姐的失蹤是因爲我們的貨物，這太不合情理了。」

羅斯瑪麗問：「你們的船，一直是販運酒和食品的，爲什麼會有那樣一批古董？」

中年男子拉長了臉：「大概一個多月前，我和家父送貨到曼尼答……」

中年男子和他旁邊的老者是這艘大船的船主，他們常年販運阿卡丹多大陸的酒類和水果食物到海對岸的國度，再將那邊的特產運到這裡來。

很多貴族都是他們的客戶，提供給他們自家莊園中出產的美酒和作物，再從他們手裡購買從海另一邊運過來的奢侈物品。

兩個多月前，船主父子出海去曼尼答，所有貨物很快就被買走，還進了許多當地新出的特產。

曼尼答當時正值雨季，魚類最肥美，船主父子打算買點答答魚，雇當地人加工成魚醬和燻魚，帶回大陸就能賺到至少十倍的利潤。

他們在魚市上遇見了一個在賣奇怪器皿和小雕像的少年，少年說，這是他家裡人捕魚時，從海裡撈上來的。

船主看出那些東西很可能是價值連城的古董，便全買了下來，回船後用水浸泡，再拿香油浸潤，終於使那些東西上附著的泥污全部脫落，露出了本來面目。

「是石雕、石碗、石盤、雕像……難以想像地精美，好像是聖詩中神所使用的東西。」

船主父子驚喜地將這批東西收藏起來，聯繫貴族主顧好將它們脫手。

「鄧倫伯爵是我們的大主顧，他很喜歡收藏古董。家父讓我先拿一個石碗給伯爵看了看，伯爵果然非常感興趣，將那些東西全部買下。誰知道沒過多久，就出事了。」

伯爵買下的古董全部不翼而飛，女兒也失蹤了。伯爵認爲，這件事一定和這些古董有關，因此把船主父子列爲了嫌疑人。

「羅斯瑪麗小姐，您看，我和我的父親都是老實人，我們哪有這麼大的膽子敢偷回古董、綁架伯爵小姐呢？我們眞的很冤枉啊！」

一個黑衣男子在羅斯瑪麗耳邊低語幾句，羅斯瑪麗向船主父子微笑道：「好的，我都知道了。」轉眼看向肯肯和妮露。「兩位怎麼看這件事？」

肯肯認眞地說：「我們只是路過的。」

羅斯瑪麗眨了眨眼：「那麼，我馬上要去拜訪鄧倫伯爵，你們要不要繼續路過一下？」她貼近猶豫著的肯肯，在他耳邊低語。「放心吧，不會耽誤你去找王子殿下的。」

□

湖泊如剔透的藍色水晶鑲嵌在起伏群山的中央，灰白色城堡依伴在湖旁。

格蘭蒂納俯視著山坡下的湖與城堡，希爾娜不由抓緊了他的衣袍。

這個地方，她很熟悉。

一股想要飛奔下去的衝動讓她驚慌不安，她抱住頭，記憶仍然是空白一片，只有熟悉感劇烈翻湧著，還伴著一絲莫名的悲涼和哀傷。

格蘭蒂納低頭看了看她：「妳記得這個地方？」

她點點頭，又搖搖頭。

格蘭蒂納帶著她走到城堡外，雕花的高大鐵門緊緊關著，格蘭蒂納拉響門鈴。

希爾娜瑟縮在他身後。

大門上的小窗口打開，露出一張滄桑的老婦人面孔，嘶聲問：「這裡是蒙特維葛慈善學校，你有什麼事？」

格蘭蒂納微笑著回答：「您好，我是來找工作的。」取出一張摺疊起的報紙，展開。「蒙特維葛慈善寄宿學校，暮色元年開辦，現招收文學、算學、天文教師數名……我在鎮上的報紙看見了這個。請問，還能應聘嗎？」

老婦人瞇起眼，打量著格蘭蒂納：「沒錯，這是本校一個月以前刊登的招聘啓事，符合要求的老師也還沒有招到。可本校最近出了點事，未必會收新老師了。」

格蘭蒂納彬彬有禮地微笑著：「那麼，能否讓我和負責人談談？我曾經在雷頓的神學院中學習過一段時間，這是我的結業證明。」他從懷中取出一本藍黑色絲絨封皮的證書，上面用銀線繡著月亮和星辰的圖案。

緊閉著的大門緩緩打開了一條縫，老婦人啞聲說：「請進來吧，我幫你去通知校長。」

希爾娜縮在格蘭蒂納的背後打量著四周。

大片的草坪與灌木修剪得很整齊，灰色石頭的建築群近看更龐大，樸素又莊嚴。這裡的格局不太像校舍，更類似於修道院，牆壁上刻著神像和一些神話場景的浮雕。

一個穿著藍灰色長裙的中年女子快步向他們走來，步伐穩健，脊背挺直，鐵鏽色頭髮盤在腦後，方正面孔上透出幹練與俐落。

「你好，狄納・格蘭先生？我是本校的教務主任瑪里安・坎斯，請隨我去校長室詳談。」

格蘭蒂納微微躬身：「謝謝夫人。」

坎斯夫人藍灰色的雙眸視線犀利：「這個小姑娘是你什麼人？格蘭先生，她好像不是人類。」

格蘭蒂納彎下腰，拉起希爾娜的手：「她是矮人，夫人。由於某些原因，她暫時與我同行，應該不會違反校規吧？」

坎斯夫人轉過身：「本校從沒有出現過外族，這件事留待校長決定吧。」

希爾娜跟在格蘭蒂納身後穿過草坪，忽然，兩邊的灌木叢中擁出一隊士兵，手拿長矛，攔住他們的去路。

坎斯夫人向他們說：「這是新來應聘的老師。」

爲首的一個士官模樣的人粗聲說：「那也要檢查！」

格蘭蒂納張開雙臂，任由幾個士兵搜查。一個閒著的士兵用矛柄戳了戳希爾娜。

格蘭蒂納撥開長矛：「閣下，我想您一定沒少光顧過她的同族的生意，也應該知道他們比人類更溫和無害。」

士官對格蘭蒂納碰了碰帽檐：「抱歉閣下，我們只是奉命行事，有冒犯的地方請諒解。」揮手帶士兵們閃回灌木叢中。

走到迴廊下，坎斯夫人歉然地說：「抱歉，讓你們受驚了。本校最近有一名女學生失蹤，這些士兵是前來調查的。」

格蘭蒂納回望向灌木叢：「看他們的制服，似乎是相當有身分的貴族才有權調動的衛兵，蒙特維葛不是慈善寄宿學校嗎？」

坎斯夫人臉上掠過一絲陰霾：「那名失蹤的女學生，不久前剛被確定是大貴族鄧倫伯爵失蹤多年的女兒。」

□

「希爾娜，我的女兒……」鄧倫伯爵痛苦地扶著額頭。「這都是我的錯。假如我當初娶了她母親，就不會讓她們母女在外面受這麼多年的苦，也不會等到希爾娜都這麼大了才找到她，更不會讓她突然失蹤……」他抬起布滿血絲的眼。「總之，你們一定要找到她，多少酬勞我都願意出！」

羅斯瑪麗滿臉懇切：「伯爵，請相信我們。關於如何找到伯爵小姐，我們已經定下了幾套方案，您能不能再詳細說說伯爵小姐失蹤的經過？」

鄧倫伯爵平復了一下情緒，緩緩道：「我小的時候曾因種種緣故在蒙特維葛學校生活過。成年後，我一直定期捐助學校，前些日子，我回到學校參觀，發現一個小姑娘長得非常像麗嘉。」

麗嘉是鄧倫伯爵在蒙特維葛學校時的初戀情人，但因身分卑微，她被伯爵的父母驅逐出了這座城市。十幾年後，伯爵在校內看到了這個非常像麗嘉的少女，又發現少女有一枚他當年送給麗嘉的戒指，幾經驗證，終於確定這名叫希爾娜的少女是麗嘉爲他生的女兒。

但，就在伯爵準備將希爾娜接到自己身邊時，她突然失蹤了。

「原本我想立刻把她接過來，可是她卻想待到這個學期結束，說有一個準備了很久的舞蹈比賽必須參加……我只好先派了保鏢和保母過去，學校也為她準備了特別宿舍。保母睡在外間，窗外和門外都有保鏢把守，可希爾娜突然在一天夜裡消失了……」

「那麼，」羅斯瑪麗轉動手中的筆。「伯爵大人為什麼懷疑與那些古董有關呢？」

鄧倫伯爵立刻又激動起來：「只可能是那些邪門的東西，否則無法解釋！好端端的一個人為什麼會在嚴密守衛的房間中失蹤！都是我的錯，我不該把那個雕像送給希爾娜……那天，她第一次走進這個家，她很喜歡那隻貓，我就給了她……」

羅斯瑪麗挑眉：「貓？」

伯爵從僕人手中接過冷毛巾，敷住額頭：「一隻用石頭雕成的黑貓，希爾娜一見就很喜歡。我早該想到，黑貓是很邪門的動物。一定是那些船夫串通巫師，用異鄉的邪術綁架了我的希爾娜！」

「我知道了。」羅斯瑪麗闔上記錄本。「您已經派了衛隊在學校搜查是嗎？恕我直言，那種方法很難找出真相。我打算和那邊的兩位到學校去，拜託伯爵幫我們安排一下身分。」

一直埋頭享受美味糕點的肯肯警覺地抬頭，那邊的兩位是指——

與我無關，我要去找格蘭蒂納。

還沒等他開口撇清關係，羅斯瑪麗已展開一張地圖，指向某個圈起的位置：「是位於這裡的蒙特維葛慈善學校吧。」

肯肯已到了喉嚨口的話立刻與糕點一起落到肚子裡。

這裡，正是格蘭蒂納讓他去的地方。

羅斯瑪麗笑吟吟地說：「放心吧，這件事一定會順利解決的。」

□

「閣下竟然出身自神學院。」辦公桌後，頭髮斑白的清癯老夫人翻著格蘭蒂納僞造的藍色絲絨封皮證書。「敝校自創建以來，從未有過像閣下這麼高資歷的人來擔任教師，你爲什麼會選擇我們這種鄉野小學校？」

格蘭蒂納欠了欠身：「若說我是爲了獻身慈善與教育，大概校長也不會相信。其實我來到這裡是爲了遊歷。聽聞這座學校在暮色戰爭之前是一座修道院，我想尋覓先輩們遺留在此的足跡。」

老校長這才微笑起來：「看來你的確研究過我們學校的歷史，不錯，這裡八百多年以前曾經是一座修道院，住著一些苦修士。可惜在暮色戰爭時，他們全部死於對抗魔族的戰役。之後這裡曾翻修過數次，現在只剩下學校後面的那片陵區還保持著原貌。」她闔起證書，遞還給格蘭蒂納。「那麼，格蘭老師，你對教授哪門課程比較有興趣？」

格蘭蒂納回答：「文學或者歷史。」

校長看向一旁的教務主任：「我記得琪薇兒班的文學導師一直是墨多爾班的導師在兼任？就讓格蘭老師暫時到琪薇兒班吧。」

教務主任有些猶豫：「校長，從沒有男老師做女班導師這樣的先例……」

校長含笑說：「格蘭老師是受過聖職的，可以破例。」

教務主任仍在猶豫：「那麼宿舍……」

校長道：「就讓格蘭老師暫時住在舍弗爾房間吧。」

教務主任點了點頭，拉開房門：「那我先帶格蘭老師去熟悉一下教師宿舍和班級。」

蒙特維葛學校所有班級都以神的名字命名，女生與男生的班級分開，住宿的地方和活動區域也嚴格分離，男女教師的宿舍也是如此。

格蘭蒂納暫住的舍弗爾房間比較特別，是靠近校長和高級校務人員房間的一間特殊套房。房間有兩個臥室，有獨立的客廳、更衣室和洗漱間。坎斯夫人解釋說，這是爲了照顧格蘭蒂納還帶著一名矮人小姑娘的特殊安排。她推開其中一間臥室的房門：「我覺得小姑娘比較適合住在這一間，這裡之前住的也是個女孩。」

希爾娜在房間門口怔住。

漂亮的大床床柱雕刻著天使圖案，繡著藍色勿忘我花紋的被褥摺疊整齊，枕套和床單邊緣滾著粉藍色花邊。一張精緻木桌靠窗擺放，牆上的鐘錶頂端，一隻毛茸茸的黃色雛鳥一下下跟著秒針的節奏啄著面前的小碗，書架上堆滿書本，最頂端還放著一幅畫了一半的水彩畫。

窗台上擺著一盆仙人掌，應該還有一盆盆栽草莓……已經結出果子了……另外，還有……

她的頭又隱約地疼起來，坎斯夫人藹聲問：「對了，小姑娘，妳叫什麼名字？」

她回答：「我叫希爾娜。」

坎斯夫人神色有些複雜：「之前住在這個房間的女孩子和妳同名，就是那個失蹤的女孩。」

4 屍體

渾厚的大鐘敲響十一下，坎斯夫人向窗外看了看：「午飯時間快到了，格蘭老師，我先帶你去參觀一下教室吧。」

格蘭蒂納對希爾娜溫聲說：「我很快就回來。」

蒙特維葛學校的教學區在教員辦公與接待樓之後，同樣是灰白色的石頭建築。女生的教學樓以詩歌女神的名字命名爲拉雪兒樓，牆壁上雕刻著女神們在花叢中繪畫、寫詩、遊玩、舞蹈的場景。男生的教學樓則以哲學之神諾定命名，牆壁和廊柱是男神們在思索、辯論或練習劍術的浮雕，兩棟樓之間以鐵網隔開。

教務主任看了看打量雕刻的格蘭蒂納：「這些是不是與格蘭老師信奉的有些不同？」在阿卡丹多大陸擁有至高無上神權的聖教會及神學院從不將神實體化，只研究教義和自然元素的奧義。

格蘭蒂納笑了笑：「我覺得，想像之中的這些神祇，即便並不存在，亦是善與美的匯集。」他的視線落到拉雪兒樓迴廊的台階扶欄處，那裡的一根柱子上雕刻著餵食飛鳥的女神，但她的裙子下襬缺失了一大塊，像腿部被砸去了一半一樣，非常突兀。

坎斯夫人解釋：「可能是學生玩耍的時候破壞的。這棟樓有一百多年的歷史，有些石像已經不怎麼結實了。」

格蘭蒂納瞭然地頷首。

蒙特維葛學校自建校以來初次由年輕的男教師擔任女班的導師，引起了軒然大波，校長辦公室內前來抗議的老師絡繹不絕。

「這項決定當眞破壞校風！」

「此人是否出身神學院還須要詳細查證！」

「今天一下午，幾個女生班都沒有好好念書，這樣下去對學校唯害無利！」

「我們將男學生與女學生嚴格分離，就是爲了避免某些不必要的事情發生……」

校長只得將幾位高級教務人員召集起來，簡單地做了解釋——

「希爾娜．鄧倫的失蹤，是學校的重大危機。在這件事解決之前，必須接受某些現狀，譬如——讓狄納．格蘭老師擔任琪薇兒班的導師……」

傍晚之前，躁亂終於壓了下去。校長剛鬆了一口氣，坎斯夫人就又出現在門前。

「有幾位客人需要您親自接待一下，他們帶著鄧倫伯爵的親筆信，現在在貴賓接待室。校長，那位格蘭老師的身分，我們會不會判斷錯了？」

校長揉了揉太陽穴起身：「先過去看看再說。」

貴賓室中，兩女一男自座椅上站起身，年齡最長的美麗女子脫下長手套，向校長伸出手：「您好，我是羅斯瑪麗，受鄧倫伯爵的委託前來。爲了更快地找到失蹤的伯爵小姐，有些事情希望能得到校長的幫助。」

校長握住羅斯瑪麗的手：「我是本校校長，克麗絲・蒙特維葛，有什麼需要，校方會全力配合。」

羅斯瑪麗拉過身邊那個金髮碧眼的少女：「這個小姑娘，請您暫時安排到伯爵小姐失蹤前所在的班級和宿舍去。至於我……我比較擅長天文和算學。這位男同學，請校長安排他進男班吧，可能那裡也須要查一查。」

教務主任插話：「伯爵小姐失蹤時所住的房間已有人入住，讓這個孩子暫時住到希爾娜以前的合宿宿舍可以嗎？」

羅斯瑪麗和妮露都表示沒有異議。

教務主任喊來兩名校工，讓他們將肯肯和妮露先安排進宿舍。

校工提起他們帶來的行李，引著肯肯和妮露去宿舍區。走到草坪上時，肯肯手腕上的鐲子忽然一陣灼熱，他四下觀望，夕陽下，格蘭蒂納夾著幾本書正向他走來。

妮露倒抽了一口氣，一把揪住肯肯的袖子：「喂喂，是他耶！你的同伴！啊啊，我見到他了……」

肯肯納悶：「妳認識他？」

妮露的表情僵了僵：「不是，沒有啦，你之前和我聊過你的朋友，我就覺得應該是他吧……喂喂，你怎麼傻站著，去和他說話呀！」

一旁的校工大嬸黑了臉：「大庭廣眾下，和男子拉扯及肆意評論陌生男子都嚴重違反校規。」

妮露吐吐舌頭。格蘭蒂納已走到了近前，肯肯猶豫著開口：「那個，你吃過了嗎？」

格蘭蒂納湛綠的眼睛溫和地看著他，揚起一抹薄笑：「新來的同學？在和老師說話之前，記得先問好。」

他慈愛地抬手，摸了摸肯肯的頭，向校工道：「新來的孩子看起來挺精神的。」

妮露看著他離去的背影，激動地揪住木然站在原地的肯肯的袖口：「喂喂，剛才他對我笑了耶！啊啊，我要昏過去了！」

母親，妳說的對，精靈都很小心眼。

蒙特維葛的住宿要求非常嚴苛，每十個學生一間宿舍，早晨六點鐘起床，晚上十點鐘熄燈。男生宿舍和女生宿舍都只有一個大澡堂，晚上七點到九點供應熱水。

踏進宿舍樓的長廊，頓有一股幽暗陰冷之氣襲來，在這初夏的傍晚，妮露也忍不住打了個哆嗦。校工大嬸領她踏著老舊的樓梯上到二樓，推開走廊最深處左邊的一間房門，屋中的幾個女孩子看向了她們。

妮露尷尬地笑了笑：「大家好……從今天起我要住在這裡。」

那些女孩子都沒有作聲，只是表情各異地盯著她。這個房間很長，兩側各靠牆放著五張窄床，屋子中央擺著一張長條木桌。

校工大嬸帶妮露走到最裡面的一張床邊：「妳就睡在這裡吧。」

妮露哦了一聲，校工大嬸見她一動不動地站在床邊，有些不耐煩地問：「還等著別人動手替妳收拾？趕緊打開行李鋪床。」

一旁幾個女孩子竊笑出聲，妮露彎腰打開行李，拙手笨腳地扯出一條裙子，放到床上。校工大嬸又不耐煩地呵斥起來：「妳拿衣服出來做什麼？鋪床！鋪床妳不會嗎？」

妮露悻悻地說：「對不起，我沒鋪過床。」

旁邊的竊笑聲更大了，斜對面床上的一個女孩站起身：「大嬸，我來幫她吧。」

那女孩長得矮矮胖胖的，十分淳樸，圓圓的臉上有幾點雀斑，掛著親切的笑。

「同學，衣服不用拿出來，這裡沒有掛衣服的地方，那邊有櫃子，妳最好把行李連箱子放在裡面，免得受潮。」

她幫妮露把衣服摺起來，放回行李箱，再把床上的褥子展開，床單抻平。校工大嬸誇了那女孩一句懂事，轉身走了，旁邊床的一個紅頭髮女孩撇了撇嘴，轉頭向另一個女孩丟了個眼色。

妮露感激地對幫忙的女孩笑了笑：「謝謝妳。」

女孩立刻說：「不客氣，我們同宿舍，又是同學，互相幫助是應該的。對了，還沒問妳的名字呢，我叫茜拉。妳是不是還沒有吃飯？等一下我帶妳去飯堂，可能還能打到飯。」

妮露報上自己的名字，又道了聲謝。

飯堂和住宿處在一棟樓內，飯堂裡已經沒有飯了，桌上的大木桶底殘存著兩口糨糊一樣的剩粥，幾隻蒼蠅在其上流連。

妮露忍著作嘔的慾望問茜拉：「這裡有沒有賣零食的地方？」

「沒有。」茜拉搖頭。「舍監大嬸管得可嚴了。」

妮露跟著茜拉到舍監處領了盆和水杯等物品，茜拉送她到樓梯口：「對不起，我要去圖書室看書，先走了。以後有什麼需要幫忙的地方，就和我說吧。」

妮露感激地道了聲謝。回到宿舍後，她發現床上墊著一疊報紙，報紙上放著一個食盒和一只碩大的水壺，滿滿一袋剛烤好不久還微溫的餅乾。食盒上層是多汁的牛排、幾塊蛋糕及香脆的燻腸，下層鋪了滿滿的莓子與蜜瓜片。水壺中裝著香草味奶茶，壺身可以拆出一只精美的瓷杯。

對床一個短髮的瘦小女孩吸了吸鼻子，艷羨地說：「眞香，這是專門給老師們做飯的廚房才有的味道，除了以前的希爾娜之外，還沒有別的學生吃到過呢。」

紅頭髮的女孩冷著臉問：「喂，新來的，爲什麼妳能有這麼好的待遇？妳也有後台嗎？」

妮露無辜地說：「我姐姐過來這邊當老師，所以我跟著轉學到這裡，這可能是她的晚飯吧。」

紅頭髮的女孩撇撇嘴：「原來如此。」

妮露舉了舉裝著奶茶的壺：「那個……妳們要不要過來喝一點？反正東西很多。」

她話音剛落，屋子裡的女孩子頓時都呼啦啦圍了上來，十幾分鐘之後，所有東西都見了底，妮露也和這幾個女孩子大致熟悉了。

她對床的短髮瘦小的女生名叫迪婭，能夠一邊飛快地吃東西一邊喋喋不休地說話。

看起來很傲氣的紅頭髮女生叫奈莉，她是琪薇兒班的副班長，所以總表現得高人一等。

另外幾個女孩瑪莎、敏莉、安妮、班娜、簡、曼麗，都是那種很一般、嘰嘰喳喳的女孩子。

盒子裡只剩下最後一塊蛋糕，被簡眼明手快地搶到了手，迪婭眼巴巴吞了吞口水，抓起奶茶灌了一口：「對了，妮露，妳姐姐是老師，爲什麼舍監處還把妳安排到這個宿舍，還讓妳住在那個位置上？」

妮露故作不解：「我的床位有什麼問題嗎？我覺得滿好的。」

簡嗤了一聲：「要是眞的好，早就輪不到妳過來住了。妳來學校時被士兵檢查過吧？」

妮露點點頭：「教務主任和我姐姐說，有位伯爵小姐在學校裡失蹤了。爲什麼伯爵小姐會來這樣的學校念書啊？」

幾個女孩子表情各異，奈莉慢條斯理地說：「妳的這張床就是伯爵小姐以前睡的。她啊，八成是回不來了。」

妮露露出驚訝的表情：「啊？爲什麼？」

迪婭張了張嘴，想說些什麼，奈莉向她斜了一眼，她立刻抱著茶杯沉默了。

奈莉拿著紙巾擦了擦手：「新來的，看妳還算懂事，我勸妳一句，有些事，不該問的就別多問，知道多了，沒好處。」

正在這時，急促的鐘聲響徹全校，走廊上有人高聲喊道：「所有學生穿好衣服，十分鐘之內，到樓前集合！」

清涼的夏夜微風中，蒙特維葛學校的學生和老師沉默地聚集於草坪。

就在剛才，士兵們從泥土中挖出一具屍骨，骨骸身穿蒙特維葛學校女生統一會穿的藍色睡裙。

希爾娜・鄧倫失蹤之前，也穿著一條這樣的裙子。

屍體靜靜地躺在白布上，兩只黑色空洞的眼窩向著天空，膽子比較小的女生哭了起來。

克麗絲校長低聲問：「李門隊長，這樣的情形會在孩子心中留下陰影，能不能讓她們先回去？」

衛兵隊長面無表情地說：「我很清楚她們都是孩子，但凶手或許就在這些孩子裡。」

「不可能。」格蘭蒂納從教員隊伍中走了出來。「隊長閣下，這位死者的遇害時間至少在十年前，凶手絕不可能在這些學生之中。」

人群喧譁起來，李門隊長陰鷙的目光緊緊盯著格蘭蒂納：「這具屍體腐壞不久，怎麼可能已經死了十幾年？」屍體剛找到時，他親自看過現場，屍體被埋在鐘樓後，泥土是新翻過的，屍體埋得並不深。

格蘭蒂納攤手：「如果隊長不相信，找個軍醫來驗一驗就清楚了。」

一個嫵媚的女聲接話：「不錯，我也覺得這具屍體有些年分了，可能之前被保存在什麼地方吧，屍體被長久冰凍之後才腐爛，和一般腐壞的痕跡不太一樣。」

李門隊長看了看說話的羅斯瑪麗，這女人不久前剛和他密談過，還帶了一封伯爵的信件。信中說，關鍵時刻，整個衛隊都要聽她的調遣。

李門隊長只得命令衛兵立刻把隨隊的軍醫叫來。

軍醫現場做了藥劑化驗：「隊長，屍體的確已死亡了十年以上。」

李門隊長眉頭挑了挑：「確定沒錯？」

軍醫肯定地說：「一定不會錯，這批驗證藥劑是從魅族那裡採購過來的，從顏色上能判斷出屍體的年分。」

他舉起手中的試管，試管中的藥水變成了黃褐色。

「死亡十五年左右的屍體才會有這個顏色。」

李門隊長臉色鐵青：「爲什麼死了十幾年的屍體，會在這時候出現？」

站在妮露身邊的簡突然倒抽了一口冷氣，失控地尖叫起來：「是詛咒，是莫桑利的詛咒！」

教務主任立刻轉身呵斥：「閉嘴！無稽之談！」

簡用手捂住嘴，瑟瑟發抖。妮露迅速掃視四周，她發現，其餘女孩子的表情都很茫然，只有和她同宿舍的幾個女生臉上露出了深刻的恐懼。

嫌疑排除，所有的學生都可以離開了。回到宿舍後，幾個女孩立刻縮到床上，簡和迪婭輕聲啜泣，奈莉厲聲說：「有什麼好哭的，十幾年前的屍體被發現，不正能證明沒事了!?」

迪婭縮起脖子，用被子蒙住頭。

茜拉起身：「妮露同學，我帶妳去沐浴間吧，再晚就沒熱水了。」

妮露明智地點頭同意，用臉盆端著換洗衣物和沐浴用品，跟著茜拉向外走。

奈莉忽然尖聲喊：「茜拉，妳少裝無辜！我們如果有事妳也跑不掉！大家誰也躲不過！」

茜拉鬆開抓著門把的手，回過身：「我早就說過，碰那種東西肯定不會有好結果，現在妳們怪誰呢？問心無愧的人，自然不會害怕。」

奈莉的臉色青中帶白，茜拉打開房門，和妮露一道走了出去。

□

肯肯悶頭坐在宿舍的床上，很抑鬱。

這間宿舍同樣塞了十個學生，瀰漫著漚爛的剩飯、捂餿的衣服、許久不洗澡的汗酸味加上濃郁的臭襪子的混合氣息。

窗外綿綿不絕吹進來的晚風也無法吹散這獨特的氣味，肯肯頭很暈，快要窒息了。

幾個少年從床底下翻出一些物件，拼裝成一個儀器，架到窗邊，發出詭異的竊笑。

那個儀器是一個三角支架支撐的圓筒，人類似乎叫它望遠鏡，肯肯虛心地問：「你們在做什麼？」

宿舍長回過頭，嘿嘿笑了兩聲：「噓，小聲點，我們在搞天文活動。」

趴在望遠鏡上的一個男生怪叫了一聲：「來了來了！」

舍長立刻飛身撲了上去，一堆男生搶成一團。

「讓我看一眼！讓我看一眼！」

「嘖嘖，確實正啊！」

「皮膚眞水嫩。」

舍長一把拉過肯肯：「快快，你也來看一眼！馬上就觀測不到了！」

肯肯湊近望遠鏡，發現鏡頭居然正對著女生樓的走廊窗戶，朦朧的燈下，有兩個女生迎面走來，其中一個是妮露，另一個是外形敦厚的少女。

他剛看清楚，就被人推到一邊，另一個男生湊到近前，流著口水說：「眞是美啊，女生班終於又轉來一個美女了。」

一個男生立刻點頭：「對啊對啊，這個比希爾娜還漂亮。」

舍長嚮往地摸著下巴：「可惜看不到教師宿舍，那個新來的女老師才是眞正的大美女，今天傍晚我眼珠子都快掉下來了。」

肯肯左右看了看：「剛才的女孩，妮露，是我……妹妹。」

一雙雙湊在望遠鏡邊的眼睛頓時抬起，賊亮地盯著他。

肯肯接著說：「還有……羅斯瑪麗老師，是我的……姐姐。」

那些餓狼般的眼中都燃起了火焰，舍長猛地向肯肯撲來：「摯友——」

肯肯後退一步：「那個……你們剛才說的希爾娜是誰？」

從沐浴間出來，走廊上很安靜，妮露悄聲問茜拉：「剛剛妳們爲什麼吵架？」

茜拉含糊說：「沒什麼，只是希爾娜失蹤的事情搞得大家人心惶惶而已。對了，我們的衣服是統一晾在天台的，妳還沒有衣架吧，我可以借給妳。」

進宿舍之前，茜拉忽然飛快地向走廊遠處望了一眼。

妮露不禁也向那個方向看了看。

長長的走廊空空蕩蕩，可不知爲什麼，她的脊背上有種涼颼颼的感覺，似乎有一雙隱藏在暗處的眼睛在默默地注視著她們。

5 苦修士之墓

深夜，肯肯察覺到窗外熟悉的氣息，手腕上的金環一陣灼熱，他立刻起身，將枕頭塞進薄毯偽裝成人形，打開窗戶跳了出去。

精靈靜靜地站在月光下，肯肯還沒向他走近兩步，他就後退了三步，緊皺眉頭：「跟我來。」

肯肯跟著格蘭蒂納來到舍弗爾房間，精靈面無表情地推開浴室的門：「進去。」

肯肯申辯：「我洗過澡了。」整座男生樓，他是最香的。

格蘭蒂納拿起旁邊的掃帚，將他叉進浴室，哐噹一聲闔上門。

肯肯無奈地抓抓頭。門開了一條縫，一條浴巾、兩瓶沐浴液和格蘭蒂納的那條毛毛蟲一起被丟了進來。

毛毛蟲搓澡眞的很勇猛。

肯肯從浴室中紅彤彤地出來時，全身皮膚都火辣辣地疼。

格蘭蒂納這才勉強露出滿意的表情，和他說了三個字以上的句子：「時間不多了，走吧。」

肯肯向隔壁房間瞟了一眼，他發現，那裡面睡了一個女孩子。

像玫瑰花瓣那樣嬌艷的女孩子，而且是個矮人，格蘭蒂納說過，他不喜歡矮人。她是誰？和格蘭蒂納是什麼關係？

格蘭蒂納淡淡地說：「她叫希爾娜，只是一個偶然遇到的路人。」

希爾娜？肯肯立刻興奮起來：「她是不是羅斯瑪麗要找的人？」但失蹤的伯爵小姐是個人類。

格蘭蒂納不感興趣地轉過身：「你爲什麼會和羅斯瑪麗摻合在一起我不想知道，我只是按照約定告訴你關於寶藏的事情，走吧。」

夜色中的蒙特維葛學校沉靜地睡在月光下，好像一塊封存在時光中的礁石。

格蘭蒂納引著肯肯穿過校舍的樓群，走向學校後的荒地。

幾百年前的苦修士們在長草叢中的墳墓沉眠，肯肯吸了一口氣，這裡的空氣很清新。

格蘭蒂納停下腳步：「此地在很多年前有一座神廟。」

神廟中，供奉著山林之神約蘭和農神約靈。想得到山林之神垂青的少女在神座下誤撿了農神的祭品，這是一切的源頭。

「神廟的遺址就在我們腳下，找到祭壇，就能得到寶藏地圖的啓示。」

肯肯向四周張望了一下，這裡只有墳墓，要找到地下的遺址，難道要挖開墳？

母親曾經說過，在廣大世界中走動，有兩件事絕不能做。

一是奪人所愛，二是挖人墳頭。

格蘭蒂納抬手在空中畫了幾個符文，吟誦出一段咒語，發光的符文在墓地上空盤旋，驀地消失不見。

格蘭蒂納停止吟誦：「這裡被下了禁制。」有禁制，恰恰證明這裡隱藏著某些不想被人觸碰的祕密。

他踏著長草，走進墓群之中。八百年過去了，苦修士的屍骨早已朽化，融進了泥土，在他們的身軀下，有某種力量在持續地守護著，不想被來人叩開封存著祕密的大門。

肯肯跟在格蘭蒂納身後打量著墓地，他在一座墳墓邊停下腳步，抬起袖子擦了擦墓碑上的塵土，上面的字跡居然仍清晰可辨。

墓碑之上沒有銘刻名字，只刻著幾句話——

我爲自己雕刻墓碑，

但不知將我放進墳墓的是誰：

後人無須記得今日，

即使神殿倒塌，

哪怕信仰崩毀，

眞與善的精神永不可摧。

這座墳墓在墓地正中央，其他墳墓陪襯般分布於周圍，它那花崗岩的墓石下只有泥土的氣息。

它是一座空墳。

「這是當年修道院院長的墳墓。」一個聲音在附近說。

肯肯毫不意外地直起身，他早就察覺到身後羅斯瑪麗的香水味，因爲格蘭蒂納沒說什麼，他便也假裝沒看見。

羅斯瑪麗笑吟吟地現身，走到墓前撫摸著石碑：「今天，校長告訴了我一些學校的歷史。據說當年暮色戰爭中，這所修道院的院長丹多夫修士爲自己雕刻了墓碑。但在對魔族的戰爭中，他屍骨無存，只留下這座空墳；而且，他的死是因爲背叛。聖教會派來指導他們作戰的人——丹多夫修士的親弟弟，投靠了魔族。」

八百多年前的這裡曾極其慘烈，苦修士們以爲自己被聖教會放棄，卻依然堅持與魔族對抗直到全部犧牲，鮮血染透了象徵仁愛和平的聖壇。

據說，在戰爭結束後很久，人們仍能在陰天或夜晚聽到這裡傳來修士們吟誦經文的聲音。後來，聖教會決定，此處不再重建修道院，改成收養孤兒的慈善學校，以守護孩童稚純的方式來紀念苦修士們的仁愛。

羅斯瑪麗彎起雙眼：「我想這座墳墓和神廟入口應該沒有太大關係，你說是吧，王子殿下。」

格蘭蒂納頷首：「如果苦修士們知道神廟的祕密，不可能全體覆亡。那麼，關於入口，羅斯瑪麗小姐有什麼高見？」

羅斯瑪麗嫣然一笑：「哎呀，我能有什麼像樣的見解，這次我可眞是因爲魅族的事情才到這裡來的，小龍王能作證。算了，反正王子殿下也不高興看到我，我還是回去睡覺好了，熬夜太多對皮膚不好。」

她懶懶地打個呵欠，眞的就轉過身走了。

格蘭蒂納對肯肯說：「我們也回去吧。到目前爲止，我無法解開這個禁制。」

肯肯點點頭，隨著格蘭蒂納一起離開，走出一段路，他又回頭向那些墳墓看了看。

格蘭蒂納問：「你覺得有什麼不對？」

肯肯輕聲說：「沒什麼，只是覺得那些墳很淒涼。」

恬靜夜空下，長草中墳墓的氣息是悲傷的，已長眠的人，本不應再有悲傷。

□

她光著腳站在黑暗的客廳中，寂寞和冰涼的虛無感從心底一點點蔓延，又只有她了，只剩下了她自己。

客廳是空的，隔壁房間是空的，整個屋子裡只剩下了她自己。

希爾娜從夢中醒來，她發現，屋中已沒有人。

她跑回房間裡，用毯子把自己嚴嚴地罩住。

吞噬一切的黑暗中，有一些細碎的片段浮現在眼前。

他在遠處的樹下站著，身影模糊又美好，她躲在樹後偷偷地遙望。

他……他是誰？

她抱住頭，拚命想記起他的樣子，那片段卻一閃而過，再也抓不回來。

她將臉埋進枕頭中，毯子摩挲著她的頭頂，好像一隻溫柔的手，在撫摸她的頭髮。

她猛地坐起身，房間內，依然只有她自己，那溫柔的手……是誰，到底是誰？

她的頭疼得快要裂開，就在這時，一個聲音鑽入她耳膜：「喵——」

她抬起眼，月光下的窗台上臥著一隻藍灰色的貓，正用一雙亮亮的眼睛望著她。

她跳下床，踩著椅子爬上桌子，吃力地打開窗戶，藍貓邁著悠閒的步子鑽了進來，依偎在她胸前，舔了舔她的臉。

她的心漸漸平靜，回到床上，那隻貓鑽進毯子在她身側臥下，溫軟的毛皮隨著呼吸起起伏伏，她親了親貓咪的腦袋，陷入恬靜酣眠。

竟然，沒再作夢。

第二天清晨，希爾娜睜開眼時，貓咪已經不見了，窗戶好好地關著。她打開門，發現格蘭蒂納正在吃早餐，還有一個黑頭髮、黑衣服的少年坐在他身邊狼吞虎嚥。

格蘭蒂納向她介紹：「這是我的一位朋友，妳叫他肯肯就可以。」

希爾娜踩著特意爲她準備的矮凳攀爬到較高的椅子上，坐到桌邊，拿起餐盤中夾著火腿和蛋的麵包。

格蘭蒂納看了看她：「妳不……先洗漱嗎？」

希爾娜訥訥地攥著手裡的麵包：「吃完再洗，不行嗎？」

格蘭蒂納的嘴角微微上揚：「可以啊，這是個人習慣問題。」

格蘭蒂納吃得不多，基本上沒碰火腿和煎蛋，肯肯便把他的餐盤拖過來，問希爾娜：「要不要再吃一點？」

希爾娜抱著牛奶杯猶豫了一下，大著膽子點點頭。

肯肯叉起一片煎蛋：「蛋白，還是蛋黃？」

她小聲說：「蛋黃。」

肯肯笑了：「和我一樣。」將整個蛋黃放進她的盤子裡。

她有些感動，賣力地舉起叉子去搆煎腸：「那你喜歡煎得焦一點的香腸還是稍微生一些的？」

肯肯嚴肅地回答：「焦一點的。」

她的眼睛亮了亮：「我也一樣。」

吃到肚子脹得再也裝不下了，她才放下刀叉，去盥洗室洗漱。格蘭蒂納看著盥洗室的門闔攏，問肯肯：「是你要幫羅斯瑪麗找的人嗎？」

肯肯搖了搖頭。

昨天，同屋的人告訴他，希爾娜是公認的蒙特維葛校花，她很愛乾淨，驕傲得像公主一樣，跳起舞來特別好看。

爲了保持身材，她吃得很少，基本不碰葷食。

「希爾娜到底是怎麼回事？」上午下課時，妮露把迪婭拉到僻靜的角落裡，悄悄地問。

早上，校工大嬸又給她送來一堆好吃的東西，妮露留了個心眼，將巧克力小餅乾留下了一些。她把這包餅乾塞到迪婭手裡，懇求道：「拜託妳告訴我吧，看到昨天她們哭成那個樣子，我很害怕呀，我現在還睡在那張床上，會不會發生什麼不好的事？」

迪婭抓著餅乾包，呑呑吐吐地說：「說眞的，我覺得，即使希爾娜她眞的變成鬼魂回來了，也不會找妳的，所謂冤有頭債有主。」

妮露倒抽一口氣：「鬼魂？妳是說，她可能已經死了!?」

迪婭抱緊餅乾，左右看了看：「好吧，我告訴妳，但妳以後還是要裝成不知道的樣子哦……希爾娜的失蹤可能跟一本書有關……」

她吸了吸鼻子，又謹慎地看看周圍。

「其實我們都不喜歡希爾娜。她長得是比我們漂亮，所以特別傲氣，老喜歡說扎人的話，只有男生喜歡她，女生大部分只是和她表面上過得去而已。她還搶過奈莉喜歡的男生，就是墨多爾班的維森。後來，伯爵大人來我們學校巡視，不知怎麼地，就說希爾娜是他女兒，奈莉她也是氣不過，我們只是想整整她。那時候，在打掃圖書室的時候，我們撿到了一本書……」

書裡寫著一些奇怪又邪惡的東西，比如，把燕尾鼠的尾巴剪下來，和蝙蝠的尿液放在一起，再加上蒙蒙草的汁液，就可以製作成讓人全身起紅疹的藥劑。

再比如，把某人的頭髮，在午夜十二點，放進蝙蝠的眼珠、紅蚯蚓和秋蒲草的葉子煮成的湯汁中，就能讓他變成禿頭。

「我們就想，用這裡面寫的東西整整她，讓她別太得意了。只是想整整她而已……結果，那天晚上她就不見了……」

妮露裝出失神的表情：「那妳們到底用了什麼方法？」

迪婭低下頭：「我不知道。唸咒作法的時候，現場不能有太多人，我負責在外面望風，這件事是奈莉和裘琳娜做的。」

妮露有些驚奇：「裘琳娜？」

裘琳娜是琪薇兒班的班長，和她們不在一個宿舍，今天早上妮露剛到班級的時候，裘琳娜負責安排她的座位和告訴她班級紀律。

迪婭的聲音更低了：「裘琳娜和希爾娜的關係一直滿緊張的。她們兩個差不多漂亮，但大家都說希爾娜更好看一點。這次跳舞比賽的第一輪，希爾娜贏了裘琳娜。裘琳娜爲了練舞，腳都磨破了，可還是輸了。本來嘛，就算希爾娜跳得不好，老師也會給她打高分的，她都是伯爵小姐了。」

原來如此……

妮露喃喃：「但是我不相信一個大活人因爲隨隨便便的一道符咒就不見了。」雖然她見識過法術的力量。

迪婭小聲說：「我也不信。對了，裘琳娜就說，這件事和我們沒關係，是希爾娜自己得罪了女神才會這樣的。」

妮露詫異：「女神又是怎麼回事？」

迪婭指向遠處的廊柱：「喏，就是那裡。」

柱子上，舞蹈著的女神裙襬處有一大塊醜陋的殘缺。

「大概兩個多月前吧，舞蹈大賽開始報名，報名者要當眾表演一段舞蹈。裘琳娜跳的那支舞叫《花神之舞》，大家都說，比希爾娜的那支《月下睡蓮》好看。報名結束後，希爾娜路過這裡的時候，被女神的裙襬絆了一下，摔得很難看，好多人都笑了。當時她可生氣了，到了第二天，女神像就殘缺了一大塊，肯定是希爾娜氣不過，偷偷砸壞的。」

妮露瞭然地點點頭。

午休時間，羅斯瑪麗藉故把妮露和肯肯喊過去，帶他們一道去了舍弗爾房間。

格蘭蒂納打開門，臉色明顯不太好看。

羅斯瑪麗笑著說：「殿下，不要板著臉嘛，誰讓你的房間是伯爵小姐曾經住過的呢。再說，我有伯爵給的通行證，讓校方認定我們是一伙的，對你很有利呀。」

妮露的心跳得好像擂鼓一樣，勉強保持鎮定地對格蘭蒂納行了個屈膝禮。格蘭蒂納微微頷首回禮，就一臉冷淡地坐到一邊翻書。

羅斯瑪麗倒是毫不客氣，將幾個房間都看了一遍，特別在希爾娜的房間中流連了很久。

希爾娜站在牆角警惕地看著她，羅斯瑪麗摸了摸她的頭，嘆了口氣：「可惜啊，除了名字一樣之外，什麼都不一樣，如果妳就是我們要找的希爾娜，那該多好。」

他們的午餐由校工直接送到了舍弗爾房間，相當豐盛。

吃飯時，妮露詳細說了說套來的消息。

羅斯瑪麗抿了一口湯：「和妳說八卦的那個小朋友不太老實。昨天明明已經有人喊出了『莫桑利的詛咒』。」

妮露恍然記起，這句話還是簡喊出來的，今天下課時迪婭說的事太多，反倒讓她忘了這件事。她遲疑地問：「難道……迪婭就是犯人？」

羅斯瑪麗笑了笑：「現在下什麼結論都太早，你說對吧，格蘭蒂納殿下？」

格蘭蒂納淡然地道：「此事與我無關。」

羅斯瑪麗端起葡萄酒杯，輕輕搖晃：「那麼，如果我說，莫桑利是丹多夫修士的弟弟，殿下是否有興趣呢？」

下午的文學課，由格蘭老師主講，妮露趴在課桌上，看著講台上的人用優雅的聲音唸出那些美麗的句子，感覺像坐在雲彩上飄飄蕩蕩。

這幾天，她經歷了從未經歷過的事，睡在骯髒鄙陋的床上，和一群她之前絕對不會看的人打交道，但她並不後悔。

她竟然可以離他這麼近，不管做什麼，都覺得很值得。

格蘭蒂納出了一個題目，讓大家答出一首詩的作者。問題有點生僻，妮露不知道答案，但還是舉起了手；結果，被點名叫起來之後，她只能傻站著。

格蘭蒂納環視下方：「有誰能說出答案？」

一個不算大的聲音說：「應該是丹多夫修士吧。」

女生們都轉頭去看那個說出答案的人，竟然是茜拉。

格蘭蒂納微笑了一下：「不錯，是丹多夫修士，圖書室中就有他的詩集。希望諸位能夠記住學校的歷史，不要忘記長眠的先賢。」

茜拉臉上泛出紅暈，羞澀地低頭。

下課後，回到宿舍，奈莉挖苦地說：「今天茜拉可真是出風頭呀，格蘭老師肯定對妳印象深刻了。」

茜拉愣了愣，又垂下頭：「我只是恰好複習到而已，我先去吃飯了。」抱起兩本書匆匆離開。

奈莉朝她的背影撇了撇嘴：「就會裝模作樣。」

妮露脫口道：「這樣說不太好吧。」

簡哼了一聲：「妳可別被她給騙了，她啊，是裝老實而已。天天跑圖書館讀書，但成績就是平平，這就是天分吧，沒辦法。」

瑪莎接著說：「就是。喂，妳們知道不，其實她暗戀維森喔。」

奈莉噗哧笑出聲：「真的假的？連希爾娜和裘琳娜都爲了維森明爭暗鬥，維森怎麼會看得上她？除非腦袋被門夾了。啊哈哈，笑死人了！」

宿舍的門突然開了，茜拉抱著書站在門前。

氣氛一下子凝固住，幾個女生嘲諷的笑都尷尬地僵在臉上。

茜拉垂著頭走進屋：「對不起，我剛剛忘了拿一件東西。」她走到自己床邊，從枕頭下翻出什麼東西，匆匆離開了。

房門再度關上後許久，迪婭才訥訥出聲：「喂，她會不會恨上我們……」

奈莉雙手環在胸前，哼了一聲：「恨又怎樣？難道我們說的不是事實？」

夜晚臨近，肯肯溜出宿舍樓，到格蘭蒂納那裡蹭飯。飯堂裡搶飯的激烈場景很熱血澎湃，但是飯實在是太難吃了。

可格蘭蒂納不在房間裡，希爾娜說他去了圖書館，肯肯又向圖書館尋去。

圖書館在校園的西南角處，教員、男學生和女學生要分別從不同的入口進入，當然，進入的區域被嚴格區分。

教員區二樓的燈亮著，肯肯翻過隔斷的鐵網，在資料室找到了格蘭蒂納。他們正準備回房間，忽地聽見樓下傳來嗚咽的哭聲。

肯肯和格蘭蒂納循聲靠近，正在哭泣的人慌張地跳起身。在濃重的暮色中，透過隔斷，只能看見一個穿著灰色長裙、梳著兩條辮子的身影跑遠，但卻有一張白色的紙卡在隔斷處。

格蘭蒂納拉出那張紙，淚痕斑斑的紙上，用秀麗的筆跡寫著——

就算全世界看輕我，我也不會看輕自己，茜拉，加油！

校工大嬸前來送晚飯，低頭問開門的希爾娜：「格蘭老師不在房間？」

希爾娜點點頭：「他去圖書館了。」

老大嬸再問：「聽說，妳叫希爾娜？」

希爾娜怯怯地點頭。

胖大嬸眼中閃爍著說不清道不明的東西：「這個名字不太適合這所學校啊孩子，希望妳和鄧倫伯爵沒關係。這所學校已經有兩個和伯爵有關的姑娘出事了，小心，妳別變成第三個。」

希爾娜毛骨悚然，就在這時，格蘭蒂納回來了。

校工大嬸立刻手腳俐落地從提籃中拿出碗盤，擺放到桌上。

格蘭蒂納語氣隨意地問：「剛剛我在門外聽見妳和這孩子說鄧倫伯爵，怎麼回事？」

大嬸在圍裙上擦了擦手，僵硬地笑了：「格蘭老師的耳朵還眞好使。敢情您還不知道……伯爵以前也是這所學校的學生，後來他的父母找到他，我們才知道，他其實是伯爵家的獨子，被他的叔父偷出來丟掉了。那時候我還年輕，剛到這邊幹活，他和昨天挖出來的那個姑娘是我帶過的第一批孩子呢。那姑娘是可憐的麗嘉，她睡裙上的那個號碼，三十九號，還是我親手繡上去的。現在她的女兒又丟了……」

大嬸的眼眶紅了，攥著袖頭擦了擦眼。

格蘭蒂納疑惑地皺眉：「女兒？」

校工大嬸神色頓時變了變：「是我多嘴……反正，這事也瞞不了多久，格蘭老師，你可別說是我告訴你的啊。麗嘉，就是希爾娜的母親，她和鄧倫伯爵在學校裡時就是一對兒；後來，他是貴族少爺了，就不能娶麗嘉了。麗嘉那時候還不到二十歲，生下希爾娜不久就失蹤了。我們以爲這可憐的孩子是輕生了，誰知道……」

校工大嬸擦著通紅的眼睛，提著空籃子走了。

一隻小小的黑龍撲掮著翅膀從格蘭蒂納袖子鑽出來，渾身金光一閃，變成了黑衣黑髮的少年。

希爾娜吃了一驚，格蘭蒂納撫摸了下她的頭髮：「不用害怕，我的同伴是龍。」

她在腦子裡消化這個詞，抬手摸摸肯肯的衣角。好奇妙，精靈和龍，還有忘了一切的自己……這些，好像神話一樣。

吃過晚飯，肯肯離開了，希爾娜洗漱完畢，回房間睡覺。夜深了，窗台上傳來細微的響動，希爾娜爬起身，發現那隻藍灰色的貓又臥在窗台上。

她又驚又喜，立刻打開窗戶，貓咪鑽進屋，蹭了蹭她，舔舔她的臉，突然，一道黑影閃過，那貓喵的一聲，跳到一邊。

希爾娜嚇了一跳，愣愣地半跪在椅子上，窗台上竟然多了一隻黑色的貓，藍灰色的貓舔了舔爪子，轉身向外一躍，穿過了玻璃，消失在夜色中。

她捂住嘴，全身僵硬。

黑貓慢慢地起身，向她走來，牠的雙眼，是金色的。

她瑟縮著跳到地上，後退兩步：「別……別過來。」

黑貓頓住腳步。她鼓起勇氣，吃力地扛起牆邊的掃帚：「你這個壞蛋，欺負別的貓，別以爲我也會怕你！快滾！」

黑貓深深地望著她，金色的眼睛閃了閃，隨即別開頭，一個縱躍，融進了夜色。

她手中的掃帚哐啷跌到地上，房門被輕輕叩了兩下，格蘭蒂納在外面說：「發生了什麼事？」

她竭力讓聲音鎮定下來：「沒、沒事的。」跳回床上，用毯子緊緊蒙住頭。

黑貓金色的眼眸一直浮在眼前，怎麼也驅趕不去。

6 芙蓮達

次日清晨，妮露洗漱完畢回到宿舍，床上又照例放著早餐。

她打開食盒，跟以往一樣招呼同屋的女孩：「大家一起……」話沒說完，手指突然一木，右手的拇指被割開了一道深深的口子。

是食盒蓋裡卡著一片鋒利的刀片。

血立刻流了出來，蜿蜒到手腕上，妮露一時懵了。茜拉跑過來，用一條乾淨手絹幫她按住傷口：「別亂動，我們去找舍監大嬸。」

奈莉探頭過來：「挺疼的吧。」

迪婭滿臉震驚：「這是怎麼回事呀？」

茜拉帶妮露到舍監處包紮處理了傷口，兩人回到宿舍，在門外聽到從房內傳出議論聲。

「……姐姐是老師就能天天都有特殊待遇呀。」

「太特殊了肯定會倒楣！」

妮露推開門，宿舍內一片安靜，八個女孩子圍坐在長桌邊，正在吃她的早餐。

奈莉站起身：「回來了？傷口沒事吧？來喝點奶茶吧，肉鬆捲我們替妳吃了喔，這個裡面有辣椒，對傷口不好。」

妮露深吸了一口氣，勉強露出笑容：「妳們都吃了吧，我沒胃口。」

上午，算學老師臨時有事，改上文學課，班裡的氣氛微妙地蕩漾著，妮露緊盯著走上講台的格蘭蒂納，只要能看到他，受什麼傷、有什麼後果，都值得。

行禮坐下時，凳子突然喀嘣一聲，她整個人重重坐到了地上。尾骨一陣鑽心疼痛，手在撐住地面時摁裂了拇指上的傷口，血潤透了紗布。妮露覺得頭有點暈。她的身體忽然騰空而起，四周女生發出倒抽冷氣聲。妮露睜大眼，不敢相信地看著那張近在咫尺、夢寐以求的臉。

格蘭蒂納橫托著她走出教室，留下一堆瞠目結舌的學生。

夏風醺醺然地吹著，她的心臟快要撞破胸膛，她不敢看他的臉。走下迴廊，格蘭蒂納開口說：「妳這樣做，很不值得。」

她的呼吸有些凝滯。

格蘭蒂納神情淡然：「我不知道妳究竟答應了什麼交換條件，但世界上沒有隨隨便便就能心想事成的竅門，投機取巧的人都會付出沉痛的代價。解除在做的交易，回去吧。」

她咬住唇，一聲不吭。

格蘭蒂納的教師長袍帶著微微涼意，這個懷抱，並不如她想像的那樣溫暖。

格蘭蒂納徑直帶她回到舍弗爾房間，將手放在她右手的傷口上方，淺淡的白光蔓延到她全身，傷口癒合了，剛剛被摔得生疼的尾骨也停止了疼痛。

格蘭蒂納取出一截紗布，把她痊癒的手指裹住。希爾娜趴在一旁，瞪大眼睛看著。

妮露鼓起勇氣大聲說：「我喜歡你！」

格蘭蒂納雲淡風輕地應答：「哦，謝謝。」

妮露的眼睛酸澀，不由自主握緊了拳：「怎麼做你才能喜歡我？我什麼都願意做！」

精靈俯視著她，綠色眼睛裡只有悲憫。這目光明明白白地告訴她，怎樣都不行。

她湧起不甘和憤怒：「爲什麼呢？是因爲我不夠美麗？我的個性不夠好？還是……」

希爾娜一點點挪向自己的房間，這種情況，她回避一下比較好。妮露的眼淚讓她心中湧起苦澀，似有一些被鎖住的回憶與眼前的情形產生了深深共鳴，喧囂著，將要衝開桎梏。

妮露哽咽：「……我喜歡你，爲什麼你不能喜歡我！」

精靈溫和卻也是無情地沉默著。

妮露大喊起來：「爲什麼爲什麼爲什麼呀！我都喜歡你了！你爲什麼不喜歡我！」

希爾娜小小聲地說：「爲什麼妳喜歡他，他就要喜歡妳呢？妳喜歡他，他不喜歡妳，妳就可以理直氣壯地罵他嗎？」

妮露噎了一下：「不是……不是……我只是……」她只是想知道，用怎樣的方法才能讓格蘭蒂納喜歡自己而已。

一塊浸滿涼水的毛巾遞到她面前，妮露接過，對格蘭蒂納說了聲謝謝，將滾燙的臉埋進毛巾中。

過了片刻，她輕聲說：「對不起。」

格蘭蒂納溫聲說：「冷靜下來之後，就回去吧，公主。」

妮露猛地抬起頭：「你……你……」

格蘭蒂納淡然地揉了揉手臂：「魅族只是改變了妳的外貌，但是妳的實際重量沒有變化……我和我的同伴都不想再和雷頓打第二次了。」

她的臉驀地滾燙。那麼……剛才教室中的那個凳子，可能眞的是被她壓斷的？

她張了張嘴：「我……」

空中出現了一個撲搧著翅膀的黑色圓球，抖了抖，變成肯肯。

格蘭蒂納皺起眉：「你不是應該在上課嗎？」

肯肯抓抓後腦：「停課了，全校都轟動了。」

男教員抱著女學生回了自己的宿舍，這在校史上還是頭一遭，現在學校已經變成了沸油鍋。

肯肯向門外指了指：「校長和教務主任，應該快來了。」

幾秒鐘之後，門被砸響。

校長和教務主任殺氣騰騰地奔了進來，羅斯瑪麗跟在一旁。

校長的臉色難看到了極點：「格蘭老師，我知道你們是一伙的，但是，能不能考慮一下本校的立場，不管你是什麼來歷，受雇於何人，我的職責是保護本校的學生和聲譽。現在，我們只能對你和妮露同學做出解聘和退學處理。」

格蘭蒂納一臉無所謂地站著，羅斯瑪麗抬手截住校長的話頭：「抱歉，恐怕現在妳不能做出這樣的處理，結果沒出來前，誰都不能走。」

坎斯夫人厲聲道：「即使你們是伯爵的人，本校照樣有權讓你們離開！」

羅斯瑪麗環起雙臂：「你們堅持這樣做的話，貴校被追究的責任將不僅是伯爵小姐的失蹤，還有蓄意謀殺學生與掩蓋眞相。貴校幾十年來的記錄一直清白良好，從未上報過有學生失蹤或死亡。麗嘉．蒙特維葛，在貴校的檔案記錄上是提前畢業，嫁給了一個裁縫；可實際上，十幾年前她就死了。校長，別告訴我妳不知道她身上那些可疑的痕跡是什麼。」

房間內寂靜無聲，過了片刻，妮露輕聲問：「是什麼？」

羅斯瑪麗嘲諷地笑了：「是民間流傳的一種咒法，用尖銳的物體釘入屍體的五官和四肢，讓她的靈魂即使到了陰間也看不到、說不出、寫不了，無法透露自己被殺的眞相。」

妮露和希爾娜手心都冒出了冷汗。

羅斯瑪麗繼續道：「校長，我知道貴校沒有裝出來的那麼正經，妳現在藉故趕我們離開，是不是怕我們查出伯爵小姐失蹤一事有什麼不可告人的眞相？」

校長啞聲開口：「當年麗嘉失蹤，是我決定不上報，屍體被發現後我已寫好請罪的報告。但我可以對天發誓，我絕沒有阻撓你們尋找伯爵小姐的意思，只是這兩位，眞的不能繼續留在學校。」

格蘭蒂納拿起筆，在一張紙上寫了些什麼，遞給校長，校長接過打開，臉色陡變。坎斯夫人湊過去看，校長將紙團成一團，收進袖中。

格蘭蒂納說：「我現在就辭職，但這位妮露同學，校長能再讓她留兩天嗎？」

校長的神色變幻不定，微微點了點頭：「好吧。」

妮露一路頂著異樣的目光，回到宿舍。

她推開門的剎那，屋中幾個女孩子停下正在做的事情，齊刷刷地望向她，她若無其事地走到自己的床邊坐下。

迪婭湊過來：「妳沒事吧？」

妮露笑了笑：「沒事。」

迪婭眼珠轉了轉，再試探著說：「學校不准男生和女生接觸呢，校長都沒說什麼嗎？」

妮露搖頭：「校長讓我回來好好上課，別的沒說什麼。」

迪婭窺視著她的表情：「但是，校工大嬸剛剛過來通知，格蘭老師被辭退了。」

妮露聳聳肩說：「是嗎？那算他倒楣吧。我把情況如實和校長還有坎斯夫人說了，她們認為是格蘭老師違反校規，和我無關。真討厭，為什麼我會這麼倒楣。」

其他女孩子的神色都十分驚訝，奈莉冷笑著說：「喂，妳怎麼能說得這麼理直氣壯啊，明明是妳連累格蘭老師，妳竟一點愧疚感都沒有？」

妮露攤手：「我為什麼要愧疚？是他把我往他宿舍帶，我沒罵他流氓已經不錯了，這種道德敗壞的傢伙被辭退算學校手下留情了，我是受害者好嗎！」

幾個女孩子都震驚地望著她。

「沒想到妳竟然是這種人！」

妮露抓起臉盆去水房洗臉，待回到宿舍，裘琳娜正在房中等候她，滿臉毫不掩飾的嫌惡：「妮露同學，我想代表班級和妳談談。」

妮露放下臉盆：「請說。」

裘琳娜個子比較高挑，居高臨下地望著她：「是這樣的，我們覺得，格蘭老師的處罰有點重了。因爲妳坐斷了凳子，格蘭老師才會帶妳去治療，這件事根源在妳。」

妮露抬起下巴：「那凳子難道是我故意坐斷的？是我呼喚格蘭老師來抱我？還是我主動要求跟他回宿舍？」

裘琳娜哼了一聲：「別裝了！大家都看見了，格蘭老師抱起妳時，妳明明用那種眼光盯著他，好像要把他吃下去一樣，現在裝什麼純潔！」

妮露笑起來：「對，我的純潔是裝的。妳們的純潔才是眞的，純潔地尊重老師，才爲他來打抱不平。」

裘琳娜漲紅了臉：「妳說什麼？」

妮露聳聳肩：「妳不會連這麼簡單的話都聽不懂，還要我給妳解釋一遍吧。裘琳娜同學，對格蘭老師的處罰是學校給的，妳有任何異議，請去找校長和教務主任抗議，找我只是浪費精力。」

裘琳娜青了臉：「妳以爲有個姐姐是老師就了不起嗎？」

妮露轉身整理床鋪：「我不覺得我姐姐和這事有什麼關係，倒是妳對我姐姐是老師有點在意。」

裘琳娜恨恨地一跺腳，走了。

奈莉起身：「我們出去透透氣吧，和這種人待在一個屋子裡，感覺污濁。」

同屋的人都離開了房間，連茜拉都捧著書本低著頭出去了。

妮露獨自在床邊坐下，吐出一口氣，小小的黑龍扒著她口袋邊緣探出頭，妮露戳戳他的腦袋：

「喂，是不是覺得我很會吵架？」

小龍用爪子抓抓頭。

妮露噗哧笑出聲：「有人換衣服的時候，記得把眼睛捂起來。」

小龍黑黑的皮膚好像泛出了紅暈，縮回口袋。

過了片刻，妮露輕聲說：「喂，對不起。」

對不起，我是為了接近格蘭蒂納，才一直纏著你。

小龍在她口袋裡動了一下，低低地說：「沒關係。」

母親，我就知道會變成這樣的情況。

所以這一次，我沒有傷心。

不過，為什麼肉球可以變得那麼漂亮，魅族的魔法眞高明。

□

校長坐在辦公桌後，點燃那個紙團，盯著它變成灰燼。

牆上的時鐘指向十點，是學生們準備休息的時間。

她在這間學校生活了六十多年，坐在這間辦公室內也已有四十多年。

她還記得接任校長的那一日，她在祈禱室內對著神像許下誓言——「從今之後，學校與學生即是我的生命，不論是活著，還是死亡，我必將守護它。」

從那天起，她的姓氏變成了蒙特維葛。在蒙特維葛學校，有兩種人會以學校爲姓，一種是被撿回來的不知姓名的嬰兒，假如他們被人收養、長大後離開學校自立門戶或是嫁人，就可以更改姓氏；另一種則是繼承這所學校的人，從那一刻起，便必須姓蒙特維葛，不能結婚，不能離開，不論生或死，永遠留在這裡，永遠獻給這裡。

年輕時她曾暗暗羨慕過別人，可以嫁給一個疼愛自己的丈夫，有幾個可愛的孩子，一家人幸福美滿地在一起。

所以，她把進入這裡的每一個孩子都當成自己的子女，希望他們能夠平安長大。

她還記得，那年春天快要來到時，年輕的女校工撿回了兩個孩子。

其中一個孩子身上蓋了一層厚厚的積雪，竟然還活著。這必然是神的恩賜，於是她說，這個孩子就叫麗嘉吧。

麗嘉是花神手中花束的名字，在冬末綻放，預示著春天的到來。

這個孩子果然像那預兆春天的鮮花一樣盈盈綻放了，她是克麗絲校長帶過的孩子中最漂亮的一個，體態輕盈，面容明媚，微笑起來，連雷神都不忍心對她吼叫。

另一個和她一起被撿回來的男孩，伯萊格，與她兩小無猜地長大。但在他們十四歲時，伯萊格被證實是某位貴族被偷走的孩子，重新回到了父母身邊，恢復了貴族的姓氏和繼承人身分。

麗嘉十九歲時，伯萊格又回到這所學校探望，幾天之後，麗嘉就失蹤了。

麗嘉最要好的朋友瑪里安告訴克麗絲校長，伯萊格的父母反對他娶麗嘉，所以他們約好私奔。

出於私心，校長壓下了這件事。過了不久，麗嘉獨自回來了；幾個月後她在學校裡生下一個女孩，而後再次失蹤，只留下那個孩子和一枚伯萊格送給她的指環。

有人猜測她是悲傷過度選擇了輕生，可校長更願意相信她是到了一個陌生的地方躲起來了，等到心中的傷痕癒合，她就會回來。

所以，校長私自更改麗嘉的檔案，掩蓋了這段醜事，只說麗嘉因爲嫁人離開了學校。她的女兒，希爾娜，以孤兒的身分在這間學校裡長大。

麗嘉的好友瑪里安在麗嘉第二次失蹤後不久便嫁了人；數年後，她的丈夫死了，她又重新回到學校，當了老師。

伯萊格過得春風得意，他遵從家庭的決定，娶了一位貴族少女爲妻，變成了伯萊格·鄧倫伯爵。數月前，他以慈善資助人的身分來到學校，在校長面前流下懺悔的淚，他說他常常想起麗嘉，他的夫人已經死了，他想和麗嘉再續前緣。

校長對他說出了希爾娜的身分。

看著已經長大的女兒，伯萊格問校長，這些年，麗嘉究竟在哪裡？

是啊，這些年，麗嘉究竟去了哪裡？

幾天前，麗嘉的屍體被挖出來，原來她已死了十幾年。

妮露洗完澡回宿舍，發現門嚴嚴實實地闔著，她推了推，怎麼也推不開，用力拍門，屋內也沒人回應。旁邊宿舍的女孩們探出頭來看了看，立刻縮回去，也把屋門牢牢鎖住。

看來，她遭到傳說中的排擠了。

沒辦法，她只好到樓下舍監處去，舍監大嬸的鼾聲打得震天響，根本不理會敲門聲。

宿舍樓門前有人在喊她的名字，妮露聞聲走過去，忽然有一隻手從斜刺裡將她猛地一推，妮露踉蹌跌到門外，宿舍樓的大門哐噹一聲關嚴，她聽到了插緊門閂的聲音。

妮露爬起身，將摔了一地的沐浴用品撿回盆中。她站在宿舍樓外，頭髮濕嗒嗒地滴著水，只穿著一件單裙，這輩子第一次這麼狼狽。

她咬了咬唇，轉身走下台階。

迪婭趴在門縫上窺探了片刻，很擔心地小聲說：「沒事吧，要是她遇到巡視的老師，我們會不會被罰？」

奈莉撇了撇嘴：「那我們就說她是自己跑出去的唄，有什麼證據證明我們關了她？這個虛僞女，讓她在外面吹吹夜風便宜她了！」

幾隻蚊子圍著妮露嗡嗡叫，她被咬了好幾個大包。

她跺了跺發痠的腳，有個聲音問：「妮露，妳怎麼在這裡？」

妮露轉過頭，見茜拉抱著幾本書，一臉關切地看著她。妮露無奈地笑笑：「我被她們關在門外了。」

茜拉用力拍了拍門，門當然絲毫沒有要打開的意思。茜拉著急地說：「怎麼這樣啊，她們也太過分了，妳要不要跟羅斯瑪麗老師說一下？」

妮露搖搖頭：「因爲格蘭老師的事，我姐姐罵了我，我不想再找她了，等到十點就有老師來巡視了吧，那時候就能進去了。」

茜拉擔憂地四下張望：「但是現在還不到九點，妳要在外面站一個多鐘頭嗎？蚊子多，夜風吹多了也不好。這樣吧，反正我也進不去，我們再去圖書室坐一會兒，等十點再過來。」

妮露猶豫了一下：「現在圖書室應該不讓學生進了吧。」

茜拉掏出一串鑰匙：「我和老師申請做了圖書室的義工，我有鑰匙。」

妮露感激地點點頭：「那太好了，多謝妳，茜拉，沒想到這時候妳還肯和我說話。」

茜拉寬慰地說：「沒關係，這種事……實在不能說是妳的錯，她們太過激了，等冷靜下來就好。」

□

格蘭蒂納在房中收拾行李，希爾娜坐在客廳裡看著：「我們真的明天就要走嗎？」

格蘭蒂納停下手：「不一定，但必須要收拾一下。」

希爾娜哦了一聲，細細地打量著房間，心中不知為何有些不捨。

校工大嬸前來傳話：「格蘭先生，教務主任請你到她辦公室一趟。」

格蘭蒂納和校工大嬸一道離開了。希爾娜百無聊賴地坐在客廳裡，很想打瞌睡。忽然，門輕輕開了，教務主任坎斯夫人出現在門前。

希爾娜疑惑地歪頭看看她：「他去找妳了。」

坎斯夫人闔上門，一步步向希爾娜走來：「對，我知道，他在一個小時之內絕對不會回來。一個小時，妳猜能做多少事情？」

她的手中拎著一個袋子，唇邊掛著微笑。

「一個小時，足夠我把妳裝進這個袋子中，讓妳永遠躺在山中的泥土裡。」

希爾娜轉身想逃，坎斯夫人猛地撲上來，掐住了她的脖子。

「妳這個孽種！我以爲妳死了，結果妳又回來了！妳到底使了什麼妖法！妳和妳母親一樣，都該死，妳們永遠也別想攀上高枝！」

□

圖書館內空無一人，茜拉熟稔地打開女生區通往圖書館的鐵門，帶著妮露走過黝黑的通道。漆黑的圖書館一片死寂，呼吸聲格外清晰。

茜拉領著妮露走到一扇門前，取出鑰匙打開門：「妳先進去吧，我來點上燈。」

妮露走進門內，門扇在她身後咔嗒闔攏，忽然，一股勁風向她後腦襲來。妮露下意識地向一旁閃避，身體撞在桌子上，痛呼著摔倒在地。

黑暗中，茜拉手執一根粗棍，狠狠向她迎頭砸下。

「我讓妳狂！我讓妳風騷！我讓妳傲！！！不要臉的賤人！去死吧！去死吧！！！」

擊打聲一下一下，良久，茜拉終於停下了手，擦亮打火匣，點燃一盞燈，踢了踢地上的妮露。

妮露全身浸染在血泊中，臉早已被砸得模糊不清。茜拉得意地笑了，像欣賞一件滿意的作品。

「起來啊，再得意給我看啊，再風騷給我看啊！賤人，長得好就了不起嗎？就能讓男老師抱著妳嗎？就能天天吃好東西、高高在上地施捨人嗎？希爾娜還有妳，都是賤人！我告訴妳，像妳們這種人，一定會被妳們看不起的人打倒！妳們只是我人生中的配角，是我腳底的泥！」

「然後呢？妳就帶著滿手的血，踩著妳所謂的污泥，享受著人生的滿足嗎？」

茜拉大駭，竟是妮露的聲音從房間黑暗角落裡傳來。地上血泊中的人明明還在，卻有另一個妮露自牆角陰影中緩緩走出。

茜拉後退一步：「妳……妳……」

妮露詭異地笑：「我是鬼啊，茜拉。剛剛，妳殺了我，我應該怎樣報答妳呢……」她一步一步地走到光亮處，牆上，沒有她的影子。

茜拉手中的油燈跌翻在地，妮露身周亮起淡淡的幽藍色光芒。

茜拉尖叫一聲，舉起一串珠鍊：「妳、妳不要過來！別以爲我會怕妳……我要用符咒降住妳！惡魔會把妳帶走，跟希爾娜作伴！」

妮露的喉嚨格格作響，頭髮根根飛起：「什麼符咒？妳畫啊，現在就畫。」

茜拉大叫著從口袋裡取出一張紙，顫抖著咬破手指，在紙上畫出圓圈，寫上符文。

「快來吧……黑暗中的惡魔……再次出現在我的面前吧……」

妮露嘻嘻地笑著，舉起了雙手，黑色的指甲越來越長，可茜拉手中的紙，沒有任何反應。

怎麼會這樣，怎麼會！

書上明明寫著，第一次召喚成功後，只要畫出這個符咒，就能再次召出惡魔……

茜拉連滾帶爬地後退，撲到後面的桌上去翻她剛剛帶來的書。

在、在這裡，是這本，包著天文封皮的……

妮露飄到了近前，長長的金髮像海藻般捲住茜拉的手臂。茜拉放聲尖叫，妮露尖尖的指甲向著她抓下——

一把抽走了她手中的書本。

啪，房內突然大放光明，妮露拿著書，微笑著後退幾步。地上血肉模糊的屍體不見了，翻倒的桌椅旁站著兩個人——

笑吟吟的羅斯瑪麗和滿臉震驚的校長。

妮露將書丟給羅斯瑪麗，拍了拍手：「好了，我要做的事情做完了，演鬼眞的滿刺激的。」

茜拉的喉嚨中只能發出單個音節：「這……這……」

羅斯瑪麗翻了翻那本書：「黑咒術？都是假的啊，這種東西，一個人類的小丫頭根本什麼都召喚不出來吧……」

茜拉目光呆滯，張大的嘴中發出「嗬……嗬……」聲。

校長看著茜拉良久，啞聲問：「茜拉，希爾娜究竟在哪裡？」

茜拉的臉抽搐了兩下，尖厲地大笑：「哈哈哈！希爾娜她在哪兒她在哪兒，她被惡魔帶走了呀，帶走了呀，永遠回不來嘍，永遠回不來嘍……」

羅斯瑪麗闔上書，對校長攤了攤手：「這不可能，這本書根本就是個傻瓜的鬼畫符，連蟑螂都召不出來。」

要查到對付希爾娜的人非常容易，只要用一點法術，看一看過去的情形，就能知道是誰假裝希爾娜砸壞了石像，是誰拿了咒術書煽動同學，又是誰在飯盒裡放上了刀片。

但希爾娜的房間裡，卻怎麼也顯示不出她是怎麼失蹤的。

希爾娜．鄧倫，究竟在哪裡？

□

坎斯夫人用力掐住希爾娜的脖子，格格地磨著牙齒。

麗嘉這個可惡的女人，只因長了一張不錯的臉，就被校長和老師偏愛，高高在上，還不要臉地去勾引伯萊格。

她的眼色倒眞是好啊，知道伯萊格是一隻金龜，可惜，呵呵，人家高貴的門第可不要她這種低賤的人！

賤，眞是賤，未婚先孕的事情都做得出，還擺出一張聖母的臉。這種人就該得到神的審判！

十六年前，她代替神執行了審判，將麗嘉的屍體拖進了冰窖。

麗嘉在那裡躺了十六年，每隔一段時間，她就要去參觀一下，欣賞自己的傑作。

她留下的賤種在即將和伯萊格父女相認的時候莫名其妙地失蹤了，一定是天罰！證明她是替天行道！

於是，她把麗嘉的屍體從冰窖中拖出來，故意埋在顯眼的地方。

她要伯萊格看到，這就是作孽的代價，她要他生不如死！

坎斯夫人的臉在希爾娜眼前放大扭曲。

可是奇怪的是，她竟毫無窒息感，身體一切如常，只有那張醜陋的臉讓她十分厭惡。

那尖厲的聲音一直不斷在她耳邊喊：「妳去死吧！妳去死吧！」

這就是人類，污穢的、齷齪的、骯髒的……

她聽見這女子心中傳出的聲音，不禁開口問：「妳以爲妳是誰，竟能做神的代言？」

坎斯夫人的瞳孔驟然縮小，發狂地搖晃著她的身體：「妳爲什麼不死！妳爲什麼還沒死！」

被掐著脖子的少女突然不見了，坎斯夫人的雙手開始像遇熱的蠟燭一樣融化，她不敢置信地望向虛空，發出斷斷續續的慘號。

虛空中，出現了一隻貓。

一隻雲紋的、四肢異常短胖的貓。

貓用琥珀色的眼睛俯視著她，緩緩吐出人言：「妳以爲自己代替了神，又爲什麼要使用邪惡的咒法？」

「問這種問題不是浪費嗎？芙蓮達，難道妳對人類還抱有希望？」另一個聲音幽幽地答。

是他……他來了。她飄浮在半空，抬頭看著那個被她遺忘了無數年的面龐。

那天，她在沉睡中，感受到熟悉的氣息。

她順著那氣息來到了這個房間，在窗台上發現了一條沾有他氣息的項鍊。

她帶著項鍊，到處找尋，在海船上，因爲法力不支昏了過去，醒來後還暫時失去了記憶。

他向她伸出手：「我從睡夢中醒來，竟然察覺到妳的氣息，沒想到妳也留在這裡。我渡過大海，費盡周折才找到妳，可妳爲什麼會失去神力？妳無法看到我，無法前往彼岸，難道妳曾違背過誓言，插手了人類的事情？」

她沉默不語。

他輕聲說：「和我離開吧，芙蓮達，已經不須要留在這裡了。」

她遲疑了片刻，搖了搖頭：「抱歉，納古拉斯，我不能離開，我要守在這裡。」

爲了主人，守在這裡。總有一天，神殿會重新建起，這裡會變得像以前那樣，綠草遍地，樹上爬滿葡萄的藤蔓，果實纍纍，收穫的歌聲響起，對主人的讚頌聲迴蕩於天地。

「約靈神的使者芙蓮達，我有叩響門的信物，請予我啓示，賜我正確的方向。」

房間中，忽然平空出現了白衣的精靈，他單膝跪在地上，雙手捧著兩枚合在一起的鍊墜：「謹以龍之甲、精靈之髮、人之淚、魅之血爲祭，請賜示我門之所在，請打開祕藏的通道。」

鍊墜發出淡紫光芒，她瞇起眼，身側的納古拉斯冷笑一聲，金色雙瞳冷冷盯著地上的精靈。

「你視我爲無物嗎？精靈，竟然覬覦神的寶藏，你倒不怕天譴的雷電。」

格蘭蒂納抬首：「納古拉斯使者，我未敢對你不敬，但神已離開，何來天譴。若不想被尋找，又怎會留下鑰匙？」

主人，爲什麼要離開？

她一直不明白。

她知道主人很愛那個少女，她看著主人不顧神的尊嚴跟隨在那少女身邊，只爲能時刻看到她的笑容。

但主人還是走了，他說他已不愛人類了。主人問：「妳不和我一起走嗎？」

她搖頭。

她眷戀著這裡，眷戀著柔軟的綠地，眷戀著第一抹陽光即將到來時帶著花香的晨露，眷戀著毛茸茸的鼠尾草。

主人的神殿必須有人守護，她願意守著這裡。

因爲她本來就屬於這裡。

在主人撿到她之前，她只是一隻卑微的貓，腿比別的貓短很多，不擅長跳躍，不擅長捕食，只能瑟縮在草叢中，翻找殘存的食物。

「短腿也很可愛啊。」主人是第一個對她這麼說的人。「叫妳芙蓮達好不好？妳以後就跟著我吧。」

主人賜她神格，讓她成爲使者，即使她不像約蘭大人座前的納古拉斯那樣又美又優雅，擁有矯健的四肢。

主人一點也不嫌棄她是一隻短腿的貓。

納古拉斯哼了一聲，一道閃電向著地上的精靈劈了下去。

半空中躥出一道黑影，擋下閃電，站到格蘭蒂納身前。

納古拉斯瞇起雙眼：「原來是龍，昔日不把神放在眼中的你們，也在覬覦神的寶藏？」

「我對寶藏沒興趣。」

納古拉斯嗯哼一聲：「那麼，龍，你的願望是什麼？」

肯肯停頓片刻，瞅了瞅一邊的芙蓮達：「我，可不可以，摸摸妳的頭？」

納古拉斯怔了怔，忽然爆出大笑：「妳覺得呢？芙蓮達。」

她動了動前爪，肯肯的手已湊到近前，覆蓋在她的頭頂。

溫暖的，令人眷戀的溫度。

*妳為什麼總對齷齪的塵世存有感情呢，芙蓮達？*納古拉斯常常這麼問她。

因為，總有這種溫度令她留戀。

她用爪子蹭了蹭臉，緩緩地開口：「我的使命是留在這裡，所以我沒去過藏寶之地，但我知道它在哪裡。你們為什麼要得到約靈大人的寶藏？」

精靈很直接地回答：「我是為了錢。我有一個很能敗錢的母親，我們整族的錢都被她敗光了，為了全族能過得好一點，我需要一大筆財富。」

肯肯抓抓頭：「我不想要錢，我想找個媳婦。但如果能看看那寶藏是什麼樣子，也行吧。」

他對格蘭蒂納執著的寶藏有了一點點好奇。

肯肯再摸摸芙蓮達柔軟的毛皮，她的嗓子裡不由得發出咕咕聲：「好吧，將寶藏的位置告訴你們也無妨，它就在最東邊的島嶼上，你們須要渡過海，第一縷陽光會指示你們它的所在。」

格蘭蒂納俯下身：「多謝您的提示，但我還有一件事要請問納古拉斯大人。」

納古拉斯不耐煩地挑了挑眉：「我可不知道什麼寶藏。」

「有一個女孩在您這裡吧，納古拉斯大人。這些卑微的人類當然使用不出眞正的召喚惡魔之術，是您爲了警醒世人，才暫時隱藏了她，對嗎？」

納古拉斯不耐煩地哼了一聲，彈了下手指，化出一道光幕。

光幕中，一個女孩正繫著圍裙，蓬頭垢面地清理著豬圈。

卑微的人類，不知道召喚惡魔之術將帶來怎樣的下場，竟妄圖使用。當然，能逼得別人使出惡魔之術的人肯定也大有問題。

「去那個村裡接她吧，她那些毛病應該改了不少。」

人類就是這樣，不給點教訓，永遠不會有長進。

精靈將手按在胸前，微微躬身：「多謝您的照拂，納古拉斯大人，您果然很愛人類。」

7 遠離

肯肯站在小鎮的街角，看格蘭蒂納和羅斯瑪麗假惺惺地互相道別。

「殿下，這次眞是多虧你幫忙，查看過去的法術用了你很多法力，辛苦了。」

「不客氣，羅斯瑪麗小姐。對了，希望妳能遵守約定，送玫蘭妮公主平安回家。」

「她已經到家了。放心吧，殿下，我們魅族是講信用的。假如不相信，您可以讓人去查。」

「不，我怎麼可能不相信羅斯瑪麗小姐，祝妳一路順風。」

「也祝你尋寶順利，殿下。」

□

芙蓮達與納古拉斯並肩站在雲上，望著地面。

納古拉斯哼了一聲：「爲什麼要把寶藏的位置告訴他們？爲了看他們最後自相殘殺？」

她搖搖頭：「主人說，如果有人拿著鑰匙問起寶藏，可以告訴他們位置。」

納古拉斯甩甩尾巴，再次不滿地哼了一聲，湊過去輕舔她耳邊的絨毛：「該走了，芙蓮達。」

她轉過頭，遙望山坳的方向。

她會永遠記得那裡的一塊墓碑，因爲那墓碑代表了一個人，一雙溫暖的手。

那時，主人走了，她一直在沉睡，直到有一天，一個人的聲音驚醒了沉眠的她。

那是一個少年，在修道院中每天唸誦著其實根本不對的經文，希望能夠讓天堂的父母聽見，卻傳進了她的耳中。

她在那少年面前現身，想糾正他的錯誤，少年卻把她當成了普通的貓，撫摸她的頭，餵她從三餐中省下的牛奶。

他的笑容很純淨、雙手很溫暖，即使當他漸漸長大，那個笑容、那雙手，也沒有改變過。

即使被背叛，即使被猜忌，即使在最後一刻，他在她的面前被魔物吞噬，他的心中都沒有憎恨。

她本恪守著誓言，不插足人類的事情，只有那一次，她撕碎了那些魔物。可惜已經晚了，在她咬碎誓言的枷鎖撲上去時，他已經消失了。

她因這次的違背誓言，遭受了沉重的懲罰，回到地下沉睡，不覺又過去了很多年。

人類就是這樣奇怪的存在，每當她對他們失去希望，想要放棄時，總會出現一個讓她繼續去愛的理由。

□

「我有件事想不通。」肯肯悶聲問。「八百年前，那場戰爭很慘，既然他們還在，爲什麼不能幫忙？」

格蘭蒂納看了看蒙特維葛學校的方向：「也許人類有時候，眞的需要一些懲罰。」

在暮色戰爭結束後，這裡之所以被改成學校，並非爲了紀念修道士們的亡靈，而是因爲心虛。

種種資料證實，昔日蒙特維葛修道院中的苦修士們，修的並非聖教會一系的正統教法，而是一種偏向黑法術的教義。

單多夫院長的弟弟莫桑利不是投靠了魔族，他只是在執行聖教會的法令。

聖教會希望看到的結果是——

讓苦修士們與魔族同歸於盡。

單多夫親手刻下自己的墓碑時，是否已知道眞相，已無從可考。

但苦修士們還是用自己的生命守住了這一帶的平民，長眠於泥土中。

即使神殿倒塌，

哪怕信仰崩毀，

眞與善的精神永不可摧。

母親，寶藏還是沒有找到。

我們貌似又遇見了一件其他的事。

不過還好，這一次，我沒有失戀。

格蘭蒂納無奈地拉起蹲在寵物攤前的肯肯。

「我覺得，牠不適合跟我們一起長途跋涉。」

肯肯唔了一聲，摸摸那隻奶貓的頭頂，站起身。

奶貓對著他們的背影依戀地叫了一聲，匍匐回毯子上，繼續等待自己的主人。

《潘神的寶藏　上》完

潘神的寶藏

〔下〕

未來龍王肯肯壓根沒想過，自己的娶妻之路會如此坎坷！
老是遇上別人老婆，又被視爲摯友的精靈王子格蘭蒂納騙財騙力。
即使一顆青春少年心碎了個徹底，他還是決定先幫對方完成願望：
找到失落的農神祕寶，賺錢養家！

跟著神之使者的指示，好不容易來到龍界，
迎接兩條光棍的卻是一臉欲言又止的龍族，以及各樣迎親活動。
「等一下，你們誤會了，我們眞的只是朋友！」

世間異象頻傳，令人不安的龍之夢一個接一個，
神的寶藏究竟是祝福，抑或致命殺局？
從八百年前龍的承諾開始，最忠誠的愛情和最殘酷的詛咒，都已深深種下……

《潘神的寶藏》下　同步上市

國家圖書館出版品預行編目資

潘神的寶藏 上／ 大風颼過 著.
— — 初版.— —台北市：蓋亞文化，2020.07
冊；公分.

ISBN 978-986-319-497-2（上冊：平裝）

857.7 109009567

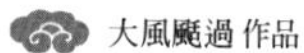

大風颼過 作品

潘神的寶藏〔上〕

作　　者 大風颼過
封面插畫 Welkin
裝幀設計 莊謹銘
責任編輯 盧韻亘
主　　編 黃致雲
總 編 輯 沈育如
發 行 人 陳常智
出 版 社 蓋亞文化有限公司
地址：台北市103承德路二段75巷35號1樓
電話：02-2558-5438 傳真：02-2558-5439
電子信箱：gaea@gaeabooks.com.tw
投稿信箱：editor@gaeabooks.com.tw
郵撥帳號 19769541 戶名：蓋亞文化有限公司
法律顧問 宇達經貿法律事務所
總 經 銷 聯合發行股份有限公司
地址：新北市新店區寶橋路二三五巷六弄六號二樓
電話：02-2917-8022 傳真：02-2915-6275
港澳地區 一代匯集
地址：九龍旺角塘尾道64號龍駒企業大廈10樓B&D室
電話：+852-2783-8102 傳真：+852-2396-0050
初版一刷 2020年7月
定　　價 新台幣 280 元
Published and printed in Taiwan

ISBN 978-986-319-497-2

GAEA

Gaea